Klarant Verlag

Thorsten Siemens lebt mit seiner Frau und beiden Kindern in Sande / Landkreis Friesland. Als gebürtiger Ostfriese (Emden) schreibt der Autor mit Vorliebe spannende Krimis, die sowohl in seiner alten, als auch in seiner neuen Heimat spielen. Seine Begeisterung für die Bewohner der ostfriesischen Halbinsel und deren einzigartige Kulissen finden sich in seinen Friesland-Thrillern und Ostfrieslandkrimis wieder. Genau richtig für die Leser, die den ostfriesischen Charme und Lokalkolorit lieben!

Thorsten Siemens

Tod in Norddeich

Ostfrieslandkrimi

Klarant Verlag

Klarant Verlag, www.klarant.de – www.ostfrieslandkrimi.de
ISBN: 978-3-95573-915-7
1. Auflage 2019
Umschlagabbildung: Klarant Verlag

Printed in the EU.

1. Kapitel

Das Schicksal der Toten

Auf diese Woche hatte sich Hedda schon seit Monaten gefreut. Bereits zu Weihnachten hatte Enno ihr einen gemeinsamen Urlaub in Norddeich geschenkt.

Sieben Tage lang nur wir zwei, dachte Hedda glücklich und schaute verliebt zu Enno hinüber, der ihre Hand hielt und mit ihr gemeinsam über den Deich spazierte. Von hier aus hatte man eine traumhafte Aussicht auf die Nordsee, aber auch die Inseln Norderney und Juist konnte man gut erkennen. Auf der großen Drachenwiese, die Deich und Nordsee voneinander trennte, tummelten sich unzählige Touristen. An diesem Wochenende war wieder einmal *Internationales Drachenfest* in Norddeich und unter dem wolkenfreien blauen Himmel schwebten wie jedes Jahr unzählige farbenfrohe Drachen in allen Größen und Formen herum.

»Schau mal, die Riesenkrake oder das coole Krokodil da hinten!« Begeistert scannten Ennos Augen das bunte Treiben am Himmel. Immer wenn er dabei etwas Besonderes entdeckte, wies er mit ausgestrecktem Arm darauf, um es auch Hedda zu zeigen.

Aber Hedda hatte zwischenzeitlich etwas ganz anderes entdeckt. Etwa drei Meter von ihr entfernt stand eine junge Frau, die sie mit absoluter Sicherheit noch nie gesehen hatte. Wie die Umherstehenden hatte auch sie den Blick zum Himmel gerichtet, sah dabei aber – anders als alle anderen – sehr traurig aus. Hedda verspürte plötzlich in ihrem Inneren den unbändigen Drang, auf sie zuzugehen und mit ihr zu sprechen. Dabei wusste sie nicht einmal, worüber sie sich mit der fremden Person unterhalten sollte.

Dieses eigenartige, aber bestimmende Gefühl hatte sie bisher nur ein einziges Mal verspürt. Das war vor etwa eineinhalb Wochen gewesen, als sie mit Bento Frerichs neben der Leiche einer jungen Frau stand, die er zuvor aus der Gerichtsmedizin in Oldenburg überführt hatte. Die Eltern der Toten wollten ihre Tochter bei sich in Neermoor beerdigen lassen. Sie war das Opfer einer Vergewaltigung mit anschließender Strangulation geworden. Der Mord war genau hier in Norddeich geschehen. Konnte das ein Zufall sein?

Als Hedda zum ersten Mal neben dem Leichnam gestanden und mit den Vorbereitungen auf die Beerdigung begonnen hatte, überkam sie genau dasselbe Gefühl wie jetzt. »Ich komme gleich wieder«, sagte sie zu Enno und ging auf die junge Frau zu. Als sie noch einen guten Meter von ihr entfernt war, senkte die unbekannte Person plötzlich den Kopf und schaute ihr direkt in die Augen. Im selben Moment verstärkte sich Heddas seltsames Gefühl um ein Vielfaches.

Auch bei der jungen Frau schien Heddas Anblick etwas ausgelöst zu haben. Sie wandte sich in die Richtung, aus der Hedda auf sie zukam, und starrte sie aus großen Augen ungläubig an.

»Kennen wir uns?«, fragte Hedda und vergaß über ihre Verwunderung vollkommen eine freundliche Begrüßung vorwegzuschicken.

»Ich … ich weiß nicht«, stammelte ihre Gesprächspartnerin. »Sie kommen mir eigentlich nicht bekannt vor, aber irgendwie …«

»Aber irgendwie ist da so ein Gefühl, stimmt's?«, setzte Hedda ihren Satz fort.

Die junge Frau nickte. »Ich heiße Okka«, sagte sie und streckte Hedda die Hand entgegen.

Hedda stellte sich ebenfalls vor und griff nach der dargebotenen Hand.

Als ihre Handflächen sich berührten, durchzuckte beide Frauen eine Art elektrischer Schlag. Es fühlte sich allerdings viel intensiver an als die Sorte Entladung, die man zu spüren bekam, wenn sich einer der Gesprächspartner zuvor elektrisch aufgeladen hatte.

»Kennst du zufällig eine Elske Husmann?« Hedda versuchte, den Namen so beiläufig auszusprechen, als würde es sich dabei nicht um das Mordopfer handeln, dessen Beerdigung sie vor wenigen Tagen noch begleitet hatte.

»Nicht wirklich«, antwortete Okka zögerlich. »Aber ihr Mann und ich sind seit Kurzem ein Paar.«

»Ihr Mann und du?«, fragte Hedda verwundert nach.

»Er hat sich erst vor einigen Wochen von seiner Frau getrennt.« Betreten schaute Okka zu Boden.

»Ach so! Ist er auch hier?«, fragte Hedda und schaute sich suchend um. Es konnte kein Zufall sein, dass sie damals und heute dieses starke Gefühl gespürt hatte und es in beiden Fällen eine Verbindung zu der Toten gab. Sie musste unbedingt mit ihm sprechen. Vielleicht gab es da etwas, was an dem Mord noch nicht aufgeklärt worden war.

»Er … er ist …« Okka brach in Tränen aus.

Tröstend legte Hedda ihr eine Hand auf die Schulter.

»Ist er etwa auch ermordet worden?«, fragte sie betroffen. Ihr kriminalistischer Instinkt lief bereits auf Hochtouren.

Okka blickte wieder auf und schaute sie aus verweinten Augen traurig an. »Er sitzt in Untersuchungshaft. Er soll seine Ex ermordet haben, aber er war es nicht. Er war es ganz sicher nicht! Du glaubst mir doch, oder?«

Erschrocken zuckte Hedda zurück. Mit dieser Antwort hatte sie nun überhaupt nicht gerechnet. Selbstverständlich hatte sie sich damals schon gefragt, wer Elske Husmann derart brutal aus dem Leben gerissen haben könnte, aber Bento Frerichs hatte ihr beigebracht, sich nicht zu sehr für die Geschichten der Toten zu interessieren. Vor allem sollte sie dann nicht zu viel über deren Schicksale nachdenken, wenn sie nicht eines natürlichen Todes gestorben waren.

Auf viele Fragen gibt es zwar auch Antworten, aber wir können und wollen sie deshalb noch lange nicht verstehen, hatte Bento Frerichs ihr immer dann geantwortet, wenn Hedda ihm mal wieder zu viele Fragen nach dem Warum gestellt hatte. Und immer, wenn er ihr diesen Satz zum Nachdenken gegeben hatte, glaubte Hedda, in seinem ansonsten eher regungslosen Gesicht ein tiefes Gefühl der Trauer ausgemacht zu haben. Sie war sich sicher, dass er in diesen Augenblicken sich selbst auch wieder die Frage nach dem Warum stellte. Denn warum seine geliebte Frau ebenfalls viel zu früh aus dem Leben gerissen worden war, konnte und wollte er bis heute nicht begreifen. Alleine deshalb, weil ihn diese Frage offensichtlich wahnsinnig quälte, hatte Hedda sich entschieden, seinen Ratschlag zu beherzigen.

Glücklicherweise hatte Hedda es während ihrer bisherigen Praktikumszeit im Bestattungsinstitut hauptsächlich mit Sterbefällen zu tun bekommen, bei denen Menschen im relativ hohen Alter ihren letzten Atemzug getan hatten. Aber natürlich gab es auch diejenigen, die ihren Kampf gegen schlimme Krankheiten verloren hatten und dadurch viel zu früh aus dem Leben geschieden waren. Auch ein Kleinkind lag einmal im Kühlraum des Bestattungsinstitutes. Es hatte sein junges Leben hergeben müssen, weil ein hirnloser Idiot geglaubt hatte, die Tempo-30-Zone des Wohngebietes sei in Wirklichkeit der Nürburgring. Den Anblick des kleinen leblosen Kinderkörpers würde sie ihr Leben lang nicht mehr vergessen. Seither musste sie bei jedem Raser, dem sie im Straßenverkehr begegnete, wieder an das tragische Schicksal des kleinen Tim denken, und die Frage nach dem Warum quälte sie in diesen Momenten so sehr, dass sie sich immer öfter wünschte, sie hätte niemals erfahren, wie der kleine Junge ums Leben gekommen war.

»Moin, ich bin Enno!«, sagte Enno, nachdem er sich zu ihnen gesellt hatte, und streckte Heddas Gesprächspartnerin die Hand entgegen.

»Okka«, antwortete sie und schüttelte ihm vorsichtig die Hand. Sie wirkte etwas irritiert, hatte sie doch eigentlich immer noch auf eine Antwort von Hedda gewartet.

»Und, woher kennt ihr euch?«, fragte Enno neugierig, noch bevor Hedda die Chance hatte, die Situation aufzuklären.

»Wir … äh …«, stammelte Okka und schaute verunsichert zu Hedda hinüber.

»Wir kennen uns kaum, wir haben nur eine gemeinsame Bekannte«, kam Hedda ihr zur Hilfe. Dann wandte sie sich direkt Okka zu. »Ich kenne die Umstände leider überhaupt nicht, aber ich hoffe, dass es euch bald wieder besser geht.« Sie wusste nicht genau, warum sie ihre Antwort derart kryptisch formulierte, aber sie hatte zu diesem Zeitpunkt irgendwie das Gefühl, Enno nicht erklären zu können, was da gerade zwischen ihnen geschehen war. Mit zusammengepressten Lippen und leicht zuckenden Schultern nickte sie Okka zur Verabschiedung zu, schnappte sich Ennos Hand und zog ihn mit sich.

»Wer ist denn eure gemeinsame Bekannte?«, fragte Enno und drehte seinen Kopf noch einmal über die Schulter, um einen letzten Blick auf Okka zu werfen. Er war sich sicher, dass er die junge Frau noch nie zuvor gesehen hatte.

»Ach, nur jemand von der Arbeit.« Hedda machte eine wegwerfende Handbewegung.

»Aber hoffentlich keine Leiche?«, lachte Enno. Er hatte diese Frage natürlich nicht ernst gemeint.

Hedda legte ihren Kopf schief und schaute ihn aus den Augenwinkeln heraus ertappt an.

»Echt jetzt?« Enno zog überrascht die Augenbrauen hoch.

Hedda nickte. Auch wenn sie noch nicht wusste, ob und wie sie Enno das Gefühl erklären sollte, das sie zu der jungen – ihr bis dato vollkommen unbekannten – Frau geführt hatte, so wollte sie ihn doch auch nicht anlügen.

»Oje, dann war das ja sicher kein schönes Gespräch. Ich habe mich schon gewundert, warum diese Okka so verkniffen dreingeblickt hat«, analysierte Enno die Situation nachträglich. »Wollen wir eine Kleinigkeit essen? Ich habe einen Bärenhunger.«

Glücklich über den spontanen Themenwechsel willigte Hedda ein. Sie wollte Enno wirklich die Wahrheit sagen, aber sie hatte ja selbst noch genug damit zu tun, wirklich zu verstehen, was da eben mit ihr geschehen war.

Während sie direkt am Wasser entlangflanierten, ließ Hedda ihren Blick über die wogenden Wellen gleiten. Die Mittagssonne spiegelte sich auf der Wasseroberfläche und ließ die Nordsee aussehen, als würden unzählige kleine Diamanten auf ihr schwimmen. Die regelmäßigen Brisen, die von der Meerseite aus zu ihnen herüber strömten, brachten nicht nur eine willkommene Abkühlung, sondern auch noch den typisch salzigen Nordseegeruch mit sich.

Etwas oberhalb der Küstenline erblickte Enno ein längliches Gebäude, an dessen Seite eine Art Aussichtsturm angebaut worden war, der von seiner Optik stark an einen Leuchtturm erinnerte. Eine metallische Wendeltreppe führte die Touristen über drei Ebenen nach oben und bot ihnen von dort aus die Möglichkeit, mit einem Fernrohr nicht nur die Nordsee, sondern auch die vorgelagerten Inseln Norderney und Juist genauer in Augenschein zu nehmen. Die Fassade des Gebäudes war mit blauen und weißen Kacheln verziert, in deren Mitte sich eine breite Fensterfront befand.

»Sieht eher aus wie ein Hallenbad«, bemerkte Hedda skeptisch.

»Wollen wir trotzdem mal nachsehen, ob wir dort etwas Essbares bekommen?«, fragte Enno.

Sie gingen den schmalen Weg hinauf, der direkt zu dem erspähten Gebäude führte. Rechts von ihnen lag der Sandstrand mit seinen unzähligen weißen Strandkörben. Aufgrund des herrlichen Wetters und des Drachenfestes wimmelte es hier nur vor Touristen und Tagesgästen.

»Was ist denn das?«, fragte Hedda verwundert. »Fahren hier etwa auch Busse? Der Weg ist dafür doch viel zu schmal.« Sie zeigte auf die drei unterschiedlich farbigen Schilder, die mit einigen Metern Abstand den Rand des Weges säumten und von ihrer Form her tatsächlich an Bushaltestellenschilder erinnerten.

»Das glaube ich nicht!«, sagte Enno und ging näher an eines der Schilder heran. »Da stehen die Zeiten drauf, wann man Wattwanderungen machen kann. Jeder Wattführer hat sein eigenes Schild«, erklärte er Hedda schließlich, nachdem er die Beschriftung kurz überflogen hatte.

»Das sollten wir unbedingt auch noch machen.« Hedda rieb sich begeistert die Hände. »Meine letzte Wattwanderung liegt mindestens zehn Jahre zurück. Ich kann mich kaum noch daran erinnern.«

»Einverstanden! Aber jetzt will ich erst einmal etwas essen.« Enno nahm ihre Hand und zog sie hinter sich her die leichte Steigung hinauf.

Als sie das Gebäude erreicht hatten, bemerkte Hedda zunächst einen überdimensionierten Holzstuhl, der den Gästen die Möglichkeit bot, sich darauf fotografieren zu lassen. Neben dem originellen Fotoeffekt bekam man zusätzlich auch noch einen traumhaften Hintergrund aus Deichgrün, Sandstrand und Nordsee inklusive. Auf der Rückenlehne war ein ovales Schild angebracht.

Moin im Haus des Gastes Norddeich, las Hedda die Beschriftung. »Machst du ein Foto mit mir?« Hedda wartete nicht auf Ennos Antwort, sondern steuerte direkt auf den nächsten Touristen zu, der ihr entgegenkam, und drückte ihm mit ein paar erklärenden Worten ihr Smartphone in die Hand. Dann kletterte sie auf den Holzstuhl hinauf. »Was ist, kommst du?«, rief sie Enno auffordernd zu.

Gequält erklomm jetzt auch Enno das viel zu groß geratene Möbelstück. Die Blicke der vielen Leute, die an den Bierzeltgarnituren auf der großflächigen Außenterrasse verteilt saßen, waren ihm sehr unangenehm. Aber Hedda hatte kein Erbarmen, sie zog ihn zu sich heran, schwang ihre Beine über seinen Schoß und drückte ihre Wange ganz fest an seine.

»Bitte lächeln!«, rief der Mann, dem Hedda das Smartphone in die Hand gedrückt hatte, so laut, dass jetzt auch diejenigen ihre Köpfe herumdrehten, die es bisher noch nicht getan hatten. Sein starker

Dialekt entlarvte ihn eindeutig als Sachse. Dann machte er einige Aufnahmen und gab das Handy an Hedda zurück.

»Na, das mit dem Lächeln müssen wir aber noch üben«, grinste sie Enno an, nachdem sie sich die Ergebnisse des Fotoshootings angeschaut hatte.

»Du meinst, wir machen so etwas jetzt öfter?« Ennos Gesicht sprach Bände. Es war ihm deutlich anzusehen, wie wenig er von einer vergleichbaren Wiederholung hielt.

»Aber sicher werden wir das, schließlich wollen wir unseren Enkelkindern doch später einmal zeigen können, was für supercoole junge Leute ihre Großeltern mal waren.« Hedda grinste und auch Enno konnte ein Schmunzeln nicht mehr unterdrücken.

Nachdem sie beide eine Kleinigkeit beim Imbiss bestellt und ebenfalls an einer der Bierzeltgarnituren verdrückt hatten, besprachen sie die weitere Tagesplanung und beschlossen, als Nächstes die Seehundstation zu besuchen. Auf die niedlichen Nordseebewohner mit den großen schwarzen Knopfaugen freute sich Hedda nämlich am allermeisten.

Auf dem Weg zur Seehundstation entdeckte Hedda einen Wegweiser, der ihr sehr bekannt vorkam. Er wies den Leuten den Weg zum nahe liegenden Wattenmeer, aber auch zum weit entfernten Great Barrier Reef, den Rocky Mountains oder dem Grand Canyon.

»Genau das gleiche Schild habe ich auch schon auf Langeoog gesehen«, sagte sie zu Enno.

»Wahrscheinlich findest du so eines an jedem Küstenort entlang der Nordsee«, lachte er.

Die Seehundstation war ein moderner Klinkerbau mit gläsernem Vorbau. Seehunde, die ihre Mutter verloren hatten – sogenannte Heuler –, wurden nach einer Quarantänezeit hier aufgenommen. Zunächst brachte man ihnen bei, ganze Fische zu schlucken. Anschließend mussten sie dann in größeren Becken lernen, ihre Nahrung selbstständig zu fangen. Erst wenn sie wirklich fit genug waren und auch genügend Gewicht zugelegt hatten, wurden sie schließlich wieder in die Nordsee entlassen. Nicht zuletzt durch Einrichtungen wie diese war es gelungen, die Seehundpopulation im niedersächsischen Wattenmeer in den letzten fünfundzwanzig Jahren von unter dreitausend auf fast zehntausend Exemplare zu steigern.

Nachdem Enno den Eintrittspreis für beide bezahlt hatte, zog es Hedda sofort zu der breiten Glasfront, durch die man die im Außenbereich lebenden Seehunde betrachten konnte. Auf einer kleinen Tribüne konnten die Besucher Platz nehmen und dabei sowohl das tierische Treiben an Land als auch unter Wasser verfolgen. Die Seehundstation war gut besucht, aber glücklicherweise entdeckte Hedda noch genau zwei nebeneinander liegende freie Plätze. Aus Angst, die Sitzmöglichkeiten könnten schnell wieder belegt sein, sicherte sich Hedda sofort einen von ihnen und signalisierte Enno, schnell zu ihr zu kommen. Doch der deutete an, zunächst noch einem dringenden Bedürfnis nachgehen zu müssen.

Stattdessen kam ein älterer Herr auf Hedda zu und fragte, ob der Platz neben ihr noch frei wäre. Er schien wirklich nicht mehr besonders gut zu Fuß zu sein, weshalb Hedda ihm den Platz nicht vorenthalten wollte. Schließlich wusste sie ja auch nicht, wann Enno gedachte, sich endlich zu ihr zu setzen.

Wenn der werte Herr Frerichs etwas Besseres vorhat, hat er eben Pech gehabt, dachte Hedda trotzig und rückte noch ein wenig weiter zur Seite, damit sich der alte Mann neben sie setzen konnte. Dann ließ sie ihren Blick über die Außenanlage schweifen. Einige Seehunde lagen faul am Beckenrand und dösten in der Sonne, andere tauchten durch das grünlich schimmernde Wasser und einer schwamm senkrecht wie ein Korken mit geschlossenen Augen an der Wasseroberfläche.

»Sieht aus, als würde er schlafen, stimmt's?«, sprach der alte Mann Hedda von der Seite an.

»Tut er das denn nicht?«

»Nein, er relaxt nur ein wenig. Wenn die Tiere draußen in tieferen Gewässern auf Beutezug sind, legen sie auch häufiger mal so eine Ruhepause ein, um wieder zu Kräften zu kommen. Sie haben aber dennoch nicht ganz unrecht, Seehunde können auch im Wasser schlafen. Im flachen Wasser lassen sie sich dann einfach auf den Grund sinken«, erklärte er weiter.

»Müssen die denn gar keine Luft holen?«, fragte Hedda erstaunt.

Der alte Mann lachte so herzlich auf, dass seine grauen buschigen Augenbrauen dabei auf und ab wippten. »Nach etwa sieben Minuten kommen sie automatisch wieder an die Oberfläche, ohne dabei wirklich aufzuwachen. Dann holen sie kurz Luft und lassen sich erneut auf den Boden sinken.«

Hedda lächelte ihren sympathischen Gesprächspartner an. Beim Erzählen strahlte er eine Lebensfreude aus, wie Hedda sie zuletzt bei Digna, der Ersatz-Oma ihrer Freundin Gesa, gesehen hatte. Als sie der alten Dame zum ersten Mal auf Langeoog begegnet war, war sie ebenfalls sofort von ihrer positiven Ausstrahlung begeistert gewesen. »Sie wissen ganz schön viel über Seehunde.«

Ein zufriedenes Lächeln huschte über sein Gesicht, wurde aber sofort von einem schelmischen Grinsen abgelöst, wie man es eher von einem Teenager erwartet hätte. »Nun, wenn ich ehrlich bin, ist das kein Wunder. Ich bin mindestens einmal pro Woche hier und kenne die Ausstellung quasi auswendig. Als alter Witwer muss man sich ja irgendwie die Zeit vertreiben.«

Als er den letzten Satz ausgesprochen hatte, bemerkte Hedda plötzlich eine Traurigkeit in seinen Augen, die zuvor nicht zu sehen gewesen war. *Bestimmt hat er gerade an seine verstorbene Frau gedacht. Es muss schwer sein, wenn man das ganze Leben zusammen verbracht hat und die letzten Lebensjahre plötzlich alleine dasteht*, dachte sie. »Ich finde das furchtbar interessant, können Sie mir noch mehr über die Seehunde erzählen?«, fragte Hedda. Sie hoffte einerseits, ihn so von seinen traurigen Gedanken ablenken zu können, andererseits brannte sie tatsächlich darauf, noch mehr über diese faszinierenden Tiere zu erfahren.

Schlagartig kehrte die Lebensfreude in die Mimik des Alten zurück. »Seehunde waren lange die einzigen Robben im Wattenmeer. Seit einigen Jahren sind aber auch wieder Kegelrobben hier, die von den Britischen Inseln zugewandert sind. Beide Arten gehören zur Familie der Hundsrobben und sind eng miteinander verwandt. Noch ist die Anzahl der Kegelrobben aber viel geringer als die der Seehunde. Aber archäologische Funde belegen, dass dies früher auch schon anders gewesen ist.«

Plötzlich tauchte Enno wieder an der Seite der Tribüne auf. Etwas hilflos schaute er zu Hedda hinüber, da kein einziger freier Platz mehr zu finden war. Der alte Mann hatte seinen suchenden Blick ebenfalls aufgeschnappt. Ohne ein Wort erhob er sich mühsam von seinem Sitzplatz.

»Sie wollen schon wieder gehen?«, fragte Hedda enttäuscht. Sie hätte das Gespräch zu gerne noch fortgesetzt. Die Begeisterung, mit welcher der alte Mann über die Seehunde berichtete, war schließlich tausendmal besser, als sich die ganzen Informationen hinterher mühsam von den leblosen Informationstafeln ablesen zu müssen.

»Ich möchte Sie nicht länger mit meinen Erzählungen langweilen. Außerdem bin ich mir sicher, dass der junge Mann da drüben Ihnen auch noch eine Menge zu sagen hat.« Mit einem zufriedenen Lächeln zwinkerte er Hedda vielsagend zu. »Wissen Sie, Seehunde sind eigentlich Einzelgänger und scharen sich nur zu ihrem eigenen Schutz auf den Sandbänken zusammen. Aus eigener Erfahrung kann ich Ihnen nur raten, machen Sie es anders! Der Mensch ist nicht zum Alleinsein bestimmt.« Mit leicht schmerzverzerrtem Gesicht presste er sich seine Hand ins Kreuz und drückte den Rücken gerade.

Hedda wollte zu gerne noch etwas Aufmunterndes zu ihm sagen, aber ihr fielen einfach nicht die richtigen Worte ein. Stattdessen konnte sie nur den Abschiedsgruß des alten Mannes erwidern und zusehen, wie er sich langsam zum Rand der Tribüne vorarbeitete. Als er an Enno vorbeiging, blieb er kurz stehen und flüsterte ihm etwas ins Ohr.

»Was hat er denn zu dir gesagt?«, fragte Hedda neugierig, noch bevor Enno sich auf den frei gewordenen Platz neben sie setzen konnte.

»Er hat mir zugeflüstert, dass ich großes Glück mit dir haben würde. Und dann hat er noch gesagt, dass du mich genauso verliebt anschauen würdest, wie seine Frau es immer bei ihm getan hat.«

Die liebevollen Worte des alten Mannes lösten bei Hedda eine Gänsehaut aus, und sie musste sich schnell eine Träne aus den Augenwinkeln wischen, die sie in diesem Moment einfach nicht unterdrücken konnte.

»Ist alles okay mit dir?« Besorgt legte Enno seine Hand auf ihren Oberschenkel.

»Alles okay!«, beruhigte ihn Hedda. »Ich bin gerade nur ein wenig emotional.« Sie wischte sich die verbliebene Feuchtigkeit aus den Augen. »Wo warst du überhaupt?«

»Ich … ich hatte plötzlich so Magenkrämpfe. Wahrscheinlich ist mir das Essen nicht bekommen«, druckste Enno um das eigentliche Problem herum.

»Durchfall?«, fragte Hedda direkt und auch etwas zu laut nach. Sie fand, dass ihre Beziehung nach fast einem halben Jahr an dem Punkt angekommen war, an dem man auch über notwendige Körperfunktionen durchaus offen sprechen durfte.

Enno lief sofort knallrot an und nickte kaum merklich.

»Geht's dir denn jetzt besser?«, fragte Hedda, dieses Mal jedoch im Flüsterton.

Wieder nickte Enno nur stumm.

Sie drückte ihm einen herzhaften Kuss auf die Wange. »Wollen wir uns den Rest der Ausstellung noch ansehen oder möchtest du lieber nach Hause?«

Sie blieben noch eine halbe Stunde, sahen sich gemeinsam die übrigen Ausstellungsstücke an und lasen die Informationstafeln, die an den Wänden hingen. Vieles davon hatte Hedda schon von dem alten Mann gehört. Er musste wirklich schon sehr oft hier gewesen sein. Anschließend gingen sie zurück in ihre Ferienwohnung, tranken Tee und aßen ein Stück Kuchen, das sie sich unterwegs noch gekauft hatten. Die Wohnung war klein und sehr spartanisch eingerichtet. Wohnzimmer, Schlafzimmer, Bad – das war's. Aber Hedda gefiel sie trotzdem. Sie brauchte nicht viel. Für sie zählte nur, dass Enno bei ihr war.

»Ist schön hier, oder?«, fragte Hedda und nippte vorsichtig an ihrer Teetasse.

»Freut mich, dass dir dein Geschenk gefällt«, antwortete Enno zufrieden.

»Gefällt es dir denn nicht?«

»Doch, sehr sogar.« Enno lächelte sie glücklich an.

»Gesa hat mich letztens gefragt, ob ich sie Mitte Juni noch mal für ein paar Tage auf Langeoog besuchen möchte. Hättest du vielleicht Lust mitzukommen?«

Enno dachte kurz nach. »Mitte Juni, Mitte Juni«, überlegte er laut. »Irgendwas war doch Mitte Juni.« Nachdenklich kraulte er die kurzen Bartstoppeln, die er seit dem Beginn ihres Urlaubes in seinem Gesicht gezüchtet hatte. Er hatte sich bereits seit vier Tagen nicht mehr rasiert. »Jetzt weiß ich es wieder, da mache ich mit Lübbo und Henning eine Radtour nach Rußland. Den genauen Zeitraum habe ich mir im Handy notiert. Ich kann gleich mal nachsehen, wenn du willst.«

Lübbo und Henning waren Arbeitskollegen von Enno. Hedda hatte die beiden Namen schon häufiger gehört, wenn Enno ihr von seinen Erlebnissen während der Dienstzeit berichtet hatte. Sie hatte beide zwar noch nie persönlich kennengelernt, aber Ennos Erzählungen nach zu urteilen, waren sie ganz normale Männer. Eine derart verrückte Idee hätte sie daher bis gerade eben noch keinem der drei zugetraut. »Du machst was?«, fragte sie daher ungläubig.

»Wir fahren mit dem Rad nach Rußland, um uns dort das erste Gruppenspiel der deutschen Nationalmannschaft anzusehen. Bald beginnt doch die Fußball-Weltmeisterschaft.«

»Das weiß ich, aber da könnt ihr doch nicht mit dem Rad hinfahren. Da müsstet ihr ja heute schon losradeln und wärt wahrscheinlich trotzdem nicht mehr pünktlich da.«

»Ach was«, grinste Enno. »Die Strecke schaffen wir locker in zwei bis drei Stunden. Inklusive Trinkpausen natürlich.«

»Du willst mich verarschen, oder?« Hedda lehnte sich in ihren Stuhl zurück, verschränkte ihre Arme vor der Brust und schaute Enno aus zusammengekniffenen Augen an. Mittlerweile kannte sie zwar seinen trockenen Humor, trotzdem wusste sie manchmal nicht, ob er es ernst meinte oder sie wieder einmal nur aufzuziehen versuchte.

»Wenn Deutschland das Spiel verliert, wollen wir übrigens noch weiter nach Amerika fahren.« Ennos Grinsen wurde noch ein bisschen breiter. Er fand immer mehr Gefallen daran, Hedda ein wenig zu ärgern.

»Mit dem Rad kann man von Rußland aus überhaupt nicht nach Amerika fahren. Zumindest nicht, ohne zwischenzeitlich ein Schiff zu benutzen«, reagierte Hedda jetzt schon etwas ungehalten. Sie fand, dass Enno ihr langsam wirklich mal erklären konnte, was er da mit seinen Freunden geplant hatte. Von einer derartig aufwendigen Reise hätte er ihr doch wenigstens mal etwas erzählen können.

Auch Enno spürte, dass er jetzt lange genug seinen Spaß mit ihr gehabt hatte. Er wollte sie lieber nicht zu sehr ärgern. Sie hatten zwar in ihrer jungen Beziehung noch nicht oft miteinander gestritten, aber von den wenigen Malen, wo sie aneinandergeraten waren, wusste er, dass mit Hedda dann nicht mehr gut Kirschen essen war. »Ursprünglich wollte ich dich wirklich nicht veralbern, aber ich habe ganz vergessen, wie lange du nicht in Ostfriesland gelebt hast.«

»Was haben denn Rußland und Amerika jetzt bitte schön mit Ostfriesland zu tun?«, schmollte Hedda.

»Rußland ist ein Ortsteil der Gemeinde Friedeburg«, begann Enno zu erklären. »Friedeburg liegt zwischen Wittmund und Wiesmoor. Lübbo hat zufällig gehört, dass das *ARD-Morgenmagazin* zur WM-Zeit von dort aus seine Sendungen überträgt. Als wir mal wieder eine langweilige Nachtschicht zusammen hatten, hat er mir dann davon erzählt. Und da in den folgenden Stunden auch nicht wirklich etwas Spannendes passiert ist, fassten wir irgendwann den Entschluss, gemeinsam mit Henning eine Radtour dorthin zu machen. Zukünftig können wir dann nämlich auch allen Nicht-Ostfriesen ...« Er machte eine kurze Redepause und schaute Hedda schelmisch grinsend an. »... und den Ostfriesen, die sich nicht so gut auskennen ...« Er zwinkerte ihr frech zu. »... erzählen, dass wir eine Radtour nach Rußland gemacht haben. Die meisten reagieren dann nämlich genauso irritiert wie du, wenn man ihnen das erzählt.«

»Haha, sehr witzig.« Hedda mochte es gar nicht, wenn man sich über ihre Unwissenheit bezüglich ihrer ostfriesischen Heimat lustig machte. Was konnte sie denn dafür, dass ihre Eltern sie gezwungen hatten, für mehrere Jahre in Bremen zu leben? »Hätte der Herr Oberostfriese denn vielleicht auch noch die Güte, mich über seine Amerika-Bemerkung aufzuklären?«, schob sie etwas schnippisch hinterher.

»Amerika gehört ebenfalls zur Gemeinde Friedeburg. Die Entfernung zwischen den beiden Ortsteilen beträgt nur etwa sieben Kilometer. Frag mich nicht, wer sich den Quatsch ausgedacht hat.«

»Ach, das sollte man als echter Ostfriese aber schon wissen«, foppte Hedda jetzt ihrerseits zurück.

2. Kapitel

Albträume

Hedda drehte den Kopf über ihre Schulter. Irgendjemand rief schon die ganze Zeit ihren Namen. Sie machte kehrt und ging direkt auf den Strand zu. Ungläubig schaute sie sich um. Trotz strahlenden Sonnenscheins war keine Menschenseele zu sehen. Zudem waren die Strandkörbe so platziert worden, dass sie eine enge Gasse bildeten, durch die bestenfalls noch ein Kleinwagen gepasst hätte. Mit einem mulmigen Gefühl im Bauch schritt Hedda die enge Gasse entlang. Dabei fiel ihr Blick auf die Zahlen, die auf den Rückseiten der Strandkörbe angebracht worden waren. Irgendjemand hatte sie so nebeneinandergestellt, dass Hedda beim Hindurchschreiten quasi rückwärts auf null zuzählte.

Mit jedem weiteren Schritt wurden die Rufe immer lauter. Als Hedda den Strandkorb mit der Nummer acht passierte, konnte sie bereits das Wattenmeer erkennen. Es war Ebbe, und das Wasser hatte sich weit zurückgezogen. Zwischen den beiden letzten Strandkörben blieb sie stehen und ließ ihren Blick über die weite Fläche gleiten, die das ablaufende Wasser freigelegt hatte. Stand da etwa jemand im Watt?

Ohne zu zögern, bückte sich Hedda, um sich die Schuhe auszuziehen, bemerkte aber erst jetzt, dass sie bereits barfuß war. Sie wunderte sich zwar, setzte dann aber dennoch einen entschlossenen ersten Schritt auf den feuchten Meeresboden. Mit jedem weiteren Schritt wurde sie schneller, die Rufe lauter und die Person am Horizont größer. Als sie schließlich direkt vor ihr stand, war sie überrascht. Es war Okka. Sie hatte aufgehört zu schreien und hielt Hedda einen glibberigen Fisch entgegen. »Du glaubst mir doch, oder?«, fragte sie und warf den leblosen Fisch schwungvoll hinter sich ins Wasser.

Hedda wusste nicht warum, aber eine Art Reflex ließ sie direkt hinterherhechten. Mit dem Kopf voraus sprang sie in das kalte Nordseewasser. Die Sicht unter Wasser war überraschend klar. Als sie den Fisch im Wasser treiben sah, tauchte sie direkt auf ihn zu. Doch als sie gerade ihre Hand nach ihm ausstrecken wollte, wurde er auf einmal wieder lebendig und schwamm in Windeseile davon. Hedda tauchte hinter ihm her und war überrascht, wie gut sie das

Tempo des schuppigen Meeresbewohners mithalten konnte. Als sie an sich herunterblickte, stellte sie fest, dass sie auf einmal den Körper eines Seehundes besaß.

Sie verfolgte den Fisch bis zu einer Sandbank, wo er im hohen Bogen aus dem Wasser sprang, auf dem sandigen Untergrund landete und sich im selben Moment in Luft auflöste. Ungläubig watschelte Hedda an Land. Der Fisch war verschwunden, dafür stand vor ihr plötzlich eine alte Bekannte. Es war Elske Husmann, das Mordopfer aus Norddeich. Dafür, dass sie bereits seit Wochen tot war, machte sie aber einen sehr lebendigen Eindruck.

»Finde den wahren Mörder!«, sprach der Leichnam plötzlich und zerfiel vor Heddas Augen zu Sandstaub, der wie ein dichter Schleier langsam zu Boden rieselte. Als auch das letzte Sandkorn gefallen war, entdeckte Hedda plötzlich, dass es auf der Sandbank vor Seehunden nur so wimmelte. Langsam watschelte sie durch die Reihen, bis sie schließlich im Zentrum der Robben-Kolonie angekommen war. Sie drehte sich mehrfach um die eigene Achse und bestaunte die endlose Zahl an Tieren, die für sie alle gleich aussahen.

»Wie soll ich denn da den wahren Mörder finden?«, fragte sie sich verzweifelt, holte tief Luft und ließ sich durch das Loch, das sich plötzlich unter ihr aufgetan hatte, gen Boden sinken. Doch als sie wieder auftauchen wollte, um erneut nach Luft zu schnappen, war das Loch plötzlich wieder verschwunden. Panisch suchte sie nach einer Lücke in der dicken Decke aus Sand, die sich direkt über ihrem Kopf befand. Sie spürte, wie die Luft langsam knapp und ihr Atemreflex immer stärker wurde. Dann riss sie schließlich ihren Mund auf und Unmengen an Nordseewasser strömten in ihren Rachen.

Mit dem Gefühl zu ertrinken wachte Hedda schweißgebadet auf. Sie setzte sich aufrecht hin, presste ihre Hände auf die Brust und versuchte, ihre Atmung wieder zu normalisieren. Ihr Herz schlug wie wild gegen ihren Brustkorb.

»Ist alles okay mit dir?«, fragte Enno verschlafen. Durch Heddas ruckartige Bewegungen war auch er aufgewacht.

»Alles okay! Schlaf ruhig weiter!«, antwortete Hedda atemlos. »Ich hatte nur einen Albtraum.«

***

Nach dem furchtbaren Albtraum der letzten Nacht hatte Hedda eine gefühlte Ewigkeit gebraucht, um wieder in den Schlaf zu finden. Lange hatte sie über ihren Traum und insbesondere über die ermordete Elske Husmann nachgedacht. Auch das eigenartige Gefühl, das sie am Nachmittag verspürt hatte, als sie die ihr bis dato vollkommen unbekannte Okka beim Drachenfest getroffen hatte, ging ihr noch einmal durch den Kopf. War das wirklich alles nur ein großer Zufall gewesen? Sie glaubte nicht an böse Vorzeichen oder das oft zitierte Schicksal, da konnte sie doch jetzt nicht plötzlich anfangen, an übersinnliche Kräfte zu glauben. Vor allem dann nicht, wenn es um sie selbst ging.

Als sie die Augen wieder aufschlug, war Ennos Seite des Bettes bereits leer. Aus der Küche hörte Hedda geschäftiges Treiben. Sie schwang sich aus dem Bett und folgte der Geräuschquelle. »Guten Morgen!«, murmelte sie müde, rieb sich noch etwas Schlaf aus den Augen und gab Enno zur Begrüßung einen Kuss.

»Habe ich dich geweckt?« Enno schaute sie schuldbewusst an. Er trug nur die Boxershorts, die er auch in der Nacht getragen hatte. Aufgrund der nächtlichen Hitze schlief er zurzeit oben ohne und hatte sich nach dem Aufstehen auch noch nichts übergezogen.

Zufrieden begutachtete Hedda seinen durchtrainierten Oberkörper. Wenn sie nicht so müde gewesen wäre, hätte sie ihn am liebsten sofort wieder mit ins Bett genommen. »Nein, es ist ohnehin schon viel zu spät. Ich brauche aber jetzt ganz dringend einen Kaffee.«

»Hattest du eine anstrengende Nacht?« Enno grinste sie selbstbewusst an.

Hedda wusste sofort, worauf er anspielte. Es gefiel ihr, dass er beim Thema Sex in kürzester Zeit großes Selbstvertrauen gewonnen hatte. Dass er mit Anfang zwanzig noch Jungfrau gewesen war, hatte sie damals schon ein wenig verunsichert. Aber schnell hatte sich herausgestellt, dass sein Warten auf die Richtige rein gar nichts mit seinen Qualitäten im Bett zu tun hatte. Seinen Spitznamen, der vor einigen Monaten noch fast zu einem Streit zwischen ihnen geführt hatte, war er auf jeden Fall ein für alle Mal los. *Sexy Jungfrau* konnte ihn nun wirklich keiner mehr nennen.

Enno drückte ihr einen Kaffeebecher in die Hand. »Vorsicht, ist sehr heiß!«

»Danke! Für den Kaffee und für die letzte Nacht!« Sie küsste ihn erneut, dieses Mal noch etwas intensiver. »Aber um ganz ehrlich zu sein, warst du nicht alleine dafür verantwortlich, dass ich heute Morgen so kaputt bin. Ich konnte nach meinem Albtraum einfach nicht mehr einschlafen.«

»Ach, stimmt ja, du hattest ja was Schlechtes geträumt. Tut mir leid, das hatte ich schon wieder vergessen. Möchtest du darüber reden?«

Mit seinem schlechten Gewissen sah Enno so niedlich aus, dass Hedda sich veranlasst sah, ihm noch einen Kuss zu geben. Danach erzählte sie ihm in allen Einzelheiten von ihrem Traum, während er nebenbei den Frühstückstisch weiter eindeckte.

»Da hat dein Unterbewusstsein dir ja wirklich einen hollywoodreifen Horrorfilm aus deinen Erlebnissen des gestrigen Tages zusammengeschnitten«, fasste Enno seinen Eindruck zusammen, nachdem Hedda mit ihrer Erzählung geendet hatte.

»Ja, das denke ich auch!« Hedda lachte müde. Sie war immer noch etwas verunsichert, aber eine logischere Erklärung gab es einfach nicht.

Nachdem sie ausgiebig zusammen gefrühstückt hatten, machten sie einen Spaziergang zum Strand. Während sie barfuß durch den Sand liefen, bückte sich Hedda immer wieder, um einige besonders schöne Muscheln vom Boden aufzulesen. Dabei musste sie zwangsläufig an Gesa denken. Als sie das letzte Mal mit ihr auf Langeoog Muscheln gesammelt hatte, war die Welt ihrer Freundin noch in Ordnung gewesen. Doch nur kurze Zeit darauf wurde ihr Onkel Reyk ermordet aufgefunden und ihre Mutter war spurlos verschwunden. *Wie es Dagmar Janssen wohl im Gefängnis geht?*, überlegte Hedda und dachte an die lange Zeit, die Gesas Mutter wegen räuberischer Erpressung noch hinter Gittern würde verbringen müssen.

»Hast du Lust, mit mir ins Labyrinth zu gehen?«, fragte Enno, nachdem sie bereits eine ganze Zeit lang stumm nebeneinander hergegangen waren und jeweils ihren eigenen Gedanken nachgehangen hatten.

»Ein Labyrinth?« Skeptisch legte Hedda ihre Stirn in Falten. »Ist das nicht eher etwas für Kinder?«

»Ich glaube, das macht Spaß! Und du sagst doch selber immer, dass ich mich manchmal noch wie ein Kind benehme«, verteidigte Enno seinen Vorschlag.

»Da hast du natürlich recht. Okay, ich bin einverstanden!«, lachte Hedda.

Nur zwanzig Minuten später standen sie vor dem Kiosk, bei dem man auch die Eintrittskarten für das Labyrinth erwerben konnte. Die Verkäuferin erklärte den beiden noch, dass man in dem Irrgarten zwanzig Tafeln mit Fragen finden konnte. Wenn man alle gefunden hatte, musste man die jeweils richtigen Antworten nur noch auf einem Lösungszettel eintragen und beim Ausgang in eine Box werfen.

Das Labyrinth bestand aus einer dicht gewachsenen Thuja-Hecke. Die zurechtgeschnittenen Pflanzen überragten sogar Enno um mindestens einen halben Meter. Schummeln war also absolut unmöglich. In der Mitte des Irrgartens stand eine Brücke, von der aus man das komplette Gelände überblicken konnte. Dem zufriedenen Lächeln der Leute, die es bereits auf die Brücke geschafft hatten, entnahm Hedda, dass es sich gleichzeitig auch um den Weg zum Ausgang handeln musste.

Die ersten Tafeln waren schnell gefunden und die Fragen darauf waren auch einigermaßen leicht zu beantworten. Doch mit zunehmender Zeit wurde es immer schwieriger, die verbliebenen Schilder zu finden. Immer wieder bogen sie in Gänge ein, die ihnen bekannt vorkamen, oder entdeckten Tafeln, die sie bereits mehrfach gefunden hatten.

Die aufgeheizte Luft staute sich zwischen den dicht stehenden Pflanzen. Erst jetzt bemerkte Hedda, dass sie nichts zu trinken dabeihatten. Ihr Mund war bereits staubtrocken, und sie fing an immer heftiger zu schwitzen. Ihrem durchtrainierten Freund schien die Hitze indes überhaupt nichts auszumachen. Er eilte wie von der Tarantel gestochen durch die Gänge und suchte nach den fehlenden Schildern.

»Vielleicht sollten wir die Schilder einfach vergessen und uns nur noch auf die Suche nach dem Ausgang konzentrieren?«, schlug Hedda vor. Das blöde Gewinnspiel war ihr mittlerweile vollkommen egal. Eine eiskalte Erfrischung vom Kiosk würde ihr als Belohnung vollkommen reichen.

»Ich schaue nur noch kurz hier vorne nach«, sagte Enno und war schon hinter einer Abzweigung verschwunden.

»Okay, ich warte hier«, stöhnte Hedda leise. Am liebsten hätte sie sich mitten in den Gang gelegt und so auf Ennos Rückkehr gewartet.

»Hedda? Hedda, wo bist du?«

Hedda hörte Ennos Stimme laut und deutlich, konnte ihn aber nicht sehen. Er musste ganz in ihrer Nähe sein. »Ich bin hier!«, rief sie ihm zu.

»Ich muss mich irgendwie verlaufen haben!«

»Bleib, wo du bist, ich komme zu dir!« Hedda nahm die gleiche Abzweigung, die zuvor auch Enno genommen hatte. Aber bereits kurz danach stand sie ratlos vor der nächsten Kreuzung. In welche Richtung sollte sie nur gehen? Wahllos bog sie schnellen Schrittes um die nächste Ecke und stieß dabei mit einer anderen Person zusammen. »Oh, Entschuldigung«, sagte Hedda, blickte auf und schaute ihrer Unfallgegnerin direkt ins Gesicht. Erstaunt wich sie einen Schritt zurück, um sich aus etwas weiterer Entfernung noch einmal zu vergewissern, dass sie sich nicht getäuscht hatte. Doch sie stand tatsächlich erneut vor Okka, der Frau, die sie in ihrem ganzen Leben noch nicht einmal gesehen hatte und die ihr jetzt innerhalb von zwei Tagen gleich zwei Mal quasi vor die Füße gefallen war. Konnte das schon wieder ein Zufall sein?

Auch Okka schien überrascht. »Macht nichts«, sagte sie. Sie sah noch immer sehr traurig aus.

»Was machst du denn hier?«, fragte Hedda. Sie wusste, dass man in einem Labyrinth wohl keine blödere Frage stellen konnte, aber sie wollte sich auch nicht einfach so umdrehen und gehen. Zumal beide bei ihrem ersten Gespräch dieses sonderbare Gefühl verspürt hatten.

»Meine Freundin …« Okka zeigte mit dem Kopf auf die junge Frau, die direkt hinter ihr stand. »… hat mich hergeschleppt, um mich ein wenig abzulenken.«

»Gibt es noch immer keine guten Nachrichten für deinen Freund?«

»Leider nein. So wie es aktuell aussieht, droht ihm wohl eine Anklage wegen Mordes.« Niedergeschlagen schaute sie zu Boden. Es war ihr anzusehen, dass sie mit den Tränen kämpfte.

»Da bist du ja!« Enno hatte sich Hedda von hinten genähert und ihr eine Hand auf die Schulter gelegt. Er hatte sie endlich wiedergefunden. Als auch er Okka erkannte, wich er ebenfalls ein wenig zurück. »Moin! Du bist die Frau vom Drachenfest, stimmt's?« Auch er wusste nicht, was er zu ihr sagen sollte, ging aber immer noch davon aus, dass es ihr nur wegen der verstorbenen Bekannten schlecht ging.

»Wir suchen dann mal weiter! Noch mal alles Gute!« Hedda drehte sich zu Enno um, schob ihn behutsam ein paar Meter vor sich her und bog mit ihm bei der nächsten Weggabelung links ab. Sie hoffte, während ihrer weiteren Suche Okka nicht noch öfter in die Arme zu laufen. Gezwungene Gespräche, bei denen sie nicht wusste, was sie sagen sollte, waren für sie ein wahrer Albtraum.

Nach zwanzig weiteren Minuten hatten Enno und Hedda endlich den Ausgang gefunden. Erschöpft, aber glücklich lehnten sie sich über das Geländer der Brücke und ließen ihre Blicke über das Labyrinth schweifen. Jetzt konnten auch sie nachvollziehen, warum die anderen Gäste auf der Brücke so zufrieden gegrinst hatten. Es machte schon Spaß, denen, die noch nach dem Ausgang suchten, von hier oben aus zuzusehen.

Hedda und Enno kauften sich bei dem Kiosk noch jeder eine Flasche Wasser, um ihren Durst zu stillen. Dann machten sie sich auf den Rückweg zu ihrer Ferienwohnung. Unterwegs blieb Hedda auf einmal abrupt stehen. »Sieh mal!«, flüsterte sie Enno zu und zeigte auf einen kleinen Strauch am Wegesrand.

»Ist das ein Wellensittich?«, fragte Enno ungläubig.

»Ja, aber was macht der denn hier draußen?« Hedda machte ganz langsam einen Schritt auf den Vogel zu. Er flog nicht davon. Erst als sie ihren Zeigefinger nach ihm ausstreckte, hüpfte er auf einen benachbarten Zweig. »Wir können ihn nicht hier draußen lassen. Er würde die Nacht bestimmt nicht überleben.«

»Aber was sollen wir denn machen? Vielleicht gehört er ja den Leuten, die hier wohnen.« Er zeigte auf das Haus, das auf demselben Grundstück stand wie der Strauch.

»Das glaube ich nicht. Das ist auch eine Ferienwohnung. Wer nimmt denn seinen Wellensittich mit in den Urlaub? Außerdem steht die Immobilie zurzeit leer.« Sie zeigte auf ein Schild, das hinter die Fensterscheibe des Hauses gelegt worden war und die Ferienwohnung als *Frei* bewarb.

»Ich rufe mal das Tierheim an.« Enno zog sein Handy aus der Tasche, suchte sich aus dem Internet die Telefonnummer des nächstgelegenen Tierheimes heraus und tippte sie in sein Smartphone ein. Nachdem er mehrere Freizeichen abgewartet hatte, legte er schulterzuckend auf. »Geht keiner ran!«

»Es ist Sonntagabend, bestimmt ist da heute keiner mehr erreichbar. Aber wen können wir sonst noch anrufen?«

»Ich rufe mal meine Kollegen an«, sagte Enno und tippte erneut auf seinem Smartphone herum. Aber auch dieses Gespräch brachte ihn nicht direkt weiter. Die Kollegen der Polizeidienststelle gaben ihm lediglich den Tipp, es noch einmal beim *Waloseum* zu probieren, da es dort auch eine Pflegestation für kranke und verletzte Wildvögel gab. Dort erreichte Enno zwar noch jemanden, bekam aber lediglich mitgeteilt, dass der Wellensittich auch nicht in der Wildvogelstation übernachten konnte. Der Tierpfleger gab ihm jedoch den Rat, den Vogel in einen Schuhkarton mit Luftlöchern zu stecken und ihn dort zu belassen, bis am nächsten Morgen das Tierheim wieder erreichbar wäre.

Während Enno an diversen Haustüren klingelte, um nach einem Schuhkarton zu fragen, versuchte Hedda den kleinen Federfreund einzufangen. Er schien nicht mehr richtig fliegen zu können, da er lediglich vor ihr davonhopste und allenfalls mal ein bis zwei Meter durch die Luft flatterte. Aber fangen ließ sich der kleine Kerl trotzdem nicht einfach so. Erst als eine andere Passantin vorbeikam und ihre sommerliche Strickjacke über den Vogel warf, gelang es ihnen gemeinsam, den Wellensittich unter Kontrolle zu bringen.

»Sie sollten ihren Vogel wirklich nicht draußen herumfliegen lassen«, sagte die ältere Frau zu Hedda und schaute sie dabei vorwurfsvoll an. Behutsam hielt sie den Wellensittich in ihren Händen. Er schien auf einmal überhaupt keine Angst mehr zu haben.

»Das ist nicht meiner!«, verteidigte sich Hedda und erklärte ihrer Helferin, was passiert war.

Im weiteren Gespräch ergab sich, dass die Frau selbst Besitzerin mehrerer Wellensittiche war und zudem ganz in der Nähe wohnte. Sie bot Hedda an, den Vogel an sich zu nehmen und ihn bis morgen in einem aktuell leer stehenden Käfig zu verwahren. Auch um den Anruf beim Tierheim wollte sie sich gerne kümmern.

Dankend nahm Hedda ihr Angebot an. Sie war froh, dass der kleine Kerl jetzt doch nicht die ganze Nacht in einem engen, dunklen Karton verbringen musste. Das wäre für ihn sicherlich ein Albtraum gewesen. Als sie sich gerade von der netten Dame verabschiedet hatte, kam Enno im Laufschritt auf sie zu. Wie einen Siegerpokal reckte er dabei den Schuhkarton über seinen Kopf, den er soeben erbettelt hatte. Er war zwar etwas enttäuscht, dass sein heldenhafter Einsatz vollkommen umsonst gewesen war, aber der Kuss, den er dafür von Hedda bekam, und die Gewissheit, dass es dem Wellensittich gut ging, entschädigten ihn dann doch.

Sie beeilten sich, um zurück zu ihrer Wohnung zu kommen, denn am späten Abend stand noch ein ganz besonderes Treffen an. Heddas Eltern kamen vorbei, um gemeinsam mit ihnen, Willm und seiner neuen Partnerin Doris essen zu gehen. Hedda war furchtbar aufgeregt, sie hatte ihre viel beschäftigten Eltern seit Weihnachten nicht mehr gesehen. Da sie ihnen damals noch ihre taufrische Beziehung zu Enno verheimlicht hatte, würde es heute also zum ersten Aufeinandertreffen zwischen ihren Erzeugern und ihrem Auserwählten kommen.

Willm hatte sie eingeladen, um seinen vierundvierzigsten Geburtstag, den er offiziell bereits Ende April begangen hatte, zu feiern. Außerdem wollte er die Gelegenheit nutzen, um der Familie eine besondere Mitteilung zu machen. Worin diese bestand, daraus machte er jedoch ein ganz großes Geheimnis. Nicht einmal Hedda wollte er vorab verraten, worum es dabei ging. Die Verkündung musste aber unbedingt genau an diesem Wochenende stattfinden. Dies war Willm sogar so wichtig, dass er kurzerhand entschied, einen Tisch in Norddeich zu reservieren und für sich und Doris sowie seine Schwester nebst Ehemann ein Hotelzimmer für die kommende Nacht zu buchen. Hedda hatte ihm zwar auch angeboten, ihren Urlaub für einen Tag zu unterbrechen, aber darauf wollte sich Willm auf keinen Fall einlassen.

»Ich bin schon ein wenig aufgeregt«, gestand Enno, als sie sich auf den Weg zum Restaurant machten.

»Mach dir keine Sorgen, meine Eltern werden dich mögen!«, beruhigte Hedda ihn. *Sie haben ja sogar Jan gemocht*, fügte sie in Gedanken hinzu, war aber froh, dass sie dieses Mal erst nachgedacht und nicht gleich laut gesprochen hatte. Ein Vergleich mit ihrem untreuen Exfreund hätte Enno jetzt wahrscheinlich gerade noch gefehlt. »Außerdem bist du ja nicht die einzige Neuvorstellung heute.«

»Stimmt, Doris kennen deine Eltern ja auch noch nicht. Und vielleicht haut Willm mit seiner Neuigkeit ja ohnehin alle vom Hocker«, scherzte Enno weiter. »Vielleicht macht er Doris ja einen Heiratsantrag.«

»Ach was«, winkte Hedda ab. »Dann hätte er doch mit Sicherheit auch noch meine Großeltern und Doris' Eltern eingeladen.«

»Ist Willm offiziell eigentlich noch mit dieser Sarinya verheiratet?«

»Soweit ich weiß, ja. Er redet nicht gerne über sie. Darum habe ich ihn eigentlich auch nie wieder danach gefragt«, antwortete Hedda schulterzuckend.

Als sie das Restaurant erreichten, saßen Willm und Doris bereits an dem reservierten Tisch. Nach einer herzlichen Begrüßung setzten sie sich, und Heddas Onkel reichte allen ein Glas Champagner zum Anstoßen. »Dein Vater hatte dienstlich noch etwas Wichtiges zu erledigen, deine Eltern werden sich daher um etwa zwanzig Minuten verspäten.«

Hedda rollte verständnislos mit den Augen. Sie war es gewohnt, dass die Arbeit ihres Vaters selbst an einem Sonntag wichtiger war als alles andere. »Gibt es denn etwas zu feiern?«, fragte sie mit einem Blick auf die teuer aussehende Champagnerflasche.

»Doris hatte gestern Geburtstag!«, sagte Willm und schaute seine Partnerin verliebt an.

»Das hättest du uns aber auch eher sagen können«, beschwerte sich Enno. »Wir haben ja nicht mal ein Geschenk dabei.« Er stand auf und drückte Doris herzlich. Hedda tat es ihm gleich.

»Und außerdem haben wir letzte Woche erfahren, dass der geplante Hotelbau auf unserem Nachbargrundstück nun endgültig vom Tisch ist. Wir werden also unseren exklusiven Blick auf den See behalten.« Willm strahlte über das ganze Gesicht. Die Unsicherheit der vergangenen Monate hatte ihn doch sehr belastet.

Die Wartezeit bis zum Eintreffen von Heddas Eltern verkürzten sich die vier mit etwas Bruschetta und guten Gesprächen. Eine halbe Stunde später als vereinbart wurden dann auch endlich die fehlenden Gäste vom Kellner an den Tisch geführt. Nach einem kurzen Monolog, in dem Heddas Vater den Grund seiner

Verspätung noch einmal detailliert erläuterte, kam es schließlich zu einer leicht verkrampften Begrüßung.

Hätte auch schlechter laufen können, dachte Hedda erleichtert, als alle ihre Nasen in die Speisekarten steckten, um sich ein Hauptgericht auszusuchen. Die erste Gesprächsrunde war überstanden und Enno hatte sich ihrer Meinung nach hervorragend geschlagen. Er hatte es sogar geschafft, ihre Mutter einige Male zum Lachen zu bringen. Ein wirklich gutes Zeichen, wie Hedda wusste.

Nachdem sie ihre Bestellungen aufgegeben hatten, erhob sich Willm von seinem Platz und richtete das Wort an die Runde. »Liebe Familie, ich freue mich sehr, dass wir es geschafft haben, heute hier zusammenzukommen. Ich möchte euch nämlich gerne eine freudige Mitteilung machen, die wir …« Er zwinkerte Doris erneut verliebt zu. »… die wir bereits gestern unseren Eltern mitgeteilt haben.«

Hedda spürte, wie Enno ihr unter dem Tisch einen leichten Tritt gab. Sie schaute zu ihm hinüber und blickte dabei direkt in sein feist grinsendes Gesicht. Sollte er mit seiner Vermutung tatsächlich recht gehabt haben?

»Jetzt sag bloß nicht, dass ihr Nachwuchs erwartet«, warf Heddas Vater kopfschüttelnd ein. Die Angewohnheit, erst zu sprechen und dann nachzudenken, hatte Hedda eindeutig von ihm geerbt.

»Nein, lieber Schwager, ich bin nicht schwanger. Auch wenn es vielleicht so aussieht.« Mit einem breiten Grinsen im Gesicht rieb sich Willm über seinen dicken Bauch, der fast schon wieder seinen alten Umfang erreicht hatte. »Aber Doris und ich werden heiraten.«

Während alle Tischgäste nahezu gleichzeitig aufsprangen, um dem zukünftigen Brautpaar zu gratulieren, blieb Heddas Vater zunächst auf seinem Stuhl sitzen. Erst deutlich später erhob auch er sich, umarmte zuerst seine zukünftige Schwägerin und danach den Bruder seiner Frau. »Nun ja, dieses Mal passt deine Braut ja wenigstens optisch zu dir. Da wird deine nächste Ehe ja hoffentlich nicht wieder in einem Massenmord enden«, sagte er trocken und setzte sich wieder.

Das hat er jetzt nicht wirklich gesagt, dachte Hedda und auch die übrigen Tischgäste schauten betreten auf die vor ihnen stehenden Gläser. Es schien, als hofften sie alle, jeden Moment wieder aus diesem Albtraum zu erwachen.

Zum Glück war es gerade Doris, die als Erste die Sprache wiederfand. »Ich habe beruflich schon genug mit leblosen Fleischresten zu tun, da werde ich mich hüten, meinen Schatz ebenfalls zu Hackfleisch zu verarbeiten.« Sie machte eine kurze Pause, schaute in die Runde und zwinkerte ihrem Zukünftigen abschließend lächelnd zu. »Wobei ich dich dann problemlos in *Brunos Imbiss* verschwinden lassen könnte.«

Jetzt mussten auch die übrigen Tischgäste lachen. Durch ihre lustige Reaktion hatte Doris den Abend gerettet. Wobei gerade sie allen Grund gehabt hätte, sich über den unangebrachten Kommentar aufzuregen, fand Hedda. Aber auch sie beschloss, sich nicht weiter über den dummen Spruch ihres Vaters zu ärgern, sondern sich stattdessen darüber zu freuen, dass ihr Onkel eine so schlagfertige Frau heiraten würde.

3. Kapitel

Ermittlungsergebnisse

Hedda lief erneut durch das grüne Labyrinth aus Thuja-Pflanzen. Sie suchte schon eine ganze Zeit lang nach Enno und wurde langsam wirklich unruhig. Doch je schneller sie zu rennen versuchte, desto langsamer kam sie vorwärts. Manchmal hatte sie sogar das Gefühl, auf der Stelle zu treten.

Plötzlich kamen aus allen vier Himmelsrichtungen düstere Gestalten auf sie zugelaufen, die alle große Ähnlichkeit mit Okka hatten. »Er war es ganz sicher nicht! Du glaubst mir doch, oder?«, wiederholten die Frauen dabei immer wieder in einem bedrohlich klingenden Kanon.

Hedda bekam es mit der Angst zu tun. Aber wohin sollte sie fliehen? Alle Fluchtmöglichkeiten waren ihr durch Okka oder einen ihrer Klone versperrt. Plötzlich spürte sie einen ungewöhnlich starken Windhauch an ihren Armen. Sie blickte an sich hinab und stellte fest, dass ihr auf einmal Flügel gewachsen waren. Sie schlug ein paar Male kräftig mit den Armen und hob tatsächlich vom Boden ab. Zeitgleich stürzten die Okka-Zombies auf sie zu. Eine der Frauen packte sie am Fußgelenk.

Während Hedda weiter mit den Flügeln schlug, versuchte sie zeitgleich ihre Angreiferin abzuschütteln. Mit dem freien Fuß trat sie immer wieder gegen den Kopf der Gestalt, der nun vielmehr einer hässlichen Fratze glich und nur noch rudimentäre Ähnlichkeiten zu Okka aufwies. Sie trat so lange zu, bis das Monster schließlich seinen Griff löste, hinunterfiel und mitten auf einer der immergrünen Heckenpflanzen landete. Mit pochendem Herzen flog Hedda zu der Brücke in der Mitte des Irrgartens und landete auf dem dazugehörigen Geländer. Von hier aus konnte sie beobachten, dass im ganzen Labyrinth unzählige Okka-Zombies auf der Suche nach ihr herumirrten.

Plötzlich hörte sie hinter sich ein Geräusch. Sie blickte sich um und sah auf der Brücke den Leichnam von Elske Husmann liegen. Er sah genauso aus, wie sie ihn zuletzt in Bento Frerichs' Bestattungsinstitut gesehen hatte. Sie kniete sich neben die leblose Frau und schaute direkt in ihr blasses Gesicht. In diesem Moment kam es Hedda so vor, als würde Elske Husmann lediglich friedlich schlafen. Doch dieser Eindruck änderte sich schlagartig, als die Leiche ihre Augen aufschlug, sich aufrichtete und zu Hedda sagte: »Sie haben alle recht! Du musst ihnen helfen!«

Auch Hedda saß jetzt aufrecht und mit weit aufgerissenen Augen in ihrem Bett. Sie schnappte nach Luft, so als ob sie gerade einen Zehn-Kilometer-Lauf hinter sich gebracht hätte.

Enno hatte sich sofort neben sie gesetzt und ihr den Arm um die Hüfte gelegt. »Es ist alles gut, du hattest nur schon wieder einen Albtraum«, versuchte er sie zu beruhigen und streichelte ihr mit seiner Hand über den Rücken. »Ging es schon wieder um den Mord an dieser Frau?«

Hedda nickte. Noch immer rang sie nach Atem. »Meinst du, du kannst bei deinen Kollegen morgen …« Sie machte eine Pause und holte tief Luft. »… etwas mehr über die Hintergründe des Mordes in Erfahrung bringen?«

Nach dem erneuten Zufallstreffen mit Okka im Irrgarten hatte Hedda Enno gestanden, dass es sich bei der gemeinsamen *Bekannten* nicht nur um eine Leiche, sondern sogar um ein Mordopfer handelte. Auch dass ein schwer zu beschreibendes Gefühl sie veranlasst hatte, beim Drachenfest den Kontakt zu Okka zu suchen, hatte sie ihm zwischenzeitlich offenbart.

Enno nickte verschlafen. Er wusste, Hedda würde ihn nicht darum bitten, wenn es nicht wirklich wichtig für sie war. »Ich lasse gleich morgen früh ein paar Kontakte spielen«, versprach er ihr. »Aber jetzt versuch, noch ein wenig zu schlafen.«

Hedda drehte sich zu ihm, schmiegte sich an seine Seite und fuhr mit ihrer Hand über seinen straffen Oberkörper. Eigentlich wollte sie nur ein wenig mit ihm kuscheln und sich geborgen fühlen, aber seine Wärme und Nähe brachten sie jetzt auf ganz andere Gedanken. »Ich glaube, ich kann jetzt noch nicht wieder einschlafen«, hauchte sie ihm verheißungsvoll ins Ohr.

***

Zum Frühstück hatten sich Hedda und Enno mit Willm und Doris getroffen. Heddas Eltern waren hingegen schon wieder abgereist. Als Begründung hatten sie berufliche Umstände genannt, welche die Anwesenheit von Heddas Vater in der Bank unumgänglich machten. Hedda war darüber ausnahmsweise gar nicht so unglücklich. So konnte ihr Vater wenigstens keine unüberlegten Äußerungen mehr von sich geben, wie er es am Vorabend noch getan hatte.

Nachdem sie noch einen gemeinsamen Spaziergang unternommen hatten, verabschiedeten sich auch Willm und Doris wieder. Angeblich hatten sie in Neermoor noch ein paar wichtige Dinge zu erledigen, aber Hedda vermutete, dass sie eigentlich nur die sturmfreie Bude nutzen wollten, solange sie noch mit Enno in Norddeich war. Immerhin waren die beiden ja auch gerade frisch verliebt.

Zurück in ihrer Ferienwohnung checkte Enno sofort die Nachrichten auf seinem Smartphone. Wie versprochen hatte er am Morgen einige Telefonate geführt und dabei schon viele Details über den gewaltsamen Tod von Elske Husmann erfahren. Außerdem kannte er jetzt den aktuellen Sachstand der Ermittlungen. Einer seiner Kollegen hatte ihm trotzdem versprochen, ihm noch die Antworten nachzuliefern, die er nicht direkt im ersten Gespräch beantworten konnte.

»Und?«, fragte Hedda gebannt, nachdem Enno das erste Mal wieder zu ihr aufgeblickt hatte. Sie hatten im Vorfeld vereinbart, erst dann wieder über den Fall Elske Husmann zu sprechen, wenn auch wirklich alle Informationen verfügbar waren.

»Also!« Enno holte tief Luft. »Elske Husmann wurde in ihrem eigenen Bett tot aufgefunden. Sie wurde offensichtlich mit einem Kabel oder einem vergleichbaren Gegenstand stranguliert. Ein Selbstmord kann dabei ausgeschlossen werden. Sie ist also definitiv ermordet worden«, begann Enno zu berichten.

Hedda erinnerte sich noch gut an den schmalen tiefen Krater, der einmal rund um den Hals der Toten verlief. »Und weißt du auch etwas darüber, warum ihr Ehemann festgenommen worden ist?«

»Es gab keine Einbruchsspuren im Haus. Der Täter musste also einen Schlüssel gehabt haben oder vom Opfer selbst hereingelassen worden sein.«

»Aber das kann doch noch nicht ausreichen, um ihren Mann festnehmen zu lassen«, protestierte Hedda.

»Nun lass mich doch erst einmal ausreden.« Seufzend schüttelte Enno den Kopf. Er war es mittlerweile gewohnt, dass Hedda ihn nicht immer zu Ende erzählen ließ.

»Tschuldigung!« Hedda tat so, als würde sie ihre Lippen mit einem imaginären Reißverschluss versiegeln.

»Natürlich reicht die Tatsache, dass ihr Mann trotz der Trennung zu diesem Zeitpunkt noch immer einen Haustürschlüssel besaß, nicht für eine Verhaftung aus. Aber die Nachbarin des Opfers hat ihn nur wenige Stunden vor dem festgestellten Todeszeitpunkt noch auf der Straße vor dem Haus getroffen. Er hatte ihr gegenüber geäußert, noch einige private Gegenstände abholen zu wollen. Dann hat er gemäß ihrer Aussage seinen Schlüssel genommen und das Haus betreten.«

»Hat er denn nicht erst einmal geklingelt? Anscheinend war seine Frau zu diesem Zeitpunkt ja bereits im Haus. Weißt du, wie das Verhältnis der beiden nach der Trennung gewesen ist?«

Enno grinste. »Der Reißverschluss hat ja nicht besonders lange gehalten.« Er berührte mit seinem Zeigefinger ganz sanft Heddas Lippen.

»Du kennst mich doch!« Entschuldigend zuckte Hedda mit den Schultern.

»Die Trennung ist wohl nicht gerade friedlich verlaufen. Bereits vor, aber auch nach dem Auszug von Renke Husmann gab es wohl immer wieder heftigen Streit, der auch in der Öffentlichkeit ausgetragen worden ist.«

»Und worüber haben sie sich gestritten?«

»Das weiß ich leider nicht.« Enno zuckte verlegen mit den Schultern.

»Hat er eigentlich sie verlassen?«, stellte Hedda sofort die nächste Frage.

Enno nickte. »Ja, er hat sie für eine andere Frau verlassen.«

»Für Okka?«, konkretisierte Hedda ihre Frage.

»Genau«, bestätigte Enno. »Wenn man den Gerüchten der Nachbarschaft glauben darf, dann ist Renke Husmann wohl nicht mehr mit der Sexsucht seiner Frau klargekommen und hat sich deshalb eine neue Partnerin gesucht.«

»Okay.« Hedda grübelte vor sich hin. »Aber dann hatte er doch eigentlich überhaupt kein Motiv, sie zu töten. Er hat doch schließlich sie verlassen.«

»Das stimmt, trotzdem ist es in der Tatnacht zum Geschlechtsverkehr zwischen den beiden gekommen.«

»Ach was?« Hedda schaute Enno erstaunt an. »Woher weißt du das?«

»Zum einen hat der Tatverdächtige es selbst zugegeben, zum anderen belegen auch Spermaspuren diese Tatsache. Außerdem sind aber unter den Fingernägeln der Toten auch noch Hautreste des Verdächtigen festgestellt worden.«

»Sie hat sich gewehrt?«

»Davon gehen die Kollegen derzeit aus. Renke Husmann behauptet jedoch, dass seine Frau ihm beim einvernehmlichen Sex den Rücken zerkratzt hat. Entsprechende Kratzspuren belegen seine Aussage zwar, aber die Verletzungen im Vaginalbereich des Opfers deuten hingegen auch auf einen nicht einvernehmlichen Geschlechtsverkehr hin.«

»Aber Elske Husmann ist definitiv tot. Das spricht dann wohl eher für die Theorie der Polizei. Außerdem finde ich es immer noch sehr merkwürdig, dass er, ohne vorher zu klingeln, ins Haus gegangen ist«, resümierte Hedda.

»Er gibt an, ins Haus gegangen zu sein, um dort ein paar persönliche Sachen zu holen. Dabei sei er überraschend auf seine Frau gestoßen.«

»Überraschend?«

»Ja«, bestätigte Enno seine Aussage. »Er hat zu Protokoll gegeben, dass er seine Frau die ganze Zeit über im Camp Nordseefrieden wähnte und daher nicht mit ihrer Anwesenheit gerechnet habe.«

»Camp Nordseefrieden? Was ist denn das?«

»Das ist eine Einrichtung hier in Norddeich, in der Leute eine Auszeit vom Alltag nehmen können. Sie wird von irgendeinem Esoterik-Verein geleitet. Kein Internet, kein Fernsehen, viel frische Luft und so weiter und so weiter. Angeblich hat Elske Husmann sich kurz nach der Trennung von ihrem Mann bereits dorthin begeben.«

»Und warum war sie dann doch zu Hause, als ihr Mann kam?«, fragte Hedda.

»Die Polizei hat sich auch beim Vorstand des Vereins und den Campbewohnern umgehört. Demnach hat sie ihren Aufenthalt dort nur wenige Stunden vor ihrem Tod freiwillig abgebrochen. Angeblich ist sie mit den weitreichenden Einschränkungen, die den

Bewohnern dort als Bedingung abverlangt werden, nicht klargekommen.«

»Gab es denn noch mehr Bedingungen? Kein Internet und kein Fernsehen sind doch wohl schon Einschränkung genug.«

»Ich kenne nicht alle Details, aber Elske Husmann hat wohl einen der männlichen Bewohner sexuell bedrängt. Eine der Bedingungen ist es jedoch, sich während der gesamten Zeit des Aufenthaltes ganz auf sich und seinen eigenen Seelenfrieden zu konzentrieren. Es ist deshalb sogar verboten, miteinander zu sprechen. Da kommt Sex dann natürlich überhaupt nicht infrage«, erklärte Enno weiter.

»Aber Selbstbefriedigung wäre demnach erlaubt, oder was?« Hedda verschränkte die Arme vor der Brust und schüttelte verständnislos mit dem Kopf. Für sie gehörten guter Sex und ein ausgeglichener Seelenfrieden untrennbar zusammen. Warum der Verein diese komische Regel aufgestellt hatte, konnte sie daher überhaupt nicht verstehen.

Wieder einmal schoss Enno die Wärme ins Gesicht. »Das weiß ich nicht! Tut jetzt aber auch nichts zur Sache, oder?«, antwortete er knapp. Das Thema schien ihm sichtlich unangenehm zu sein.

Okay, dachte Hedda. *Neben Verdauungsproblemen müssen wir uns wohl auch dem Thema Selbstbefriedigung noch langsam annähern.* Sie beschloss aber zunächst, Enno mit einer weiteren Frage aus seinem aktuellen Unwohlsein zu befreien. »Aber wenn sie gegen die Regeln verstoßen hat, dann hat man sie doch aus dem Camp geworfen und sie ist mitnichten freiwillig gegangen?«

»Es gab keinerlei Aussagen oder Hinweise darauf, dass sie rausgeworfen wurde. Es sieht tatsächlich so aus, als wäre sie einfach freiwillig gegangen.«

»Und der Typ, den sie angebaggert hat, kommt der nicht eventuell auch als Täter infrage?«, überlegte Hedda.

Enno legte seine Stirn in Falten und kratzte sich wieder über sein unrasiertes Kinn. »Welches Motiv könnte er gehabt haben?«

»Keine Ahnung. Vielleicht hat er sich hinterher über die verpasste Chance geärgert und ist deshalb zu ihr nach Hause, um doch noch mit ihr in die Kiste zu hüpfen? Wäre doch möglich.« Hedda dachte an das Foto von Elske Husmann, das neben dem Sarg aufgestellt worden war. Sie war wirklich eine sehr attraktive Frau gewesen.

»Dein Gedanke ist gar nicht so abwegig.« Enno legte den Kopf leicht schief und schaute Hedda nachdenklich an. Dann nahm er sein Handy zur Hand und überflog noch einmal die Informationen, die er nachträglich von seinen Kollegen bekommen hatte. »Die Obduktion der Leiche hat tatsächlich ergeben, dass Elske Husmann kurz vor ihrem Tod mit zwei verschiedenen Männern ungeschützten Geschlechtsverkehr gehabt hat.«

»Aha!«, triumphierte Hedda.

»Aber der Mann aus dem Camp hat bereits freiwillig eine DNA-Probe abgegeben. Außerdem hat eine Auswertung der Standortdaten ergeben, dass sein Handy sich zum Tatzeitpunkt auf dem Gelände des Vereins befunden hat.«

»Das Handy könnte er absichtlich dort gelassen haben. Würde ich auch so machen, wenn ich einen Mord geplant hätte.«

»Muss ich mir jetzt Sorgen machen?«

»Ach Quatsch!« Belustigt verzog Hedda das Gesicht. »Und was hat der DNA-Abgleich ergeben?«

»Keine Übereinstimmung.« Enno schüttelte fast schon entschuldigend den Kopf. »Außerdem hat er ein Alibi für den möglichen Tatzeitraum. Mehrere Campbewohner bezeugten, dass er die Nacht im Vereinsheim verbracht hat.«

»Alibi«, schnaufte Hedda verächtlich. »Wahrscheinlich stecken die in diesem komischen Camp alle unter einer Decke. Das klingt für mich ohnehin alles eher nach einer Sekte als nach einem Verein. Vielleicht musste die arme Elske ja auch sterben, weil sie die Gemeinschaft wieder verlassen wollte. Das hat man von bekannten Sekten doch auch schon gehört, dass die ihren ehemaligen Mitgliedern das Leben hinterher zur Hölle gemacht haben.«

»Im Camp gibt es regelmäßig wechselnde Bewohner. Keiner bleibt länger als zwei Wochen dort. Für eine Gehirnwäsche ist der Zeitraum also viel zu kurz. Und auch früher hat es dort schon Leute gegeben, die ihren Aufenthalt bereits nach wenigen Tagen wieder abgebrochen haben. Keiner von denen hat jedoch hinterher von Belästigungen oder Einschüchterungen berichtet.«

»Gibt es denn sonst keine Verdächtigen? Die Polizei muss doch nach dem zweiten Mann fahnden, mit dem Elske Husmann in der Mordnacht geschlafen hat.«

»Das tut sie doch auch! Doch neben den bereits genannten Verdächtigen gab es nur noch einen weiteren Mann, mit dem sie in der letzten Zeit Ärger hatte.«

»Und? Lass mich raten: Dessen DNA passte auch nicht zu dem gefundenen Sperma, oder?«

Enno nickte. »Elske Husmann hat in seiner Pension als Reinigungskraft gearbeitet. Nachdem sie einen der Gäste sexuell bedrängt hat, hat er sie gefeuert.«

»Aber dann hätte doch eher sie ein Motiv gehabt, ihren Chef umzubringen.« Hedda machte eine kurze Gedankenpause. »Wobei mir der Job als Putzfrau sicherlich keinen Mord wert gewesen wäre.« Sie schüttelte verständnislos den Kopf. Die Gedanken der Polizei konnte sie nicht nachvollziehen.

»Das stimmt schon, aber die Kollegen sind einfach jeder Spur nachgegangen. Es hätte ja schließlich sein können, dass sie ein klärendes Gespräch mit ihm gesucht hat, bei dem es dann zum Streit kam, der letztendlich außer Kontrolle geraten ist.«

Hedda überlegte. »Dass Elske Husmann in der Mordnacht gleich mit zwei Typen Sex hatte, spricht natürlich für einen männlichen Täter. Aber könnte es nicht auch eine Frau gewesen sein? Was ist mit dieser Okka? Immerhin hatte ihr neuer Freund in dieser Nacht Sex mit seiner Noch-Ehefrau. Also wenn das kein Grund ist, um auszurasten, dann weiß ich auch nicht.« Hedda dachte an ihre ehemals beste Freundin Vanessa und ihren Exfreund Jan. In Gedanken hatte selbst sie den beiden wirklich schlimme Dinge angetan, als sie von deren Verhältnis erfahren hatte.

»Okka kann es nicht gewesen sein.« Enno zuckte erneut mit den Schultern.

»Wieso das denn nicht?«, fragte Hedda mit einer Mischung aus Entrüstung und Enttäuschung. »Nur weil sie nicht nachweislich mit dem Opfer geschlafen hat?«

»Okka war in der Tatnacht nicht einmal vor Ort. Sie hat über Nacht ihre Mutter in Wilhelmshaven besucht. Auch das wird durch die Standortinformationen des Mobilfunkanbieters belegt.«

»Wie hat die Polizei eigentlich Verbrecher gefangen, als es noch keine Handys gab?«, fragte sie ketzerisch.

»Woher soll ich das wissen? So alt bin ich nun auch noch nicht«, schmunzelte Enno.

Nachdenklich zupfte Hedda an ihrer Unterlippe. »Dann muss es einer der zahlreichen Männer gewesen sein, mit denen sie in der Kiste war. Elske Husmann ist doch offensichtlich sexsüchtig. Wahrscheinlich hat sich einer der armen Trottel bis über beide

Ohren in sie verliebt und konnte es am Ende nicht mehr mit ansehen, wie sie ständig mit einem anderen im Bett gelandet ist.«

»Das ist eine denkbare Theorie. Aber soweit die Kollegen das ermittelt haben, war Elske Husmann in ihrer Ehe stets treu. Gemäß Renke Husmann führte zwar auch ihr unverhältnismäßiger Sexhunger zur Trennung der beiden, aber von weiteren Männern, mit denen seine Frau während der Ehe geschlafen haben soll, weiß er angeblich nichts.«

Der arme Kerl, dachte Hedda. *Die meisten Männer beklagen sich, dass ihre Frauen nicht genug Lust auf Sex haben, und er musste sich von seiner Partnerin trennen, weil sie ihn letztendlich damit überfordert hat.*

»Worüber denkst du nach?«, fragte Enno neugierig. Er kannte Heddas leeren Blick, der durch ihn hindurchzugleiten schien, wenn sie mal wieder in Gedanken versunken war.

»Ach nichts!« Hedda schüttelte den Kopf und machte eine wegwerfende Handbewegung. »Ich habe nur überlegt, was wir jetzt noch tun können.«

»Was wir noch tun können?«, wiederholte Enno ihre Worte ungläubig. »Ich dachte, wir sind hier, um Urlaub zu machen!«

»Sicher machen wir hier Urlaub. Ich habe nur keine Lust, jede Nacht von einem Albtraum gequält zu werden.« Hedda schloss die Augen und atmete einmal tief ein und wieder aus. Vor ihrem inneren Auge erschien wieder einmal das Bild von Elske Husmanns Leichnam. Ruckartig schlug sie die Augen wieder auf. »Könntest du mir die Fotos vom Tatort besorgen?«, fragte sie, einem inneren Impuls folgend.

»Ich soll was?« Ungläubig schaute Enno seine Freundin an. Er würde wirklich alles für sie tun, aber wenn das herauskam, könnte ihn das den Job kosten.

»Ich kann es dir nicht erklären, aber als ich damals neben der Leiche von Elske Husmann stand, da hatte ich so ein Gefühl. Und genau das gleiche Gefühl hatte ich wieder, als ich Okka auf der Drachenwiese getroffen habe.«

»Ach, und wegen einem Gefühl …« Er betonte dieses Wort besonders und setzte es zudem symbolisch in Anführungszeichen. »… soll ich meinen Job bei der Polizei riskieren?«

Verständnisvoll schaute Hedda ihren Freund an. Sie wusste, dass sie eigentlich Unmögliches von ihm verlangte. Dennoch schaffte sie es nicht, ihre Bitte zurückzuziehen, sondern versuchte es stattdessen mit einer weiteren Erklärung. »Das Gefühl war ja nicht erst wieder da, als ich erfahren habe, wer Okka ist. Ich habe es ja bereits gespürt, als ich sie da in dieser Menschentraube gesehen habe.« Mit leicht gesenktem Kopf und großen Augen schaute sie Enno verständnissuchend an.

Es war dieser Blick, dem Enno einfach nichts abschlagen konnte. »Okay, ich werde mal kurz telefonieren.«

Schlagartig strahlte Heddas Gesicht vor Freude. Sie fiel ihm in die Arme und gab ihm einen dicken Kuss. »Danke, du bist der Allerbeste!«

»Ich kann dir aber nichts versprechen, schließlich bin ich hier nicht der Einzige, der mit solch einer Aktion seine spätere Pension riskiert«, versuchte er ihre Euphorie zu dämpfen.

»Das weiß ich doch!« Hedda lächelte. Sie wusste: Wenn Enno etwas wirklich wollte, dann bekam er das auch hin. Er hatte sich während der Ausbildungszeit an der Polizeiakademie und in seinen ersten Dienstmonaten in Moormerland bereits ein beachtliches Netzwerk an Kontakten aufgebaut.

Nachdem Enno etwa zwanzig Minuten im Schlafzimmer der Ferienwohnung verschwunden war, kam er mit einem betretenen Gesichtsausdruck zurück in die Wohnküche.

»Keinen Erfolg gehabt?«, fragte Hedda enttäuscht und gleichzeitig auch mitfühlend. Sie ging mit ausgestreckten Armen auf Enno zu und zog ihn ganz dicht an sich. »Danke, dass du es trotzdem versucht hast.«

Enno nahm einen tiefen Atemzug und genoss für einen Moment den wundervollen Duft und die Wärme, die Hedda verströmte. Dann löste er sich langsam aus ihrer Umarmung. »Ich habe die Fotos«, sagte er zufrieden und zwinkerte Hedda triumphierend zu. Überraschenderweise gefiel es ihm, schon wieder gemeinsam mit seiner Freundin in die Ermittlungen einzusteigen.

»Was? Zeig her!« Hedda lehnte sich an seine Seite, während er die Fotos auf seinem Smartphone aufrief.

Das erste Bild zeigte den Leichnam von Elske Husmann, der unbekleidet auf einer Matratze lag. Das Foto war vom Fußende des Bettes aus aufgenommen worden. Hedda legte Daumen und Zeigefinger auf das Display und vergrößerte den Bildausschnitt, der den Oberkörper der Toten zeigte. Die rechte Hand von Elske

Husmann ruhte unterhalb ihres linken Schlüsselbeins. Nur ein kleines bisschen tiefer und sie hätte ausgesehen wie eine Sportlerin, die sich bei der Nationalhymne stolz die Hand aufs Herz gelegt hat.

Ob sie vielleicht vor Schreck einen Herzinfarkt erlitten hat? Oder hat sie vielleicht versucht, mit der Hand die Schlinge um ihren Hals zu lockern?, überlegte Hedda und wischte, ohne Enno zu fragen, weiter zum nächsten Foto.

Die Abbildung zeigte ein Handgelenk des Mordopfers in Großaufnahme. Deutlich konnte Hedda die Druckspuren unterhalb des Handballens erkennen. »Ist sie etwa gefesselt gewesen? Aber wie soll sie dann ihrem Mann den Rücken zerkratzt haben?«, teilte sie ihre Gedanken mit Enno.

»Renke Husmann behauptet, seine Frau beim Geschlechtsverkehr nicht gefesselt zu haben. Die Kollegen vermuten deshalb auch, dass Elske Husmann die Fesselsex-Nummer mit unserem Mister X durchgezogen haben muss. Das Ganze geschah wahrscheinlich im gegenseitigen Einvernehmen, ansonsten hätten wir doch auch die Hautreste eines anderen Mannes unter ihren Fingernägeln finden müssen. Wenn sie sich wirklich bedroht gefühlt hat, hätte sie sich doch sicherlich genauso heftig gewehrt, wie sie es bei ihrem Mann getan hat.«

Hedda versuchte sich die jeweiligen Szenen vorzustellen. Dass eine Frau sich freiwillig von ihrem Liebhaber ans Bett fesseln ließ, hielt sie für durchaus realistisch, setzte ihrer Meinung nach aber auch großes Vertrauen voraus. *Vielleicht hatte Elske Husmann ja doch schon seit längerer Zeit einen Geliebten, den sie vor ihrem Mann versteckt halten konnte.*

Andererseits konnte sie sich aber auch gut vorstellen, dass eine Frau in wilder Leidenschaft ihrem Partner während des Geschlechtsaktes den Rücken zerkratzte. *Wenn ihr Mann wirklich in ihr Haus eingedrungen ist und sie zum Sex gezwungen hat, müsste er dann nicht auch Kratzspuren an den Armen und im Gesicht haben? Sie müsste sich doch schon gegen ihn gewehrt haben, bevor er sie letztlich aufs Bett schmeißen und dort fixieren konnte.*

»Die Kollegen gehen übrigens davon aus, dass auch der Sex mit ihrem Mann zunächst im gegenseitigen Einvernehmen geschehen ist«, ergänzte Enno, so als ob er Heddas Gedanken gehört hätte.

»Aber dann muss ihr Mann den Mord ja wirklich eiskalt geplant haben. So wie es aussieht, hat er doch eine Art Schlinge benutzt, um sie zu töten. So etwas liegt ja normalerweise nicht gerade zufällig irgendwo im Haus herum. Die muss er dann ja schon selbst mitgebracht haben.«

Enno nickte. »Da hast du recht.«

»Aber welches Motiv könnte Renke Husmann gehabt haben? Er hat doch schließlich seine Frau verlassen, um mit einer anderen glücklich zu werden.«

»Ich habe die Kollegen am Telefon auch gefragt, worum es in den Streitigkeiten zwischen Elske Husmann und ihrem Mann gegangen ist. Es ging wohl meistens um das gemeinsame Haus. Elske wollte es nach der Trennung behalten, aber ihr Mann wollte es unbedingt verkaufen, um damit seine Schulden zu tilgen.«

»Schulden?«

»Ja, Renke Husmann hat einen beachtlichen Schuldenberg aufgetürmt. Er hat unzählige Kleinkredite aufgenommen, um damit Autos, Reisen, technische Geräte und sonstigen unnützen Kram zu finanzieren. Eine Privatinsolvenz wäre wohl ohne den Hausverkauf unvermeidlich.«

»Aber wenn er solche Geldsorgen hat, dann ist das Haus doch sicherlich auch noch hoch verschuldet, oder?«, fragte Hedda. Sie konnte sich nicht vorstellen, dass ein Mann, der ansonsten keinerlei finanzielle Übersicht besaß, bei seiner Hausfinanzierung mit einer vorbildlichen Zahlungsmoral oder gar mit regelmäßigen Sondertilgungen geglänzt hatte.

»Die Raten für ihren Hauskredit haben die beiden wohl immer pünktlich bezahlt. Das Haus muss beim Kauf aber ein wahres Schnäppchen gewesen sein. In Kombination mit den deutlich gestiegenen Immobilienpreisen der letzten Jahre soll der momentane Immobilienwert deutlich oberhalb der ausstehenden Kreditsumme liegen.«

»Oje«, zog Hedda Bilanz, »das sieht ja wirklich nicht gut aus für Renke Husmann.«

Wieder nickte Enno zustimmend. »Er kann eigentlich nur hoffen, dass die Polizei den zweiten Mann findet, der in der Nacht seiner Frau beigewohnt hat.«

Hedda musste schmunzeln.

»Was ist? Warum lachst du auf einmal?«, fragte Enno. Er fand seine Ausführungen überhaupt nicht witzig.

»Beigewohnt? Hast du das gerade echt gesagt?«, fragte sie ihn augenzwinkernd.

»Ja!«, bestätigte Enno. »Wäre es dir vielleicht lieber, wenn ich stattdessen *gefickt* gesagt hätte?«, fragte er leicht verärgert.

»Nun sei nicht böse!« Wieder benutzte sie den Blick, dem Enno nichts abschlagen konnte. »Erzähl lieber weiter! Du wolltest doch noch irgendetwas über unseren Mister X sagen.«

Schmollend hielt Enno ihr sein Smartphone unter die Nase.

»Was ist das?«, fragte Hedda. Sie nahm das Gerät in beide Hände und vergrößerte das Foto erneut. »Eine blutige Scherbe?«

»Genau«, bestätigte Enno. »Die Scherbe stammt von einer Nachttischlampe, die massenhaft bei Ikea verkauft wird. Die Ermittler haben sie unter dem Bett gefunden. Sie halten es für möglich, dass der Mörder sie heruntergestoßen hat, als er die Angriffe von Elske Husmann abwehren wollte. Dabei oder bei der späteren Beseitigung der zerbrochenen Lampe könnte er sich an dieser Scherbe geschnitten haben.«

»Und das Blut stammt nicht von Renke Husmann?«

Enno schüttelte wie zur Bestätigung mit dem Kopf. »Nein, es war nicht sein Blut. Es stammt von dem zweiten Mann, mit dem Elske Husmann kurz vor ihrem Tod geschlafen hat. Aufgrund der zahlreichen Indizien gegen ihn bleibt aber Renke Husmann der Hauptverdächtige in diesem Fall.«

4. Kapitel

Undercover

Auch in der letzten Nacht hatte Hedda erneut einen Albtraum gehabt. Das Schicksal von Elske Husmann, die hoffenden Blicke von Okka und dieses unglaublich starke Gefühl, das sie sich selbst nicht erklären konnte, ließen ihr einfach keine Ruhe. Sie musste herausfinden, wer wirklich für Elskes Tod verantwortlich war.

Beim Frühstück hatte sie bereits mit Enno über ihre Gedanken gesprochen. Zunächst war er wenig begeistert gewesen, dass Hedda ihren ersten gemeinsamen Urlaub plötzlich damit verbringen wollte, nach einem Mörder zu suchen. Er wollte nicht, dass sie sich erneut in Gefahr begab. Doch dann wurde er immer stiller und wirkte nachdenklich. Schließlich bat er um ein wenig Bedenkzeit, die Hedda ihm selbstverständlich auch zugestand.

Am besten konnte Enno nachdenken, wenn er laufen ging. Er hatte sich daher seine Sportschuhe und seine Joggingklamotten angezogen und war direkt zum Meer gelaufen, um einige Kilometer abzuspulen und sich dabei von den kühlen Brisen, die stets von der Wasserseite aus über die Küste wehten, den Kopf freipusten zu lassen. Hedda war seinem Beispiel gefolgt. Sie ging zwar nicht joggen, hatte sich aber für einen Spaziergang am Strand entschieden.

Zu dieser frühen Uhrzeit war hier noch nicht besonders viel los. Nur ein paar ältere Ehepaare und ein Vater mit seinem kleinen Sohn hatten sich ebenfalls bereits am Nordseestrand eingefunden. Die Lebensfreude, mit der der Junge im Sand herumtobte, war regelrecht ansteckend und zauberte sogar ein Lächeln auf Heddas nachdenkliches Gesicht. Sie fragte sich, ob sie irgendwann einmal Enno und ihren gemeinsamen Sohn ebenfalls so ausgelassen am Strand würde beobachten können.

Barfuß schritt Hedda gemächlich durch den kühlen Sand. Sie dachte an ihre bisherige Praktikumszeit im Bestattungsinstitut von Ennos Vater zurück. Sie hatte geholfen Beerdigungen zu organisieren, hatte die Beratung und Betreuung der Hinterbliebenen begleitet und viel über die administrativen Aufgaben gelernt, die nach dem Tod eines Menschen erforderlich wurden. Doch am allermeisten gefiel ihr der direkte Kontakt mit den Verstorbenen.

Während viele Menschen das Waschen eines Leichnams als unangenehm oder sogar ekelig empfinden würden, war es für Hedda jedes Mal aufs Neue eine faszinierende Erfahrung gewesen. Sie wusste nicht, wie sie es erklären sollte, aber irgendwie umgab die Toten immer eine Aura der Ruhe und Zufriedenheit, die sich auch auf sie beruhigend auswirkte.

Alle, selbst Tim, der kleine Junge, der bei einem Verkehrsunfall gestorben war, hatten dieses positive Gefühl bei ihr ausgelöst. Alle, bis auf Elske Husmann. Als Hedda den Waschlappen über ihren nackten Leichnam gleiten ließ, hatte sie sofort eine unangenehme Unruhe verspürt, die sich schlagartig in ihrem gesamten Körper ausgebreitet hatte. Konnte das ein Zufall gewesen sein, oder kommunizierte sie etwa wirklich mit den Toten? Hatte sie eine Art sechsten Sinn, der sie spüren ließ, wessen Seele ihren Frieden gefunden hatte und welche nicht?

***

Enno warf einen prüfenden Blick auf die Sportuhr an seinem Handgelenk. Überrascht stellte er fest, dass er auch diese Runde schneller gelaufen war als die vorherige. Der Pulsmesser zeigte ihm 172 Schläge pro Minute an, die Stoppuhr lief bereits seit fast einer Stunde. Dennoch hatte er noch überhaupt nicht das Bedürfnis aufzuhören. Sein Körper funktionierte wie eine gut geölte Maschine. Seine Muskeln schmerzten nicht, seine Lunge brannte nicht und auch das Seitenstechen, das ihn zum Ende seines Trainings häufig quälte, war bisher ausgeblieben. Eigentlich fühlte er sich noch immer so, als wäre er gerade erst losgelaufen.

Aber nicht nur sein Körper absolvierte eifrig seine Runden, auch seine Gedanken drehten sich immer wieder im Kreis. Wie sollte er sich nur entscheiden? Keinesfalls wollte er Hedda erneut in Gefahr bringen, aber er wollte genauso wenig, dass sie weiterhin unter Albträumen litt. Zudem hatte er große Sorge, dass seine eigene berufliche Unzufriedenheit ihn in seiner Entscheidung beeinflussen könnte. Schon lange ging ihm der eintönige Polizeidienst auf die Nerven. Er wollte Polizist werden, um für Recht und Ordnung zu sorgen, aber auch, um etwas Abenteuer zu erleben. Doch das beschauliche Ostfriesland war eben nicht *Gotham City*. Nachbarschaftsstreitigkeiten, kleinere Verkehrsdelikte und unspektakuläre Diebstähle waren eben nichts gegen den Nervenkitzel, den ein echtes Kapitalverbrechen auslösen konnte.

Auch wenn er es sich zunächst nicht eingestehen wollte, Enno hatten die Ermittlungen, die er gemeinsam mit Hedda im Fall der Familie Janssen durchgeführt hatte, sehr gefallen. Und auch die neue Herausforderung reizte ihn ungemein. Würden er und Hedda schaffen, was die Polizei bisher nicht geschafft hatte? Würden sie den zweiten Mann ausfindig machen, der in der Mordnacht mit Elske Husmann geschlafen hatte? Würden sie ihm zudem noch nachweisen können, dass er – und nicht Elskes Ehemann – der Mörder war?

Als er an der Wasserlinie entlangjoggte und vor sich auf einmal Hedda auf sich zukommen sah, schien ihm seine Entscheidung plötzlich vollkommen klar zu sein. Er beschleunigte sein Tempo und rannte förmlich auf sie zu. Hedda war jedoch so in ihren Gedanken versunken, dass sie ihn zunächst überhaupt nicht bemerkte. Erst als ihn nur noch wenige Meter von ihr trennten, blickte sie überrascht zu ihm auf. Ihr nachdenkliches Gesicht klarte bei seinem Anblick sofort auf und sie lächelte ihn glücklich an.

Das ist meine Freundin!, dachte Enno voller Stolz und vergaß dabei völlig, sein Tempo zu drosseln. Mit offenen Armen stürmte er auf Hedda zu und bemerkte erst im allerletzten Moment, dass er viel zu schnell unterwegs war.

Mit ausgebreiteten Armen stand Hedda wie angewurzelt da. Ihr freudiger Gesichtsausdruck war einem verdutzen Blick zum Opfer gefallen. Auch sie hatte bemerkt, dass Enno viel zu schnell auf sie zugerast kam, konnte ihm aber weder ausweichen noch irgendein Zeichen geben.

Im letzten Moment korrigierte Enno sowohl seine Richtung als auch sein Tempo. Abrupt bremsend stürzte er seitlich an Hedda vorbei, verfing sich dabei jedoch in ihrem ausgestreckten Arm und taumelte anschließend mit ihr gemeinsam zu Boden. Verdutzt lagen sie im weichen Gras der Drachenwiese und schauten einander fragend an. Dann prusteten sie beide los, legten ihre Arme um den jeweils anderen und küssten sich schließlich leidenschaftlich.

»Ich liebe dich!«, sagte Enno, nachdem sie sich wieder ein wenig voneinander gelöst hatten, und schaute Hedda dabei verträumt in die Augen.

Hedda ahnte zwar schon seit Langem, dass Enno in sie verliebt war, aber dennoch lösten diese drei Worte, die ihr schüchterner Freund bisher noch nie laut ausgesprochen hatte, einen wahren Gefühls-Tsunami bei ihr aus. Zu lange schon hatte sie darauf gehofft, dass er diesen magischen Satz zu ihr sagen würde.

»Weinst du?«, fragte Enno verdutzt.

»Ich liebe dich auch, du Blödmann!«, antwortete Hedda und gab ihm mit der flachen Hand einen leichten Klaps auf den Oberarm.

»Aua, was sollte das denn jetzt?« Theatralisch hielt sich Enno die vermeintlich schmerzende Stelle.

»Nun küss mich endlich!« Hedda wartete nicht, bis Enno ihrer Aufforderung Folge leistete, sondern legte stattdessen ihre Hand in seinen Nacken, zog seinen Kopf an sich heran und küsste ihn einfach.

Wenige Minuten später lagen sie noch immer im weichen Gras. Sie hatten sich beide lang ausgestreckt, die Arme hinter dem Kopf verschränkt und beobachteten die vorbeiziehenden Wolken.

»Schau mal!«, sagte Hedda. »Die eine Wolke sieht aus wie ein großes Küchenmesser.«

Enno drehte seinen Kopf zur Seite. Er suchte nicht nach der Wolke, die Hedda entdeckt hatte, sondern nach ihrem Blickkontakt. »Wir machen es!«

»Was?« Jetzt drehte auch Hedda ihren Kopf in seine Richtung. In diesem Moment wusste sie wirklich nicht, was er meinte.

»Wir ermitteln im Fall Elske Husmann«, konkretisierte Enno seine Aussage.

Für einen Moment verschlug es Hedda die Sprache. Und das geschah nun wahrlich nicht oft. Ungläubig schaute sie ihren Freund an. »Ist das dein Ernst?«

Mit seiner Hand strich Enno ihr liebevoll den langen schwarzen Pony aus dem Gesicht. »Ja«, antwortete er, schaute ihr dabei tief in die Augen und küsste sie erneut.

Hedda hatte das Gefühl zu schweben. Zuerst die drei magischen Worte und jetzt auch noch das. Sie hatte sich wirklich den tollsten Mann auf der Welt geangelt.

»Wir brauchen aber einen guten Plan!« Innerhalb einer Sekunde ließ Enno Heddas prall gefüllten Romantik-Ballon wieder zerplatzen.

»Ich kümmere mich um die Spinner in diesem Esoterik-Camp«, sagte Hedda kurzentschlossen.

Enno fühlte sich von ihrer spontanen Antwort überrumpelt. Er hatte noch überhaupt nicht darüber nachgedacht, welcher Verdächtige die geringste Gefahr für seine Freundin bedeuten würde. »Okay …«, reagierte er verhalten. »Dann fangen wir halt im Camp Nordseefrieden mit unseren Ermittlungen an.«

Jetzt war es Hedda, die ihn nachdenklich anschaute. »Ich weiß nicht, ob es so gut ist, wenn wir gemeinsam ins Camp gehen. Zusammen könnten wir dort auffallen. Vielleicht nehmen die auch gar keine Paare auf. Außerdem sind wir effizienter, wenn wir uns aufteilen. So können wir zwei Verdächtige zur gleichen Zeit überprüfen.«

»Und warum willst gerade du in das Camp?«

»Du hast doch selbst gesagt, dass das Camp mit seinen regelmäßig wechselnden Bewohnern als eher unbedenklich anzusehen ist. Außerdem bin ich dort nicht alleine. Mir kann also überhaupt nichts passieren. Oder ist es dir vielleicht lieber, wenn ich mich auf die Suche nach den Männern mache, die etwas mit der sexsüchtigen Elske gehabt haben könnten?« Provozierend grinste Hedda ihn an.

»Natürlich nicht!«, reagierte Enno erschrocken. Die Vorstellung, Hedda könnte alleine auf den mutmaßlichen Sexualmörder von Elske Husmann treffen, war für ihn unerträglich.

»Na siehst du! Dann recherchiere ich ein wenig im Camp, und du versuchst etwas über die übrigen Verdächtigen herauszufinden.«

Enno schluckte. Die Vorstellung, getrennt voneinander zu ermitteln, missfiel ihm noch immer. Aber Heddas Argumente leuchteten ihm auch ein. Außerdem durften sie keine Zeit verlieren, wenn Renke Husmann wirklich unschuldig in Untersuchungshaft saß. »Das war's dann also mit unserem ersten gemeinsamen Urlaub?«, fragte er traurig.

Hedda nahm sein Gesicht in ihre Hände und lächelte ihn mitfühlend an. »Ich würde doch auch viel lieber die Tage mit dir verbringen. Aber ich kann einfach nicht anders. Verstehst du das?«

Mit zusammengepressten Lippen nickte Enno zustimmend. Es fiel ihm nicht leicht, Herz und Verstand voneinander zu trennen.

»Vielleicht finden wir den zweiten Verdächtigen ja auch ganz schnell. Und außerdem bin ich mir absolut sicher, dass wir noch sehr viele gemeinsame Urlaube vor uns haben.« Bei dem Gedanken an ihre Zukunft mit Enno huschte ein zufriedenes Lächeln über ihr Gesicht. Sie schloss die Augen, legte ihren Kopf leicht schief und spitzte kaum merklich die Lippen. Der Kuss, den sie sich in diesem Moment erhofft hatte, ließ nicht lange auf sich warten.

***

Als Hedda vor dem blickdicht eingezäunten Grundstück des Camp Nordseefrieden stand, dachte sie an den gemeinsamen Vormittag mit Enno zurück. Nachdem sie beschlossen hatten, bei den Ermittlungen getrennte Wege zu gehen, waren sie zurück in ihre Ferienwohnung gegangen, hatten gemeinsam geduscht und noch ein paar innige Stunden miteinander verbracht.

Entschlossen drückte Hedda den Klingelknopf an dem gemauerten Gartentorpfosten. Gebannt wartete sie auf eine Reaktion. Eine Gegensprechanlage und eine Kamera waren ebenfalls im Mauerwerk angebracht worden. *Warum dieser ganze Aufwand? Ob die doch etwas zu verbergen haben?*

Der Lautsprecher knackte und eine männliche Stimme fragte sie nach dem Grund ihres Besuches. Hedda gab an, sich für einen Aufenthalt im Camp zu interessieren. Es dauerte ein paar Sekunden, dann gab ein mechanisches Summen ihr das Zeichen, das Gartentor zu öffnen.

Während sie den gepflasterten Weg auf das große Haus zuging, schaute sie sich staunend um. Die weitläufige Rasenfläche sah genauso aus, wie Hedda sich immer einen akkurat gepflegten englischen Rasen vorgestellt hatte. Stylische Liegestühle luden zum Relaxen ein und boten zudem einen traumhaften Blick auf die direkt an das Grundstück angrenzende Nordsee. *So ein Grundstück würde beim Verkauf oder durch eine Vermietung an Touristen sicher ein Vermögen einbringen*, überlegte Hedda skeptisch.

Die Haustür öffnete sich und ein Mann mittleren Alters trat in den Türrahmen. Hedda schätzte ihn auf Mitte dreißig. Er hatte eine sportliche Figur, keine Haare auf dem Kopf, aber dafür trug er einen gepflegten rotbraunen Bart. Als Hedda seinen Blick aufgefangen hatte, lächelte er sie freundlich an.

»Moin! Willkommen im Camp Nordseefrieden. Komm doch bitte herein!«

»Moin!«, erwiderte Hedda. Mit einem leicht mulmigen Gefühl in der Magengegend folgte sie dem Mann ins Haus.

»Ich heiße Frieso.« Lächelnd streckte er Hedda die Hand entgegen. »Ich bin der Mitbegründer dieses Camps. Ich duze alle meine Gäste. Ich hoffe, das ist okay für dich?«

»Na klar!« Hedda versuchte sich in einem entspannten Lächeln. »Ich heiße Hedda«, sagte sie und ergriff die ihr dargebotene Hand. *Mist, jetzt habe ich tatsächlich meinen echten Namen benutzt*, ärgerte sie sich.

»Du brauchst nicht nervös zu sein. Wir wollen, dass du hier wieder zu dir selbst findest. Es wird daher nichts passieren, was du nicht möchtest.« Offensichtlich hatte auch Frieso ihre Anspannung wahrgenommen. Er bat sie, ihm in sein Büro zu folgen. Auf dem Weg dorthin schaute sich Hedda neugierig im Flur und in den angrenzenden Räumen um. Die meisten Türen standen offen, aber erstaunlicherweise war niemand zu sehen. Gab es denn aktuell keine anderen Bewohner im Camp?

»Möchtest du einen Tee?«, fragte Frieso sie, nachdem sie in seinem Büro angekommen waren und er ihr bereits einen Sitzplatz angeboten hatte.

»Sehr gerne«, antwortete Hedda ihm und setzte sich auf den bequemen Sessel, der so ausgerichtet war, dass sie aus dem großen Erkerfenster auf die Nordsee hinausblicken konnte. »Wow, ist das schön hier! Ihr müsst ganz schön viele Mitglieder haben, wenn ihr euch so eine Traumimmobilie leisten könnt.«

Behutsam stellte Frieso die Teetassen auf den Tisch ab, der zwischen den beiden Sesseln platziert worden war. Dann setzte auch er sich und beäugte Hedda argwöhnisch.

»Entschuldigung, ich wollte nicht zu neugierig sein«, reagierte Hedda sofort. Sie befürchtete, durch ihren unbedachten Vorstoß den Verdacht des Camp-Mitbegründers erregt zu haben.

»Warum will eine so junge Frau wie du in unser Camp?«, fragte Frieso schließlich, nachdem er ein paar Sekunden beharrlich geschwiegen hatte. Der Argwohn in seiner Stimme war kaum zu überhören.

Heddas Puls beschleunigte sich. Sie spürte, dass es jetzt auf eine glaubhafte Geschichte ankam, um die möglichen Bedenken ihres Gesprächspartners zu zerstreuen. Sie hatte im Vorfeld ein wenig auf der Homepage des Vereins recherchiert und sich eine

Geschichte zurechtgelegt, die erklären sollte, warum gerade sie eine Auszeit vom Alltag benötigte. »Ich habe erst vor einigen Monaten die Schule beendet und weiß immer noch nicht, wie es in meinem Leben weitergehen soll. Außerdem hat mein langjähriger Freund mich mit meiner besten Freundin betrogen, und dann ist auch noch meine über alles geliebte Großmutter gestorben«, gab sie ihre Geschichte zum Besten, die sie sich aus den Ereignissen der jüngeren Vergangenheit zusammengereimt hatte.

Frieso machte ein nachdenkliches Gesicht. »Und du glaubst, ein Aufenthalt in unserem Camp könnte dir den Weg zeigen?«

»Ich hoffe es. So langsam bin ich wirklich verzweifelt. Ich werde diese tief sitzende Traurigkeit einfach nicht los.« Bedrückt schaute Hedda aus dem Fenster.

»Darf ich mal deinen Personalausweis sehen?« Friesos Stimme klang fordernd und keinesfalls bittend.

»Ja … Klar …« Zögerlich kramte Hedda ihr Portemonnaie aus der Handtasche heraus. »Wozu brauchst du das denn?«

»Wir wollen hier keine Presseleute, die unsere Gäste bei der Selbstfindung stören. Darum überprüfen wir gerne die Angaben unserer Neuankömmlinge, bevor wir eine Entscheidung über deren Aufnahme treffen.«

»Ach so, das verstehe ich.« Jetzt war Hedda doch froh, bei der Begrüßung versehentlich ihren echten Vornamen genannt zu haben. Mit nervösen Fingern fischte sie ihren Personalausweis aus dem Einsteckfach ihres Portemonnaies. Dabei fiel ihr jedoch auch der selbst gemachte Presseausweis ihrer Scheinidentität *Jutta Müller*, den sie im selben Fach verstaut hatte, heraus. Erschrocken sah sie dabei zu, wie die eingeschweißte Karte scheinbar in Zeitlupe zu Boden segelte.

Glücklicherweise landete sie mit der unbeschrifteten Seite nach oben. Noch ehe sie sich bücken konnte, um die Visitenkarte wieder aufzuheben, hatte Frieso sie bereits in der Hand und reichte sie ihr.

»Danke«, sagte Hedda und versuchte seinem Blick zu folgen. *Hat er auf die Karte gesehen? Konnte er sie lesen?*

Ohne weitere Worte stand Frieso auf und setzte sich an den Schreibtisch, der in einer anderen Ecke des Raumes stand. Er klappte seinen Laptop auf, steckte einen USB-Stick hinein und schaltete das Gerät an. »Auf welche Schule bist du zuletzt gegangen?«, fragte er und blinzelte über den Rand des Monitors zu Hedda hinüber.

Hedda nannte ihm den Namen des Gymnasiums, das sie zuletzt in Bremen besucht hatte. Ihr mulmiges Bauchgefühl verstärkte sich immer mehr. *Das sind ja fast schon Stasi-Methoden*, dachte sie. Wenn sie nicht wegen der Ermittlungen unbedingt in dieses Camp hätte einziehen wollen, wäre sie spätestens jetzt aufgestanden und gegangen.

Nachdem Frieso die Homepage von Heddas Schule überprüft und den Namen des Personalausweises mit der Absolventenliste des letzten Abi-Jahrganges abgeglichen hatte, klappte er den Laptop wieder zu und setzte sich wieder neben sie. »Ich möchte dir etwas über unsere Regeln erklären, damit du auch wirklich genau weißt, worauf du dich hier einlässt.«

Hedda spürte eine Woge der Erleichterung durch ihren Körper schwingen. Anscheinend schien er ihr die halbwahre Geschichte abgekauft zu haben. Warum sollte er sie auch sonst mit den Bedingungen eines möglichen Aufenthaltes vertraut machen?

»Während deiner Zeit im Camp sind dir die Nutzung deines Handys und die Verwendung aller anderen technischen Geräte untersagt. Das bedeutet: kein Internet, kein Fernsehen und auch kein Radio. Selbst Zeitungen sind nicht erlaubt«, begann Frieso die Verbote aufzuzählen.

Entgeistert schaute Hedda ihr Gegenüber an. Eine Zeit lang ohne ihr Smartphone auszukommen, würde sicher hart werden. Aber wie sollte sie ohne Handy mit Enno kommunizieren?

Frieso, der die Unsicherheit in Heddas Blick bemerkt hatte, versuchte sofort ihr den Sinn hinter diesen Anordnungen zu erklären. »Es geht darum, Einflüsse von außen zu vermeiden. Ihr sollt euch hier voll auf euch selbst konzentrieren. Nachrichten von Freunden, Verwandten oder weitläufigen Internetbekanntschaften stören dabei nur. Und in den Medien liest man doch ohnehin nur noch Hiobsbotschaften.« Er machte eine wegwerfende Handbewegung.

Hedda nickte zustimmend. Bis hierhin konnte sie den Regeln durchaus etwas abgewinnen. Sie würde schon noch einen anderen Weg finden, um mit Enno in Kontakt zu bleiben.

»Die maximale Aufenthaltsdauer beträgt zwei Wochen. Für diese Zeit zahlst du eine einmalige Kostenpauschale von zweihundertzehn Euro. Darin enthalten sind die Übernachtung, die einhundertprozentig vegetarische Verpflegung und die Option, täglich eine Wattwanderung mit der Gruppe zu unternehmen. Selbstverständlich kannst du auch jederzeit unsere Sauna und unseren Pool benutzen. Einmal am Tag kommt ein Masseur ins Haus. Die erste Massage ist kostenlos, alle weiteren Anwendungen müsstest du jedoch separat bezahlen.«

Im Kopf überschlug Hedda kurz die genannten Zahlen. *Das sind ja gerade einmal fünfzehn Euro pro Tag. Also günstiger kann ich hier sicher nirgends Urlaub machen*, überlegte sie. *Irgendwo muss es doch einen Haken an der ganzen Sache geben. Wenn man dieses Objekt einfach an Touristen vermieten würde, könnte man sicherlich ein Vielfaches verdienen.* »Wo ist der Haken?«, fragte Hedda, ohne dies wirklich beabsichtigt zu haben.

Frieso musste grinsen. »Was meinst du?«, fragte er und schaute sie dabei prüfend an.

Hedda entschied sich für die Flucht nach vorne. Sie war überzeugt, dass der Haken an diesem Angebot gleichzeitig auch der Schlüssel bei den Ermittlungen zum Mordfall Elske Husmann sein konnte. »Nun ja, ums Geldverdienen geht es euch bei der Sache offensichtlich nicht. Und in der heutigen Zeit, wo Burnout und Co schon fast als Volkskrankheiten bezeichnet werden können, hätte ich erwartet, dass euch die Bewerber die Bude einrennen. Aber als du mich eben durchs Haus geführt hast, habe ich niemanden gesehen.« Unbewusst verschränkte Hedda die Arme vor der Brust und lehnte sich in ihrem Sessel zurück.

Aus leicht zusammengekniffenen Augen musterte Frieso sie. »Sehr gut beobachtet, Frau Hauptkommissarin«, sagte er schließlich, nachdem er sie ein paar Sekunden lang einfach nur angesehen hatte.

Hedda zuckte innerlich zusammen. *Hat er das nur so gesagt oder ahnt er vielleicht doch etwas?*

»Das leere Haus lässt sich dadurch erklären, dass fast alle Bewohner gerade bei der Wattwanderung sind. Die übrigen ruhen sich gerade auf ihren Zimmern aus. Und du hast recht, an Bewerbern mangelt es uns wirklich nicht. Aber wie bereits erwähnt, wollen wir hier keine Presseleute und auch keine Touristen, die hier nur ein Urlaubsschnäppchen abstauben wollen. Wir wählen schon mit Bedacht aus, wer vorübergehend Teil unserer Gemeinschaft werden darf. Dennoch sind wir gerade vollkommen ausgebucht.«

Überrascht riss Hedda die Augen auf. »Dann habt ihr überhaupt keinen Platz für mich frei?«

Wieder musste Frieso lächeln. »Jetzt nicht, aber in zwei Stunden wird ein Bett für dich frei.«

»In zwei Stunden? Wieso in zwei Stunden?«, fragte Hedda irritiert.

»Weil dann die Bewohner, die bereits zwei Wochen bei uns sind, zu ihrem Abschiedsmarsch aufbrechen.«

»Abschiedsmarsch?«

»Zum Abschluss ihres Aufenthaltes empfehlen wir unseren Besuchern eine Art *Jakobsweg* zu beschreiten. In unserem Fall führt dieser an der Nordseeküste entlang bis nach Emden. Von dort aus setzen die Teilnehmer mit der Fähre nach Delfzijl über, von wo aus sie mit einem Auto wieder zurückgebracht werden.«

»Delfzijl? Das ist doch in Holland, oder? Ist das nicht furchtbar weit?«

»Zu Fuß sind es etwa fünfzig Kilometer, wobei davon etwa acht Kilometer mit der Fähre zurückgelegt werden. Im Durchschnitt brauchen unsere Bewohner für die Strecke etwa zwölf Stunden, was auch daran liegt, dass sie während des Marsches einen Rucksack mit fünfzehn Kilogramm Sand auf dem Rücken tragen.«

»Sie tun was?«, fragte Hedda ungläubig.

»Der Abschiedsmarsch soll eine freiwillige Prüfung deiner Willensstärke sein und kein gemütlicher Nachtspaziergang.«

»Die laufen auch nachts?« *Das wird ja immer verrückter!*

»Wenn sie es nicht täten, würden sie am nächsten Tag die Fähre nicht erwischen. Im Mai fährt die ohnehin nur mittwochs und samstags. Wenn sie das Schiff also verpassen sollten, könnten sie nicht einfach auf die nächste Fähre warten. Außerdem ist die Überwindung der Müdigkeit ein weiterer Beweis für die Kraft ihrer Willensstärke.«

Bei dem reinen Gedanken an diese Tortur bekam Hedda schon Rückenschmerzen und Muskelkater. *Zum Glück muss ich das nicht machen*, dachte sie erleichtert. Sie ging fest davon aus, dass sie nur zwei oder drei Tage benötigen würde, um die Informationen zu sammeln, die für sie wichtig waren. Danach würde sie das Camp ohnehin wieder verlassen, idealerweise gemeinsam mit der Polizei und Elskes Mörder.

»Damit wären wir dann auch schon bei dem Haken, nach dem du gesucht hast.« Wieder grinste Frieso sie an. »Zusätzlich zur bereits erwähnten Kostenpauschale zahlst du am Anfang deines Aufenthaltes eine Kaution von zweihundertneunzig Euro. Diese bekommst du nur dann zurück, wenn du den Abschiedsmarsch geschafft hast oder ihn aus gesundheitlichen Gründen nicht antreten kannst. Der finanzielle Aspekt soll die Bewohner motivieren, die Prüfung auch wirklich auf sich zu nehmen.«

Wieder begann Hedda innerlich zu rechnen. Bei fünfhundert Euro Gesamtkosten läge der Tagespreis gerade einmal bei etwa fünfunddreißig Euro. Eine Betrugsmasche konnte sie daher beim besten Willen immer noch nicht erkennen. »Und was ist, wenn ich den Aufenthalt vorzeitig abbreche?« Bei dieser Frage musste sie an Elske Husmann denken. War es vielleicht zum Streit gekommen, weil man ihr das Geld nicht zurückgeben wollte?

»Darüber musst du dir keine Sorgen machen. Wer innerhalb der ersten Woche abbricht, zahlt pro Tag nur seine fünfzehn Euro Verpflegungspauschale und bekommt selbstverständlich auch seine Kaution zurück. Das wird vor deinem Einzug aber auch alles schriftlich fixiert.«

Hedda probierte sich in einem entspannten Lächeln. »Das klingt wirklich toll. Es ist genau das, wonach ich gerade suche. Ich würde sehr gerne einen der frei werdenden Plätze für mich beanspruchen.«

»Das freut mich!« Frieso entgegnete ihr Lächeln. »Dann würde ich vorschlagen, du holst ein paar Klamotten für die nächsten zwei Wochen und ziehst dann bei uns ein.« Er stand auf und streckte ihr die Hand entgegen.

Hedda erhob sich ebenfalls aus ihrem Sessel und schüttelte ihm die Hand. *Damit ist der Deal wohl besiegelt*, dachte sie erleichtert. Sie hatte zwischenzeitlich wirklich befürchtet, sie würde nicht im Camp aufgenommen werden. »Dann mache ich mich mal auf den Weg, damit ich rechtzeitig wieder hier bin«, sagte sie, verabschiedete sich und ging zurück zur Haustür.

»Warte!«, rief ihr Frieso plötzlich hinterher.

Erschrocken blieb Hedda stehen. *Hat er etwa doch etwas gemerkt?* Langsam drehte sie sich zu Frieso um, der jetzt bereits direkt hinter ihr stand.

»Ich habe doch noch etwas vergessen«, sagte er und schaute Hedda dabei lausbübisch an.

»Und zwar?«, fragte Hedda ängstlich, nachdem Frieso keine Anstalten machte, von sich aus weiterzusprechen.

»Während der zwei Wochen herrscht hier absolutes Redeverbot. Ist das ein Problem für dich?«

»Nein, überhaupt nicht«, log Hedda, verabschiedete sich erneut und verließ das Haus. Sie hatte ganz vergessen, dass Enno ihr ja bereits von dem Schweigegelübde des Vereins berichtet hatte. *Wie soll ich denn etwas herausfinden, wenn ich nicht einmal mit den anderen Bewohnern sprechen darf?*

5. Kapitel

Check-in

Enno hatte ein paar Sachen in seine Sporttasche gepackt und stand jetzt vor der Pension, in der Elske Husmann kurz vor ihrem Tod noch als Reinigungskraft gearbeitet hatte. In einem der Fenster lehnte ein einlaminiertes Schild, das darauf hinwies, dass es noch freie Zimmer gab.

Glück gehabt, dachte Enno. Er hatte sich vorgenommen für den Anfang Elskes ehemaligen Chef genauer unter die Lupe zu nehmen und mehr über den Gast herauszufinden, den sie sexuell bedrängt haben soll.

Er öffnete die Tür zu der Pension, trat ein und schaute sich erstaunt um. Der Empfangsbereich war liebevoll, aber für seinen Geschmack viel zu kitschig eingerichtet worden. An den Wänden gab es keine Stelle, die nicht entweder mit einem Küstengemälde, einem Urlaubsfoto oder einem nautischen Dekorationsgegenstand geschmückt worden war.

»Moin! Was kann ich für Sie tun?«

Erschrocken zuckte Enno zusammen. Er war so mit der Besichtigung der Dekoration beschäftigt gewesen, dass er den Mann, der sich ihm seitlich näherte, überhaupt nicht bemerkt hatte.

»Entschuldigen Sie bitte, ich wollte Sie nicht erschrecken. Ich bin der Betreiber dieser Pension.« Mit einem entschuldigenden Lächeln streckte er Enno die Hand entgegen. »Darf ich Ihnen vielleicht die Tasche abnehmen?« Er war nicht besonders groß gewachsen und auch seine Körperstatur war eher als schmächtig zu bezeichnen. Dafür strahlten seine Augen und die glänzenden weißen Zähne auf den ersten Blick eine überdurchschnittliche Freundlichkeit aus.

Das ist also Elskes ehemaliger Chef! Enno warf einen kurzen Blick auf das Namensschild, das er an der Brust trug. *L. James* stand darauf geschrieben. *Scheint kein gebürtiger Ostfriese zu sein*, schlussfolgerte Enno.

Der Pensionsbetreiber griff mit seiner Hand nach dem Trageriemen der Sporttasche. Erst jetzt fiel Enno auf, dass er auf seine Frage überhaupt nicht geantwortet hatte. »Entschuldigen Sie. Ich war gerade mit meinen Gedanken ganz woanders.« Er schüttelte leicht den Kopf. »Ich habe mich gerade gefragt, woher Ihr Nachname kommt.«

Der Pensionsbetreiber stellte Ennos Tasche neben der Rezeption ab. »Mein Name ist Lathan James. Ich bin in England geboren, lebe aber bereits seit über zwanzig Jahren hier in Ostfriesland. Ich bin mal der Liebe wegen hier hängengeblieben. Und da es hier auch viel Küste und guten Tee gibt, habe ich mich gleich heimisch gefühlt.«

»Dann haben Sie ja noch rechtzeitig vorm Brexit die Seiten gewechselt«, scherzte Enno.

Aufgrund dieser Bemerkung musste Lathan James schmunzeln. »Ja, das kann man wohl sagen. Wie lange möchten Sie bei uns bleiben?«

Enno war ein wenig überrascht von dem spontanen Themenwechsel. »Ich weiß es noch nicht genau, aber wahrscheinlich nur ein oder zwei Nächte. Ist das möglich?«

Lathan nickte, tippte etwas in seinen Computer ein und nahm anschließend einen Schlüssel aus dem Regal hinter sich. »Ihre Zimmernummer ist die elf. Es liegt im ersten Stock. Wir haben leider keinen Fahrstuhl, aber das dürfte für Sie kein Problem sein, oder?« Mit einem anerkennenden Blick musterte er Ennos durchtrainierten Körper, nahm dann erneut seine Sporttasche in die Hand und ging in Richtung Flur. »Folgen Sie mir! Ich zeige Ihnen Ihr Zimmer.«

Nachdem sie die wenigen Treppenstufen überwunden hatten, sperrte Lathan James die Zimmertür auf, stellte die Tasche ab und präsentierte Enno kurz die Räumlichkeiten. Die Einrichtung hatte schon ein paar Jahre auf dem Buckel, aber alles sah sauber und gepflegt aus. Außerdem war das Zimmer überdurchschnittlich geräumig.

»Im Keller des Gebäudes befinden sich eine Sauna und ein kleiner Pool. Beides können Sie als unser Gast kostenlos nutzen. Zu bestimmten Uhrzeiten können Sie sich auch professionell massieren lassen. Eine halbstündige Massage kostet dreißig Euro. An der Rezeption liegt eine Liste aus, da können Sie sich bei Interesse eintragen.«

Enno bedankte sich und sah zu, wie Lathan James das Zimmer wieder verließ. Dann ließ er sich aufs Bett fallen und starrte in Gedanken versunken auf den viel zu kleinen Röhrenfernseher, der auf der Kommode an der Wand platziert worden war. *Und jetzt?*, fragte er sich. *Wie soll ich jetzt an Informationen über Elskes Kündigung kommen? Ich kann diesen Lathan ja wohl kaum direkt danach fragen.*

Er stand auf, schob die Gardine etwas beiseite und schaute aus dem Fenster. Auf der Straße lief gerade ein junges Pärchen vorbei. Sie hielten sich an den Händen und tauschten immer wieder verliebte Blicke aus. *Ob Hedda und ich je ein normales Beziehungsleben haben werden?*

Als es an seiner Zimmertür klopfte, drehte er ruckartig seinen Kopf über die Schulter. Ein stechender Schmerz zog vom Nacken aus seine Wirbelsäule entlang. Mit schmerzverzerrtem Gesicht versuchte Enno die Quelle des Übels mit den Fingerspitzen zu ertasten. »Herein!«, rief er in Richtung Tür und ließ dabei vorsichtig seinen Kopf über Brust und Nacken kreisen.

Die Zimmertür öffnete sich und eine kleine, zierliche Frau mittleren Alters trat in das Zimmer. »Moin! Ich wollte Ihnen nur schnell ein paar Sachen bringen«, sagte sie und ging mit den frischen Handtüchern, die sie über dem Arm trug, direkt ins Badezimmer. Wenige Augenblicke später war sie schon wieder verschwunden.

Die Mitarbeiter, überlegte Enno. Vielleicht kann ich so etwas mehr über den Hintergrund von Elskes Kündigung erfahren. Er bückte sich nach seiner Tasche. Wieder durchzuckte ein stechender Schmerz seinen Rücken. *Und mit dem Masseur sollte ich anfangen!* Er schaute auf seine Uhr. *Wenn ich Glück habe, kann ich vielleicht heute noch einen Termin bekommen.*

***

Hedda war ein wenig enttäuscht, dass sie Enno nicht mehr in der Ferienwohnung angetroffen hatte, als sie zurückgekehrt war, um ein paar Sachen zu packen. So konnte sie ihm nur am Telefon von ihrem Gespräch mit Frieso und ihrem bevorstehenden Einzug ins Camp Nordseefrieden berichten und gleichzeitig erfahren, dass Enno soeben in der Pension eingecheckt hatte. Außerdem beruhigte es sie sehr, dass Enno ihr versprochen hatte, einen Weg zu finden, um miteinander in Kontakt bleiben zu können.

Als sie erneut vor dem Gartentor stand, welches symbolisch als letzte Barriere zwischen ihr und der Ermittlung im Vereinsheim lag, überkam sie kurz ein ungutes Gefühl der Unsicherheit. War das alles wirklich eine gute Idee? Durfte sie, nach allem, was sie in den letzten Monaten erleben musste, das Schicksal schon wieder herausfordern? Sie war kurz davor umzudrehen, Enno anzurufen und die ganze Aktion doch noch abzublasen, als plötzlich ein Mann neben ihr stand und sie unsicher anschaute.

»Moin! Wollen Sie auch ins Camp?«

Hedda betrachtete den kleinen, übergewichtigen Mann einen Moment lang. Sein Haar war bereits sehr schütter und die Brille auf seiner Nase passte eindeutig nicht zu seinem rundlichen Mondgesicht. Seine Augen strahlten jedoch etwas Gütiges aus. *Bestimmt steckt hinter dieser unscheinbaren Fassade ein echt netter Kerl. Der ist bestimmt von seiner Frau verlassen worden*, mutmaßte sie weiter.

»Moin, ich bin Hedda. Ja, ich will auch ins Camp, aber irgendwie will mich gerade der Mut verlassen«, gab sie ehrlich zu. Sie wusste nicht warum, aber sie hatte das Gefühl, diesem wildfremden Mann vertrauen zu können.

»Ich heiße Frederik, und mir geht es ganz genauso. Wollen wir vielleicht zusammen reingehen?«

Der flehende Blick, mit dem Frederik sie anschaute, bestärkte Hedda in der Vermutung, dass er von einer Frau verlassen worden sein musste. Immerhin war er wahrscheinlich doppelt so alt wie sie. Müsste er da nicht derjenige sein, der ihr Mut zusprach? *Als Frau wünscht man sich doch einen starken Beschützer an seiner Seite und keinen ängstlichen Jammerlappen.* Sehnsüchtig dachte sie an Enno, der zwar meist auch eher schüchtern und zurückhaltend auftrat, aber immer dann, wenn es darauf ankam, in Windeseile seine goldene Rüstung für sie übergestreift hatte.

»Klingt nach einer guten Idee!« Sie schenkte Frederik ein aufmunterndes Lächeln. Dann drückte sie den Klingelknopf und wartete gemeinsam mit ihm auf den mechanischen Summton des Türöffners.

Frieso begrüßte sie mit ausgebreiteten Armen. »Herzlich willkommen!«, rief er ihnen freudig entgegen. Er führte sie in einen kleinen Raum, in dem es mehrere abschließbare Spinde gab, und bat sie, ihre Handys, Portemonnaies und anderen unerlaubten Gegenstände dort einzuschließen.

»Warum muss ich denn auch meinen Geldbeutel abgeben?«, fragte Frederik.

»Weil du dich in den kommenden zwei Wochen nur mit dir selbst beschäftigen sollst. Alles, was du zum Leben benötigst, bekommst du von uns. Alles andere brauchst du nicht«, antwortete Frieso vollkommen ruhig.

»Und wenn ich mich weigere?«, begehrte Frederik auf.

Hedda war überrascht. *Der kann ja auch ganz anders!*

»Dann muss ich dich leider bitten, das Camp zu verlassen«, entgegnete Frieso vollkommen unbeeindruckt.

Frederik zögerte einen Moment, griff sich dann mit den Händen in den Ausschnitt seines Polohemdes und zog seinen Brustbeutel hervor.

»Du hast einen Brustbeutel?« Hedda konnte den ironischen Unterton ihrer Frage nicht vollständig unterdrücken. Sie kannte niemanden, der älter als zehn Jahre war und sein Geld noch in einem Brustbeutel mit sich herumtrug.

Mit leicht zusammengekniffenen Augen schaute Frederik kurz zu Hedda hinüber. Dann nahm er ein paar Scheine aus seinem Brustbeutel heraus, um damit seinen Aufenthalt direkt bei Frieso zu bezahlen. Anschließend übergab er seinen Brustbeutel, sein Handy und noch ein paar weitere Gegenstände dem Campleiter, der diese direkt in einen der Spinde sperrte und das Schloss verriegelte. Den dazugehörigen Schlüssel ließ er in seiner Hosentasche verschwinden. Ein auffordernder Blick in Heddas Richtung genügte und sie tat es Frederik gleich.

Nachdem sie in Friesos Büro die Verträge unterzeichnet hatten, führte dieser sie wieder zurück in den Flur. »Dann zeige ich euch mal eure Zimmer für die nächsten zwei Wochen.« Er winkte die beiden hinter sich her. Dann ging er die Treppenstufen in das erste Obergeschoss hinauf, öffnete eine der Türen und schaute Hedda an. »Im ersten Stock schlafen alle Damen, die Herren nächtigen im Dachgeschoss.« Er machte eine einladende Handbewegung in Richtung der geöffneten Tür.

Hedda betrat das Zimmer, das zumindest für ein paar Nächte ihr vorübergehendes Zuhause sein sollte. Der Raum war sehr pragmatisch eingerichtet. Schwarze Fußbodenfliesen, weiß gestrichene Wände, zwei Betten, ein Tisch mit zwei Stühlen und zwei Kleiderschränke, jeweils aus Fichtenholz.

»Das Bad ist nebenan.« Frieso zeigte auf eine Tür neben dem Kleiderschrank. »Wenn du sonst noch Fragen haben solltest, in deinem Schrank findest du Zettel und Stifte. Vor meinem Büro hängt ein kleiner Briefkasten. Falls ich mal nicht da sein sollte, kannst du deine Wünsche und Anregungen dort einwerfen. Daneben findest du auch eine Pinnwand mit sämtlichen Tagesabläufen, der Massageliste und sonstigen wichtigen Informationen. Hast du das alles verstanden?«

Hedda nickte gedankenverloren.

»Gut! Dann möchte ich dich bitten, ab sofort nicht mehr zu sprechen.« Er verließ den Raum und schloss die Tür hinter sich.

Nachdenklich ließ Hedda sich auf einen der Stühle fallen. Ihr Blick fiel auf die beiden Betten. *Ob ich mir das Zimmer mit einer Mitbewohnerin teilen muss?* Sie schaute sich in dem kleinen Raum um. Mal abgesehen von den bezogenen und ordentlich zurechtgemachten Betten, wies nichts darauf hin, dass bereits jemand anderes hier wohnte. Dann fiel ihr Augenmerk auf die beiden Kleiderschränke. Ob sie einen Blick riskieren sollte? Langsam erhob sie sich von ihrem Stuhl und ging auf den ersten Schrank zu. Sie legte ihre Hand auf den Türknauf, warf einen letzten Sicherheitsblick zur Zimmertür und riss dann die eine Seite des Schrankes auf.

Was ist das denn? Heddas Augen hatten den Inhalt der verschiedenen Regalebenen blitzschnell gescannt und waren sofort auf den kunstvoll gearbeiteten Dildos hängengeblieben, die auf einer der mittleren Ebene aufgereiht lagen. Sie wollte gerade nach einem der Lustspender greifen, als sie plötzlich hinter sich eine weibliche Stimme hörte. Erschrocken wirbelte sie herum und starrte mit hochrotem Kopf die Frau an, die gerade in diesem Moment die Tür hinter sich schloss.

»Hallo, ich bin Anaya, und ich glaube, das ist mein Schrank.«

Hedda schätzte die Frau, die in einem regenbogenfarbenen, gebatikten Kleid vor ihr stand, auf Mitte vierzig. Sie klang nicht wütend und auch ihre Körpersprache deutete nicht darauf hin, dass es ihr irgendetwas ausmachte, dass Hedda gerade den pikanten Inhalt ihres Schrankes entdeckt hatte.

»Sorry, ich dachte …« Erschrocken schlug Hedda die Hände vor den Mund. Jetzt hatte sie bereits nach wenigen Minuten das Redeverbot vergessen.

Anaya winkte augenzwinkernd ab. »Nun mach dir mal wegen mir oder diesem bescheuerten Redeverbot keinen Kopf. Das hier ist unser Zimmer und hier drinnen gelten unsere Regeln. Abgemacht?« Sie war ein paar Schritte auf Hedda zugegangen und streckte ihr die Hand entgegen.

»Abgemacht!« Hedda schüttelte die ihr dargebotene Hand. Dass sie gleich zu Beginn jemanden kennenlernen durfte, der es mit den strengen Campregeln nicht so genau nahm, würde ihr die Ermittlungsarbeit sicherlich ungemein vereinfachen.

»Wieso bist du hier?«, fragte Anaya neugierig.

Hedda erzählte ihr die gleiche konstruierte Geschichte, die sie bereits Frieso aufgetischt hatte. »Und du?«, fragte sie anschließend.

Anayas Mundwinkel verzogen sich zu einem breiten Grinsen. »Ich habe mich seit einigen Jahren der Philosophie des Tantra verschrieben«, begann sie zu erklären. »Anaya ist daher auch nicht mein richtiger Name. Geboren wurde ich als Ruth, aber bitte verrate das keinem.«

»Du meinst diese Sex-Geschichte?«, platzte es aus Hedda heraus. Sie wusste nicht genau, wie sie das Ganze mit wenigen Worten umschreiben sollte. Dafür kannte sie sich definitiv nicht gut genug damit aus. Unbewusst warf sie einen erneuten Blick auf den pikanten Inhalt des immer noch offen stehenden Kleiderschrankes.

Anayas Lächeln wurde noch ein wenig breiter. »Das denken viele, aber es geht dabei nicht vordergründig um Sex. Es ist vielmehr eine Lebensweisheit oder besser noch: eine innere Haltung. Es geht darum, sich und seinen Körper selbst kennenzulernen. Darum habe ich mich auch für einen Platz in diesem Camp beworben. Natürlich geht es beim Tantra auch um körperliche Lust, aber bevor man dabei in Kontakt mit anderen Menschen tritt, sollte man zunächst einmal herausfinden, was einem selbst Lust bereitet.« Jetzt warf auch Anaya einen flüchtigen Blick in den Kleiderschrank.

Hedda dachte über Anayas Worte nach. *Wenn es beim Tantra und in diesem Camp hauptsächlich darum geht, zu sich selbst zu finden, bin ich hier dann etwa in einer Vorstufe zu einem Tantra-Seminar gelandet?*

»Dann geht es bei der ganzen Sache also gar nicht nur um Sex?«, fragte Hedda noch einmal konkret nach. Sie war jetzt wirklich neugierig geworden.

»Was ist Sex?«, konterte Anaya mit einer Gegenfrage, wartete aber nicht auf eine Antwort, sondern erklärte gleich weiter: »Es geht einfach um Lust. Wenn man etwas mit sehr viel Aufmerksamkeit macht, kann das sehr lustvoll sein. Hast du schon mal versucht jemanden zu küssen, ohne deinen Kusspartner dabei zu berühren? Das ist der pure Wahnsinn. Das solltest du unbedingt mal ausprobieren.« Beim Erzählen begannen Anayas Augen mehr und mehr zu leuchten.

»Das sollte ich vielleicht wirklich«, antwortete Hedda und dachte dabei an Enno. »Und wie lange bist du schon hier?« Sie wollte jetzt doch lieber das Thema wechseln. Es war schon merkwürdig mit einer Person, die man erst vor wenigen Minuten kennengelernt hatte, gleich zu Beginn so intime Gedanken auszutauschen.

»Meine zweite Woche ist fast um. In wenigen Tagen trete ich meinen Abschiedsmarsch an.«

»Das ist aber schade!« Hedda war überrascht, dass sie ein ehrliches Bedauern in sich aufsteigen spürte. Dabei hatte sie doch ohnehin nur vor, ein paar Tage hier zu bleiben. »Und wie sind die anderen Bewohner so?«

Nachdenklich verzog Anaya das Gesicht. »Das ist natürlich schwer zu sagen, weil die meisten das hier sehr ernst nehmen. Sie halten sich an das Redeverbot, konzentrieren sich wirklich voll auf sich selbst und teilweise schotten sie sich sogar regelrecht vom Rest der Gruppe ab. Durch meine Tantra-Erfahrungen habe ich aber gelernt, die Seele hinter der fleischlichen Fassade zu sehen. Die meisten scheinen mir ganz okay zu sein.«

»Die meisten?«, fragte Hedda nach. Sie hatte gemerkt, wie Anayas Gesichtsausdruck sich bei diesen Worten verändert hatte.

»Nun ja, da gibt es einen Bewohner, den ich so gar nicht einschätzen kann. Er ist komischerweise auch der Einzige, der schon länger als zwei Wochen hier ist. Das weiß ich von der Frau, die sich bis heute Mittag noch das Zimmer mit mir geteilt hat.«

»Echt? Ich dachte, zwei Wochen wäre die maximale Aufenthaltszeit.«

Anaya zuckte unwissend mit den Schultern.

»Kannst du ihn mir nachher mal zeigen?«

»Na klar!«, antwortete Heddas Mitbewohnerin.

Dem muss ich unbedingt mal auf den Zahn fühlen. Vielleicht war er ja sogar schon hier, als Elske Husmann noch im Camp gewohnt hat? Eventuell ist er ja sogar der Typ, den Elske während ihres kurzen Aufenthaltes im Camp angebaggert hat. Hedda hatte das Gefühl, auf der richtigen Spur zu sein.

***

Enno hatte Glück gehabt und den letzten freien Massagetermin an diesem Nachmittag ergattert. Er saß auf einem unbequemen Stuhl im Flur und starrte auf die vor ihm liegende Tür, hinter der gerade ein anderer Gast massiert wurde. Beim Blick auf die ausliegende Anmeldeliste der nächsten Tage hatte er sich ungläubig die Augen gerieben. Einige Pensionsbewohner hatten sich tatsächlich täglich in die Liste eingetragen. *Der muss ja wirklich magische Hände haben*, dachte Enno und war gespannt darauf, was ihn gleich erwarten würde. Er war in seinem ganzen Leben noch nie professionell massiert worden.

Die Tür öffnete sich und eine kleine ältere Frau trat hinaus. Ihr Gesichtsausdruck wirkte sehr entspannt und ihre Wangen waren leicht gerötet. Sie lächelte Enno zufrieden an und nickte ihm freundlich zu. Dann wandte sie sich noch einmal in die Richtung, aus der sie gerade gekommen war. »Vielen Dank und bis morgen!«, rief sie dem Masseur zu.

Enno erhob sich von seinem Stuhl, klopfte hörbar an die jetzt offen stehende Tür und betrat dann den Massageraum. »Darf ich?«

»Na klar! Ich brauche nur noch einen ganz kleinen Moment!« Der groß gewachsene breitschultrige Mann war gerade damit beschäftigt, die Liege zu reinigen. Als er kurz darauf damit fertig war, wandte er sich Enno zu und reichte ihm die Hand. »Moin, ich bin Tomke.«

Verdutzt schaute Enno auf die riesige Pranke, in der seine Hand geradezu verschwand. »Tomke? Ist das nicht ein Mädchenname?«, fragte er irritiert. Dabei musste er innerlich über sich selbst lachen. Früher hätte er solch einen Gedanken niemals laut ausgesprochen. Aber die gemeinsame Zeit mit Hedda schien ihn langsam zu verändern.

»Jein, Tomke ist eine Koseform des ostfriesischen Namens Tomma, aber gleichzeitig auch das ostfriesische Pendant zu Thomas. Genauer gesagt bedeutet mein Name *kleiner Thomas.*« Er setzte die letzten beiden Worte mit seinen Fingern symbolisch in Gänsefüßchen.

Kleiner Thomas, dachte Enno und musste beim Anblick des vor ihm stehenden Hünen lachen. »Da haben Ihre Eltern aber einen sehr passenden Vornamen für Sie ausgewählt.«

Tomke lachte laut auf. »Das haben sie wirklich! Aber wenn es okay ist, würde ich gerne zum Du übergehen. Ich fühle mich sonst zu alt.« Er zwinkerte Enno zu.

»Kein Problem! Ich bin Enno.« *Wäre doch gelacht, wenn ich aus dem gesprächigen Riesenbaby nicht ein paar Informationen über Elske Husmann herausbekomme.*

Auf die Anweisung von Tomke hin zog Enno sich bis auf die Unterhose aus und legte sich anschließend auf die mobile Massageliege.

»Gibt es irgendwelche Stellen, denen ich mich besonders widmen soll?«

Irgendwie klang die Frage für Enno ein wenig zweideutig. *Ach, das habe ich mir bestimmt nur eingebildet.* Innerlich schüttelte er über sich selbst den Kopf. »Irgendwie habe ich mir gerade den Nacken verdreht. Das tut echt weh.« Er versuchte dem Masseur mit dem Finger die Stelle zu zeigen, die ihn am meisten schmerzte.

Nachdem er ein wenig Massageöl auf der betroffenen Stelle verteilt hatte, begann Tomke sofort damit, Ennos obere Rückenregion mit seinen riesigen Pranken zu bearbeiten. Seine Berührungen taten dabei ein wenig weh und Enno verzog immer wieder schmerzverzerrt das Gesicht. Aber er war viel zu stolz, um etwas zu sagen. *Vielleicht muss das ja so sein?*

»Wie lange machst du das schon?«, begann Enno ein Gespräch.

»Seit etwa einem Jahr. Davor habe ich Chemie studiert.«

»Chemie?«, fragte Enno ungläubig. »Wie wird man vom Chemie-Studenten zum Masseur?«

»Das ist eine lange Geschichte.« Tomke lachte und knetete Ennos Rücken noch ein wenig fester.

Enno presste die Zähne zusammen und überlegte gleichzeitig, wie er das Gespräch möglichst unauffällig auf Elske Husmann lenken konnte. »Vor einem halben Jahr war ich auch schon einmal hier, aber da habe ich leider erst an meinem letzten Urlaubstag von deinen magischen Fähigkeiten erfahren.«

»Ach ja? Wie das denn?«

»Eine der Reinigungskräfte hat mir davon vorgeschwärmt.«

»Kennst du noch ihren Namen? Dann kann ich mich bei Gelegenheit bei ihr bedanken.«

Enno tat so, als würde er sein Gedächtnis nach einem Namen durchforsten. In Wirklichkeit rief er sich aber nur die Bilder der verstorbenen Elske Husmann vor Augen. Es würde gar nicht so einfach werden, eine Frau zu beschreiben, die man nur als Leiche zu Gesicht bekommen hatte. »Ihr Name fällt mir gerade nicht mehr ein, aber unter uns, es war eine sehr attraktive Blondine.« Enno versuchte seine Worte irgendwie *kumpelhaft* klingen zu lassen.

»Du meinst Elske, oder?« Tomkes Stimme klang auf einmal alles andere als kumpelhaft.

»Ja, das könnte sein«, gab sich Enno weiterhin unsicher.

»Bist du von der Presse?«

»Von der Presse? Nein, ich … ich bin Bestatter.« Innerlich brach Enno zusammen. In seiner Panik war ihm nur der Beruf seines Vaters eingefallen. Er hätte sich ja wohl schlecht als Polizist outen können. Aber diese Notlüge hätte er sich selbst wohl auch nicht abgekauft.

»Interessant.« Tomke klang nicht überzeugt. »Ich werde mal ein wenig Musik anmachen, damit du dich besser entspannen kannst.«

Nur wenige Sekunden später erklang instrumentale Musik aus einem kleinen CD-Player. Enno versuchte noch ein paar Male das Gespräch mit dem Masseur wieder aufzunehmen, musste aber schnell feststellen, dass dieses Unterfangen chancenlos war.

Was hat er nur zu verbergen?, fragte er sich, während er die weiterhin schmerzhafte Prozedur über sich ergehen ließ.

***

Das erste gemeinsame Abendessen mit den übrigen Campbewohnern war für Hedda eine ganz besondere Erfahrung. Dabei spielte die Tatsache, dass sie sich nicht daran erinnern konnte, ob es bei ihr zu Hause jemals eine Mahlzeit gegeben hatte, die ausschließlich aus vegetarischen Speisen bestand, nur eine untergeordnete Rolle. Viel merkwürdiger war das Gefühl, mit fremden Menschen der unterschiedlichsten Altersgruppen zusammen an einem Tisch zu sitzen und kein einziges Wort mit ihnen zu sprechen. Dabei hatte sie doch so viele Fragen.

Bevor sie sich an den lang gezogenen Esstisch gesetzt hatten, hatte Anaya ihr mit einer leichten Kopfbewegung den Bewohner gezeigt, der bereits seit über zwei Wochen hier lebte und somit neben Frieso der einzige Anwesende war, der Elske Husmann eventuell noch lebend kennengelernt hatte. Hedda hatte sich daraufhin einen Platz genau gegenüber von ihm ausgesucht, um ihn so besser beobachten zu können. Er war nicht viel größer als sie, hatte lange, zu einem Zopf geflochtene Haare und einen ungepflegten Kinnbart. Mit der unmodernen Brille auf seiner Nase wirkte er auf Hedda wie eine unbeabsichtigte Mischung aus Nerd und wildem Wikinger. Sie schätzte ihn auf Mitte zwanzig.

Da Hedda ihn die ganze Mahlzeit über im Auge behielt, kam es immer wieder dann zu einem unbeabsichtigten Blickkontakt zwischen ihnen, wenn er versehentlich mal von seinem Teller aufsah. Die meiste Zeit über schien er jedoch sein Essen erst mit den Augen paralysieren zu wollen, bevor er es sich dann endlich in den Mund schob.

Nach und nach beendeten die übrigen Bewohner das Essen, erhoben sich von ihren Stühlen, räumten das Geschirr in die Spülmaschine und gingen entweder auf ihre Zimmer oder in einen der übrigen Räume, um sich bei Musik zu entspannen oder in biblischen oder philosophischen Schriften zu lesen. Zuletzt saßen nur noch Hedda und ihr Observationsobjekt am Tisch. Hedda hatte die ganze Zeit über bewusst langsam gegessen. Sie hatte nämlich einen Plan, wie sie mit dem in sich gekehrten Mann in Kontakt treten konnte.

Der nerdige Wikinger hatte noch nicht ganz aufgegessen, als er unvermittelt aufstand und in Richtung Küche ging. Jetzt musste Hedda schnell handeln. Auch sie erhob sich von ihrem Stuhl, schnappte sich ihren Teller und folgte ihm, ließ aber bereits nach wenigen Schritten ihr schmutziges Geschirr aus den Fingern gleiten. Mit einem lauten Scheppern zersprang der Teller auf dem Fliesenboden in tausend Stücke.

Erschrocken drehte der Wikinger-Nerd sich zu ihr um, machte ein paar Schritte auf sie zu und half ihr schließlich dabei, die Scherben aufzulesen. Während Hedda ebenfalls auf dem Boden hockte und die kleinen Splitter mit der Hand aufhob, versuchte sie immer wieder einen Blickkontakt zu ihrem Helfer herzustellen, doch dessen Augen suchten ausschließlich den Boden nach weiteren Bruchstücken des Tellers ab.

So komme ich nicht weiter!, dachte Hedda genervt und entschied sich, in die Offensive zu gehen. In gehockter Haltung näherte sie sich ihrem Mitbewohner immer mehr, bis sie sich schließlich direkt neben ihm befand. Dann legte sie ihre Hand auf seinen Oberarm und wartete, bis er sie anschaute. »Danke!«, flüsterte sie leise, damit es außer ihnen niemand anderes hören konnte.

Der Wikinger-Nerd schaute sie aus ausdruckslosen traurigen Augen an, presste seine Lippen zusammen und nickte ihr kaum wahrnehmbar zu. Dann setzte er seine Arbeit fort, als habe es den vorhergehenden Moment nie gegeben. Als er keine weiteren Scherben mehr finden konnte, warf er das Ergebnis seiner Suche in den Küchenmülleimer und ließ Hedda alleine in der Küche zurück.

Nachdenklich schaute Hedda ihm hinterher, bis er schließlich ganz aus ihrem Blickfeld verschwunden war. *Alibi hin, DNA-Probe her, irgendetwas stimmt mit diesem Typen nicht. Und ich werde herausfinden, was es ist.*

6. Kapitel

Neue Verdächtige

Nachdem der erste Tag ihrer Ermittlungen ergebnislos geendet hatte, war Hedda am gestrigen Abend viel zu spät und vollkommen frustriert zu Bett gegangen. In ihrem Kopf tobte ein Gedankensturm, der sie einfach nicht zur Ruhe kommen ließ. Wieso war ihr geheimnisvoller Mitbewohner schon länger als zwei Wochen hier? Die Vereinsführung achtete doch ansonsten so sehr darauf, dass sich hier jeder an die Regeln hielt. Warum also gab es gerade für ihn eine Ausnahme?

Hedda war sich sicher, der Wikinger-Nerd, von dem sie nicht einmal seinen echten Namen herausfinden konnte, hatte irgendetwas mit Elske Husmanns Tod zu tun. Nur wie sollte sie mehr über ihn in Erfahrung bringen, wenn er nicht mit ihr sprach und ihn niemand anderes, mit Ausnahme von Frieso, länger kannte? Konnte sie vielleicht über den Vereinsvorsitzenden herausfinden, warum er immer noch im Camp war? Aber wie? Einfach einen Zettel zu schreiben und ihn dann in den besagten Briefkasten vor Friesos Büro einzuwerfen, schied als Option jedenfalls aus.

Immerhin war ihre letzte Nacht frei von Albträumen geblieben. Anscheinend genügte es bereits, die Ermittlungen im Fall Elske Husmann aufzunehmen, um endlich die plagenden nächtlichen Visionen loszuwerden. Ein schwacher Trost, denn die Sorgen, die ihr die stockenden Ermittlungen bereiteten, ärgerten Hedda zwischenzeitlich mehr als die verängstigenden Träume.

Im Bett neben sich hörte sie etwas rascheln. Vorsichtig drehte Hedda den Kopf zur Seite. *Anaya wird doch nicht etwa?*

»Guten Morgen«, begrüßte sie ihre Mitbewohnerin verschlafen. Anaya rieb sich mit beiden Fäusten die Müdigkeit aus den Augen.

»Guten Morgen«, erwiderte Hedda erleichtert. Für einen kurzen Moment hatte sie tatsächlich befürchtet, Anaya hätte nebenan im Bett gerade ›zu sich selbst gefunden‹.

»Hast du Lust, heute mit auf die Wattwanderung zu kommen?«

Hedda erinnerte sich daran, wie sie bei ihrem ersten Besuch noch gedacht hatte, es wären überhaupt keine Gäste im Camp. Dabei waren damals einfach nur die meisten von ihnen zur gemeinsamen Wattwanderung aufgebrochen. Ob das heute wieder so sein würde?

Dann wäre das die perfekte Gelegenheit, um das Zimmer des Wikinger-Nerds zu durchsuchen, überlegte Hedda. »Klar komme ich mit«, antwortete sie, machte sich aber gleichzeitig schon Gedanken über eine Ausrede, mit der sie später doch noch absagen könnte.

»Willst du zuerst ins Bad?«, fragte Anaya.

»Wenn ich darf? Ich brauche wirklich dringend eine Dusche!« Hedda stand auf, ging zu ihrem Schrank und holte sich ein großes Handtuch und frische Unterwäsche.

»Kein Problem, ich wollte es mir ohnehin noch ein wenig im Bett gemütlich machen.« Anaya stand auf und ging ebenfalls zu ihrem Schrank hinüber. Als sie gerade nach dem Türknauf greifen wollte, drehte sie sich noch einmal zu Hedda um. »Du brauchst doch sicher ein paar Minuten, oder?« Sie zwinkerte ihr vielsagend zu.

»Aber sicher doch!« Hedda lächelte ihrer Mitbewohnerin zu. Auch wenn es für sie noch immer ungewohnt war, sie mochte Anayas ungezwungene Art, mit ihrer Sexualität umzugehen.

***

Auch Enno hatte den gestrigen Tag ohne nennenswerte Ermittlungsergebnisse abschließen müssen. Aus seinem Gespräch mit dem Masseur hatte er keinerlei Erkenntnisse gewinnen können, außer natürlich, dass er offensichtlich irgendetwas zu verheimlichen hatte. Nur was? Und wie sollte er es herausbekommen?

Er stand auf und reckte sich. Seine komplette Rückenmuskulatur tat weh und sein Nacken schmerzte noch mehr als vor der Behandlung. Warum Tomke dennoch einen derart ausgebuchten Terminkalender vorweisen konnte, war für ihn absolut unverständlich. *Bei dem bekommt die Bezeichnung ›Knochenbrecher‹ eine ganz neue Bedeutung*, dachte er kopfschüttelnd. In der Hoffnung, eine heiße Dusche könne seine Schmerzen lindern, trottete er ins Bad.

Eine halbe Stunde später stand er im Frühstücksraum der Pension und schaute sich unsicher um. Der Raum war nicht besonders groß und alle Tische waren bereits besetzt. Wo sollte er denn Platz nehmen? Er checkte die einzelnen Tische, um festzustellen, ob vielleicht bald eine Sitzgelegenheit frei werden würde. Dabei bemerkte er die Dame, die gestern direkt vor ihm die Massage gebucht hatte. Sie saß mit einer größeren Frauengruppe an einem lang gezogenen Tisch. Die Damenrunde schien bester Laune zu sein. Es wurde laut gelacht und dabei wenig Rücksicht auf die übrigen Gäste genommen.

Vielleicht bekomme ich ja wenigstens heraus, warum dieser Tomke einen derart guten Ruf als Masseur hat, dachte Enno und ging langsam auf das äußere Tischende zu. »Guten Morgen die Damen, würden Sie einem einsamen Junggesellen eventuell Asyl an Ihrem Tisch gewähren?«, begrüßte er die Runde freundlich.

Alle Köpfe richteten sich zu ihm aus, was Enno wirklich unangenehm war. Er stand nicht gerne im Mittelpunkt. Allein die Ansprache der Gruppe hatte ihn reichlich Überwindung gekostet. Wenn er nicht hier gewesen wäre, um den Fall Elske Husmann aufzuklären, wäre er einfach wieder auf sein Zimmer gegangen und hätte später noch einmal nachgeschaut, ob zwischenzeitlich ein Tisch frei geworden wäre.

»Bei mir bekommen Sie nicht nur das!«, schrie ihm eine Frau zu, die in der Mitte des Tisches saß, und erntete dafür die johlende Zustimmung ihrer Mitreisenden.

Enno wurde rot, setzte sich aber dennoch auf einen der noch unbesetzten Stühle. *Ob die so früh am Morgen schon Alkohol getrunken haben?*

Die Frau, neben der Enno Platz genommen hatte, wandte sich ihm zu. »Keine Sorge, wir tun Ihnen nichts. Wir sind eine Kegelgruppe aus Düsseldorf. Einmal im Jahr lassen wir unsere Männer für ein paar Tage alleine zu Hause und fallen hier in Norddeich ein. Was für unsere Männer Mallorca ist, ist für uns halt Ostfriesland.«

»Und dann fahren Sie jedes Jahr wieder nach Norddeich? Wird das nicht langweilig?« Enno wollte das Gespräch unbedingt am Laufen halten.

»Jungchen, mit uns wird es nirgendwo langweilig. Erst recht nicht hier in Norddeich. Das ist quasi unser zweites Wohnzimmer. Wir fahren nämlich nicht nur immer wieder in diesen traumhaften Ort, sondern buchen uns auch immer wieder genau in diese Pension ein.«

Seine Sitznachbarin wurde von einem Gesprächsthema an der anderen Seite des Tisches abgelenkt und wandte sich deshalb von Enno ab. *So ein Mist*, dachte Enno. Aber er gab sich noch lange nicht geschlagen. Er tippte der Frau auf die Schulter und sicherte sich so erneut ihre volle Aufmerksamkeit. »Was ist denn so besonders an dieser Pension?«, fragte er.

»Nun ja, an der Pension an sich liegt es eigentlich nicht. Aber Lathan, der Betreiber dieser Einrichtung, ist einfach ein ganz feiner Kerl. Er gibt sich immer wieder die größte Mühe, unseren Aufenthalt hier zu einem besonderen Erlebnis zu machen. Und jetzt, wo er auch noch diesen neuen Masseur hat ...« Anstatt weiterzusprechen, konnte sie ein freches Grinsen nicht mehr zurückhalten.

Die scheint auch voll auf Tomke abzufahren. Was hat dieser Mann nur mit denen gemacht? Oder stehen die etwa alle darauf, wenn ihnen nach der Behandlung der komplette Rücken wehtut?

Ennos Gesprächspartnerin war das große Fragezeichen in seinem Gesicht aufgefallen. »Sie haben seine Dienste also noch nicht in Anspruch genommen?«

»Ich war gestern bei ihm, aber ...«

»Aber was?«, fiel sie ihm ins Wort.

»Nun ja, ich hatte ja bereits viel von seinen magischen Händen gehört, aber ehrlich gesagt, tat mir hinterher alles noch mehr weh als vorher.« Enno zuckte mit den Schultern. »Es war aber auch meine allererste Massage. Vielleicht muss ich mich einfach noch daran gewöhnen.«

Die Frau nahm einen Schluck Tee und machte dabei ein nachdenkliches Gesicht. Dann setzte sie die Tasse ab, neigte ihren Kopf zu Enno hinüber und flüsterte ihm etwas ins Ohr.

***

Hedda saß in ihrem Zimmer und wartete darauf, dass Anaya aus dem Badezimmer zurückkommen würde. In einer halben Stunde wollte die Gruppe zu der gemeinsamen Wattwanderung aufbrechen, und Hedda hatte noch nicht den richtigen Moment gefunden, um ihrer Zimmergenossin zu sagen, dass sie doch nicht mitkommen würde.

Was treibt sie denn bloß so lange da drinnen? Anaya war bereits seit über zwanzig Minuten im Badezimmer verschwunden. Zum wiederholten Male warf Hedda einen nervösen Blick auf ihre Uhr.

Dabei hatte sie sich doch so ein schönes Schauspiel überlegt, mit dem sie ihre Ausrede zusätzlich untermauern wollte.

Endlich hörte sie, wie sich der Schlüssel im Schloss der Badezimmertür rührte. *Jetzt geht's los!*, dachte sie erleichtert, sprang von ihrem Stuhl auf und stürmte auf Anaya zu, die gerade einmal den ersten Fuß über die Türschwelle gesetzt hatte und dabei tiefenentspannt grinste. Hedda wollte überhaupt nicht wissen, was Anaya hinter der geschlossenen Tür getrieben hatte. Ihr einziger Gedanke galt ihrem Alibi, das sie brauchte, um glaubhaft der Wattwanderung fernbleiben zu können.

»Na endlich! Ich muss da ganz dringend rein!«, stammelte sie hektisch und drängelte sich an ihrer Mitbewohnerin vorbei, deren Gesichtsausdruck daraufhin überhaupt nicht mehr entspannt wirkte.

Etwa fünfzehn Minuten lang saß Hedda auf dem geschlossenen Toilettendeckel, betätigte mehrfach die Spülung und konzentrierte sich ansonsten darauf, sich möglichst unwohl zu fühlen. Dann stand sie auf, betätigte die Toilettenspülung ein letztes Mal, öffnete das Fenster und ging wieder in ihr Zimmer zurück.

Anaya saß an dem gemeinsamen Tisch und schaute sie besorgt an. »Geht es dir nicht gut? Du siehst ein wenig blass aus.«

»Ich weiß auch nicht, mir wurde auf einmal ganz komisch und ich musste sofort …« Sie machte eine künstliche Pause, schaute leicht beschämt zu Boden und versuchte sich in einem verlegenen Lächeln. »Auf jeden Fall solltest du da in der nächsten Zeit lieber nicht reingehen.«

Anaya lächelte mitfühlend zurück. »Da mach dir mal um mich keine Sorgen! Meinst du denn, du kannst trotzdem mit auf die Wattwanderung?«, fragte sie besorgt.

Auf diese Frage hatte Hedda gehofft. »Ich möchte total gerne mit, aber ich bin mir nicht sicher, ob ich nicht später noch einmal …« Wieder ließ sie die entscheidenden Wörter einfach aus. »Unterwegs habe ich ja mit Sicherheit nicht die Gelegenheit, zur Toilette zu gehen.«

»Du bleibst schön hier und ruhst dich aus!«, befahl Anaya mit mütterlicher Fürsorge. »Ich werde dir schnell einen magenfreundlichen Tee und eine Wärmflasche machen. Und dann kümmere ich mich ein wenig um dich. Ohne Fernsehen und Internet gehst du mir hier ja sonst noch ein.« Mit diesen Worten ging sie aus dem Raum und ließ eine vollkommen verdatterte Hedda zurück.

Das ist ja jetzt überhaupt nicht nach Plan gelaufen. Nachdenklich wischte sich Hedda ihren langen Pony aus der Stirn. *Anaya darf auf keinen Fall hierbleiben. Sonst verliere ich schon wieder mindestens einen halben Tag.* In Gedanken nach einer Lösung suchend, legte Hedda sich auf ihr Bett.

Nur wenige Minuten später stand Anaya mit einem dampfenden Becher in der einen und einer Wärmflasche in der anderen Hand wieder an Heddas Seite. »Hier, das wird dir guttun«, sagte sie und reichte Hedda beides entgegen.

»Danke!«, sagte Hedda. »Aber du musst dich jetzt beeilen. Ich möchte wirklich nicht, dass du meinetwegen die Wattwanderung verpasst.«

»Ach was!« Anaya machte eine wegwerfende Handbewegung. »Weißt du, wie viele Wattwanderungen ich in den letzten Tagen bereits gemacht habe? Da verpasse ich nun wirklich nichts.« Sie setzte sich auf die Bettkante, schob eine Hand unter Heddas Rücken und half ihr dabei, sich aufzusetzen.

Nachdenklich nahm Hedda einen Schluck Kamillentee. »Au, heiß!«, schrie sie erschrocken.

»Sorry, ich habe ganz vergessen zu pusten.« Anaya nahm ihr den Becher aus den Händen, spitzte ihre Lippen und blies kräftig hinein.

Hedda traute ihren Augen nicht. Sie konnte sich nicht daran erinnern, wann sie das letzte Mal so umsorgt worden war. Bei ihrer eigenen Mutter war das auf jeden Fall schon Jahre her. Umso mehr bereute sie den gekünstelten Wutausbruch, den sie jetzt inszenierte, um Anaya doch noch loszuwerden. »Jetzt reicht es aber!«, schrie sie, so wütend sie nur konnte. »Ich bin doch nicht dein kleines Kind! Wenn du Beschäftigung brauchst, schnapp dir einen deiner Dildos, aber lass mich gefälligst in Ruhe!«

An dem Gesichtsausdruck ihrer Zimmergenossin konnte Hedda ablesen, dass die Worte ihre Wirkung nicht verfehlt hatten. Anaya schaute sie an, als verstünde sie die Welt nicht mehr. Und während Hedda krampfhaft versuchte, weiterhin ihren wütenden und entschlossenen Gesichtsausdruck beizubehalten, wollte ihr Innerstes am liebsten laut hinausschreien, warum sie sich gerade derart mies verhalten musste.

»Okay, dann mache ich mich mal auf den Weg.« Ohne sie noch einmal anzusehen, stand Anaya auf und verließ das Zimmer.

Hedda hoffte, dass ihre treue Zimmergenossin nicht nachtragend sein würde, und nahm sich fest vor, Anaya sofort nach ihrer Rückkehr die Entschuldigung zu präsentieren, die sie verdient hatte.

Sie blieb noch so lange auf dem Bett liegen und lauschte in die Stille, bis sie im Erdgeschoss endlich Aufbruchstimmung vernahm. Da die Bewohner nicht miteinander sprachen, war das gar nicht so einfach, aber zum Glück quietschte die Haustür ein wenig. Vorsichtshalber schlich Hedda zu ihrem Fenster und spähte durch den schmalen Spalt zwischen Wand und Gardine nach draußen. In Gedanken zählte sie die Anzahl der Bewohner, die das Gartentor passierten.

Nur Frieso fehlt, stellte sie erleichtert fest. Dabei hatte sie nicht wirklich damit gerechnet, dass der Leiter des Camps immer an den täglichen Wattwanderungen teilnehmen würde. Sie würde sich also auf jeden Fall vorsichtig im Haus bewegen müssen, um keinesfalls von ihm erwischt zu werden. *Zum Glück liegen die Zimmer der Männer im zweiten Obergeschoss. Solange Frieso in seinem Büro im Erdgeschoss bleibt, kann er mich eigentlich nicht erwischen*, dachte Hedda erleichtert. *Aber was ist, wenn er in mein Zimmer kommt, um nach mir zu sehen?* Nervös begann sie an ihrer Unterlippe zu zupfen. Dann kam ihr der rettende Einfall. Sie sprang auf, ging zum Bad, zog den Schlüssel von der Innenseite der Tür ab, um sie danach von außen zu verschließen. *Ich werde dann einfach behaupten, ich hätte auf dem Pott gesessen.*

Auf Socken schlich Hedda zu ihrer Zimmertür, öffnete sie einen winzigen Spalt, huschte hindurch und drückte sie anschließend leise wieder zu. Während sie die Treppenstufen zum zweiten Obergeschoss erklomm, lauschte sie mit einem Ohr ins Erdgeschoss hinab. Doch von Frieso war weit und breit nichts zu hören.

Im Stockwerk der Männer gab es insgesamt vier Räume. Aber welcher war der Raum des Wikinger-Nerds? Hedda war zum allerersten Mal hier oben und hatte daher keine Ahnung, welcher Bewohner in welchem Zimmer wohnte. Sie entschied daher, mit dem ersten Raum auf der linken Seite zu beginnen und sich anschließend systematisch vorzuarbeiten.

Die Inneneinrichtung des Zimmers war quasi eine Kopie ihres eigenen. Ohne zu zögern, steuerte Hedda auf den ersten Schrank zu und öffnete ihn. Das Innenleben des Möbelstücks bot ihr auf den ersten Blick noch keine Anhaltspunkte auf seinen aktuellen Besitzer. Die Kleidungsstücke waren sehr ordentlich zusammengelegt und getrennt worden. *Jetzt weiß ich lediglich, dass dieser Mann entweder bei der Bundeswehr war oder eine ordentliche Erziehung genossen hat.*

Sie wollte gerade damit beginnen, zwischen den Kleidungsstücken weiterzusuchen, als sie plötzlich eine laut fluchende Stimme hörte, die sich ihr unaufhörlich zu nähern schien.

***

Ich weiß nicht, wie er es macht, aber seine Massagen lösen bei uns allen orgasmusähnliche Reaktionen aus. Verstehen Sie mich nicht falsch, er hat keine von uns jemals unsittlich berührt. Alles ist eigentlich genauso wie bei jedem anderen Masseur auch, aber sein Finale ... So etwas haben wir alle noch nie zuvor erlebt.

Enno hatte noch immer die Worte im Ohr, die ihm seine Gesprächspartnerin beim Frühstück zugeflüstert hatte. Wenn das wirklich stimmte, konnte er jetzt zumindest verstehen, warum Tomke so gut gebucht wurde. Aber warum hatte er nichts Derartiges gespürt? Wirkten seine Fähigkeiten etwa nur bei Frauen?

Seine spontane Idee, einen weiteren Massagetermin zu buchen, verwarf Enno sofort wieder. Erstens war Tomke ohnehin für die nächsten Tage vollkommen ausgebucht und zweitens würde er höchstwahrscheinlich sowieso nichts mehr aus dem Masseur herausbekommen. Er musste also anders vorgehen. Aber wie?

Fieberhaft grübelte Enno nach, entschied sich dann aber doch, seinem ursprünglichen Plan zu folgen. Schließlich hatte er sich nur deshalb massieren lassen, um über die Mitarbeiter der Pension mehr über Elske Husmanns Rauswurf zu erfahren. Und nur weil der Masseur entschieden hatte, ihm in dieser Sache keine Informationen zu geben, musste das ja noch lange nicht für die übrigen Angestellten gelten.

Während er noch darüber nachdachte, welchen Mitarbeiter er sich als Nächstes vorknöpfen sollte, kam ihm das Schicksal zur Hilfe. Draußen klopfte jemand an seine Tür.

»Herein!«

Die Zimmertür öffnete sich und eine dunkelhaarige zierliche Frau mit einem sympathischen Lächeln trat ein und bat darum, das Zimmer reinigen zu dürfen. An ihrem Arbeitskittel trug sie ein Namensschild. Sie hieß Elena.

»Stört es Sie, wenn ich dabei im Zimmer bleibe? Ich habe wahnsinnige Rückenschmerzen«, fragte Enno die Reinigungskraft.

»Rückenschmerzen? Dann Sie müssen gehen zu unseren Masseur«, sagte sie mit einem sympathisch klingenden osteuropäischen Akzent und begann damit, das Bett herzurichten.

»Komisch«, lächelte Enno ihr zu. »Den gleichen Tipp hat mir Ihre Kollegin vor ein paar Monaten auch schon gegeben.«

»Kollegin?« Elena schaute kurz zu Enno auf, widmete sich dann aber sofort wieder der Bettdecke.

»Ja, aber ich habe ihren Namen vergessen«, reagierte Enno möglichst gleichgültig. Er durfte auf keinen Fall denselben Fehler wie bei Tomke machen.

»Wie sie sah aus?«, wollte Elena wissen.

Aus gespitzten Lippen ließ Enno die Luft entweichen, so als würde es für ihn eine schwierige Aufgabe sein, sich an das Aussehen der besagten Person zu erinnern. »Sie war ungefähr so groß wie Sie und hatte brünette … nein, eher blonde Haare.«

»Und Alter?« Elena schüttelte die Kissen auf, hielt jetzt aber den Blickkontakt zu Enno aufrecht.

»Ich denke, sie ist so um die dreißig. Aber das ist bei Frauen ja immer ganz schwer zu schätzen. Ich hoffe, ich habe sie jetzt nicht älter gemacht, als sie ist?«

Elena winkte ab. »Sie meinen sicher meine Kollegin Elske. Keine Sorge, ist tot. Kann sich nicht mehr ärgern.« Elena löste den Blickkontakt und ging hinüber ins Badezimmer.

Enno folgte ihr. »Habe ich das gerade richtig verstanden? Sie ist tot? Das tut mir aber leid! Ich wusste ja nicht …«

»Ach, das ist nichts Problem. Ich kannten Elske kaum. Habe nur ein paar Wochen mit ihr gearbeitet«, antwortete Elena, während sie sich über die Kloschüssel beugte und den Reiniger mit der Klobürste verteilte. »Sie wurde dann von Chef gefeuert.«

»Gefeuert?« Enno tat möglichst überrascht. »Wieso wurde sie denn gefeuert?«

»Ich besser nicht erzählen. Sonst ich bekommen auch noch Ärger mit Chef.« Elena zuckte entschuldigend mit den Schultern, nahm einen Lappen aus ihrem Eimer und wischte damit die Klobrille sauber.

»Also ich werde ihm mit Sicherheit nichts verraten«, startete Enno einen verzweifelten Versuch, der Reinigungskraft doch noch weitere Antworten zu entlocken.

Elena stoppte mitten in ihrer Bewegung, schaute Enno aus leicht zusammengekniffenen Augen an und seufzte einmal hörbar auf. »Ich auch nur haben gehört, aber angeblich Frau von Chef hatte Affäre mit Elske«, sagte sie, griff zum Glasreiniger und benebelte damit den Spiegel. »Aber Sie das haben nicht von mir!« Sie wischte mit einem trockenen Tuch die Feuchtigkeit ab und fixierte dabei das Spiegelbild von Ennos Augen.

»Ich werde nichts verraten.« Wie ein Cowboy, der vom Sheriff gerade mit einer Pistole bedroht wurde, hob Enno die Hände über den Kopf. »Versprochen!«

***

Mit angehaltenem Atem lehnte Hedda an der Wand und starrte auf die Zimmertür. Sie rechnete damit, dass sie sich jeden Moment öffnen würde. Die männliche Stimme wurde mit jeder Sekunde lauter. Mit einer gewissen Erleichterung hörte sie, wie der Mann fluchend an der Zimmertür vorbeiging. Die wütende Stimme gehörte eindeutig Frieso.

»Wenn der Typ sich einbildet, er könne mich reinlegen, dann hat er sich aber geschnitten!«, hörte sie den Leiter des Camps schimpfen. Den Rest konnte Hedda leider nicht mehr verstehen, weil die Stimme sich jetzt wieder weiter von ihrem Versteck entfernte.

Vermutlich ist er jetzt in einem der Nebenzimmer. Von wem hat er wohl gesprochen? Heddas Neugierde war geweckt, aber sollte sie wirklich riskieren entdeckt zu werden, nur um herauszufinden, über wen sich Frieso gerade so aufregte? Andererseits war es aber doch auch möglich, dass sein Ärger ebenfalls etwas mit dem Mord an Elske Husmann zu tun hatte.

Ganz langsam presste sie die Klinke hinunter und öffnete die Zimmertür ein paar Zentimeter. Friesos Stimme wurde wieder lauter, aber sie konnte lediglich Bruchstücke seines Monologes verstehen. *Ich muss auf den Flur, wenn ich ihn besser hören möchte.*

Auf Zehenspitzen schlich Hedda in den Flur hinaus. Die Tür schräg gegenüber stand offen. Ihr Herz schlug ihr bis zum Hals, als sie sich dem Raum immer weiter näherte. Was sollte sie Frieso sagen, wenn er ihr gleich direkt in die Arme laufen sollte? Sie hörte das Blut in ihren Ohren rauschen, aber auch Friesos Stimme wurde immer klarer. Er schimpfte unverändert wie ein Rohrspatz vor sich hin.

»Ich habe es doch gewusst!« Seine Stimme klang so, als habe er gerade eine enthüllende Entdeckung gemacht. »Ich lasse mir von dem Vogel doch nicht meinen sorgsam ausgeklügelten Plan versauen. Wenn der von der Wattwanderung zurückkommt, schmeiße ich ihn hochkant raus!«

Hedda hörte Schritte. Hastig ging sie rückwärts, um wieder in das vorherige Zimmer zu gelangen. Dabei stieß sie mit der Ferse gegen einen kleinen Tisch, der zur Dekoration zwischen den Zimmern platziert worden war. Erschrocken drehte sie sich um und konnte gerade noch sehen, wie die darauf befindliche Keramikvase zu Boden stürzte.

Reflexartig streckte sie ihren rechten Arm nach unten und fing das Blumengefäß nur Zentimeter vor seinem Aufprall auf. Doch sie hatte keine Zeit, die Vase wieder an ihren ursprünglichen Platz zurückzustellen. Stattdessen eilte sie, so schnell sie konnte, in das Zimmer zurück, in dem sie sich zuvor versteckt hatte.

Ihr Herz schien ihr aus der Brust springen zu wollen, so heftig hämmerte es jetzt gegen ihren Brustkorb. Das Rauschen in ihren Ohren war zu einem stechenden Schmerz angewachsen. Sie schloss die Augen, presste die Blumenvase an ihre Brust und lauschte durch die angelehnte Tür in den Flur hinaus.

Hoffentlich bemerkt er die fehlende Vase und die angelehnte Tür nicht.

Schnelle, entschlossene Schritte hallten den Flur entlang, verstummten aber auf einmal schlagartig. Hedda hielt den Atem an und fluchte innerlich. *Verdammter Mist, der hat die fehlende Vase bemerkt.*

»Jetzt hat irgendeiner von diesen Hirnis auch noch die Vase runtergeschmissen und nicht einmal genug Mut gehabt, es mir zu melden. Wenn die Psychos nicht so nützlich für mich wären, würde ich sie am liebsten alle zum Teufel jagen«, schimpfte Frieso. Dann ging er weiter, an Heddas Versteck vorbei und die Treppenstufen hinunter.

Erleichtert ließ Hedda die angehaltene Luft aus ihren gespitzten Lippen entweichen. *Das war knapp! Die Vase muss ich auf jeden Fall später gut verstecken.* Dann ging sie zügig wieder zu dem Schrank zurück, den sie auf den ersten Blick nicht dem Wikinger-Nerd zuordnen konnte. Sie durfte keine weitere Zeit mehr verlieren.

Erneut öffnete sie die Schranktüren und begann damit, die einzelnen Schichten systematisch zu durchsuchen. Sie startete bei den Hosen, nahm sich dann die T-Shirts und Unterhosen vor und kontrollierte zum Abschluss auch die akkurat aufeinander drapierten Unterhemden.

Was ist denn das? Mit ihrer Hand hatte sie einen rechteckigen harten Gegenstand ertastet. Behutsam zog sie ihn zwischen den Hemden hervor, ohne dabei die penible Ordnung durcheinanderzubringen. *Sieht aus wie ein Fotobuch.* Vorsichtig schlug Hedda die erste Seite auf. *Volltreffer!*, triumphierte sie.

Sie blätterte sich durch das mehrere Zentimeter dicke Buch und mit jeder Seite war sie überzeugter davon, nicht nur den Schrank des Wikinger-Nerds, sondern auch den von Elske Husmanns Mörder gefunden zu haben.

7. Kapitel

Informationsaustausch

Nachdem Hedda gestern wieder sicher und vor allem unentdeckt in ihrem Zimmer angekommen war, hatte sie zunächst einmal nach einem Versteck für die Vase gesucht. Ihr Schrank schied dabei als geeignetes Versteck ebenso aus wie irgendein anderer Platz in ihrem Zimmer. Schließlich hatte sie ja selbst miterleben dürfen, dass Frieso nicht davor zurückschreckte, in den privaten Gegenständen der Bewohner herumzuwühlen.

Sie hatte daher eines ihrer Handtücher genommen, die Vase sorgsam darin eingewickelt und sich anschließend schwungvoll darauf fallen gelassen. Die Vase war unter ihrem Körpergewicht in dutzende Einzelteile zerbrochen. Danach hatte sie aus dem Mülleimer einen leeren, aber wiederverschließbaren Familienbecher Naturjoghurt herausgefischt, die Scherben dort hineingefüllt und das Ganze anschließend direkt in die große Mülltonne geworfen, die, geschützt von einem Bretterzaun, neben den restlichen Müllbehältern in einer Ecke des Gartens stand.

Das mit Abstand größte Problem war jedoch die Entscheidung, was sie mit dem gefundenen Buch aus dem Schrank des Wikinger-Nerds machen sollte. Das selbst gebastelte Album enthielt unzählige Bilder, Collagen und Fotomontagen, auf denen entweder Elske Husmann alleine oder mit dem Wikinger-Nerd zusammen zu sehen war. Dazu gab es eindeutige Bildunterschriften, selbst verfasste Gedichte und Liebesschwüre, die nur einen Schluss zuließen: Er war nahezu besessen von ihr. Und das anscheinend bereits seit der frühsten Jugend. Zumindest zeigten die ersten Seiten des Buches Elske Husmann im Teenageralter, während die letzten Seiten eher mit aktuellen Aufnahmen von ihr gefüllt waren. Zudem waren die selbst verfassten Texte auf den ersten Seiten noch hauptsächlich von Hoffnung geprägt, während die Verse auf den hinteren Seiten eher von Verständnislosigkeit und Verzweiflung zeugten.

Das Buch war daher vielleicht *das* Beweismittel im Mordfall Elske Husmann, aber dennoch hatte Hedda es nicht einfach so an sich nehmen können. Mit Sicherheit wäre das Fehlen des Fotoalbums seinem Besitzer sofort aufgefallen. Sie konnte aber auch nicht einfach so eine Kopie anfertigen, da der einzige Fotokopierer ausgerechnet in Friesos Büro stand. Und da sie ihr Handy aufgrund der strengen Regeln in der Ferienwohnung zurückgelassen hatte, hatte sie nicht einmal die Option, die Seiten zum Beweis abzufotografieren.

Hedda hatte sich den Kopf über eine weitere Möglichkeit zermartert, aber ihr war bis zur Rückkehr der Gruppe leider keine alternative Lösung eingefallen. Daher lag das Buch noch immer in seinem alten Versteck, und ihr blieb nur die Hoffnung, es später noch als Beweis sichern zu können.

Ein weiteres großes Problem ließ sich hingegen unkomplizierter lösen als erwartet – der Streit mit ihrer Mitbewohnerin Anaya. Als diese von der Wattwanderung zurückgekehrt war, entschuldigte Hedda sich sofort wort- und gestenreich für ihr inakzeptables Verhalten. Zum Glück war Anaya nicht besonders nachtragend, sodass beide schnell wieder in der gewohnt lockeren Art miteinander plaudern konnten, sobald sie alleine auf ihrem Zimmer waren.

So erfuhr Hedda unter anderem auch, welcher Mitbewohner Friesos Zorn auf sich gezogen hatte. Es war Frederik, der vollkommen verunsichert wirkende Mann, der mit ihr in das Camp eingezogen war. Anaya hatte mit angehört, wie Frieso ihn in sein Büro zitiert und hinter verschlossener Tür so lautstark zur Rede gestellt hatte, dass die neugierige Anaya trotzdem jedes Wort verstehen konnte, während sie sich auf dem Flur scheinbar interessiert die Pinnwand angeschaut hatte.

Angeblich war Frederik ein Reporter, der sich mit einer falschen Identität in das Camp eingeschlichen hatte, um dort Informationen für einen Artikel zu sammeln. Jedenfalls hatte Frieso in seinem Schrank angeblich eindeutige Aufzeichnungen gefunden, die ebendiesen Verdacht bestätigten. Anschließend hatten die beiden sich gegenseitig Vorwürfe gemacht, die darin endeten, dass Frieso mit der Polizei gedroht und Frederik überstürzt seine Sachen zusammengepackt hatte.

Die ganze Nacht hatte Hedda über das gefundene Buch und Frederiks Rauswurf nachgedacht. Sollte sie den Wikinger-Nerd mit ihrem Fund konfrontieren oder sich zunächst einmal darauf konzentrieren, die Beweise zu sichern? Und was hatte Frieso nur zu verbergen, dass er keine Reporter im Camp duldete? Wie war er überhaupt darauf gekommen, dass Frederik ein Reporter war? Er schien sich seiner Sache ja schon sicher gewesen zu sein, noch bevor er die verräterischen Aufzeichnungen in dessen Schrank überhaupt gefunden hatte.

Was hat er noch gleich über Frederik gesagt, als er wütend den Flur entlanggestapft ist? „Ich lasse mir von dem Vogel doch nicht meinen sorgsam ausgeklügelten Plan versauen." Und was hat er gemeint, als er sagte: „Wenn die Psychos nicht so nützlich für mich wären, würde ich sie am liebsten alle zum Teufel jagen."?

Ihre Gedanken hatten Hedda kaum zur Ruhe kommen lassen. Vollkommen übermüdet war sie dementsprechend am nächsten Morgen erwacht.

»Wie geht es dir heute?«, fragte Anaya, die gerade aus dem Badezimmer kam, als Hedda die Augen aufschlug. Sie war schon vor einiger Zeit aufgestanden und hatte sich leise auf die Toilette geschlichen.

»Besser, vielen Dank!«, antwortete Hedda.

»Kommst du denn heute mit mir auf die Wattwanderung? Es ist unsere letzte Chance auf einen gemeinsamen Fußmarsch, morgen breche ich ja bereits zu meinem Abschiedsmarsch auf.« Anayas Stimme klang betrübt.

»Stimmt ja«, bedauerte Hedda. Ihre ungewöhnliche Mitbewohnerin war ihr tatsächlich ein wenig ans Herz gewachsen. »Dann sollten wir uns diese Chance auf keinen Fall entgehen lassen.«

***

Enno ging das, was die Frau ihm beim Frühstück erzählt hatte, einfach nicht aus dem Kopf. Eine solche Wirkung mit einer reinen Massage zu erzielen, hielt er für mehr als unwahrscheinlich. War es vielleicht möglich, dass Tomke während der Behandlungen bewusstseinserweiternde Substanzen einsetzte, um seine Kundschaft so in Ekstase zu versetzen?

Er musste unbedingt mehr über diesen Typen erfahren. Kurzentschlossen griff Enno zum Telefon und rief Fiona an, die er aus seiner Zeit in Hannover kannte und die mittlerweile bei der Polizei in Norden beschäftigt war. Sie war eine der Kolleginnen, die ihm bereits bei seiner ersten Anfrage zu diesem Fall wichtige

Informationen besorgt hatte. Fiona bat ihn um ein wenig Geduld, versprach ihm aber schnellstmöglich die Informationen zu liefern, sofern es überhaupt aktenkundige Notizen über den Masseur gab.

Enno entschied, die Wartezeit zu nutzen und Okka einen Besuch abzustatten. Bei aller Betroffenheit über die Verhaftung ihres neuen Freundes durfte man schließlich nicht vergessen, dass auch sie vielleicht ein Tatmotiv hatte. Dass Renke in der Mordnacht scheinbar einen emotionalen Rückfall erlitten und mit seiner Noch-Ehefrau im Bett gelandet war, hatte ihr mit Sicherheit nicht gefallen. *Ob sie wohl noch vor dem Mord von seinem Seitensprung erfahren hat?*

Während der Taxifahrt zu ihrer Wohnung schaute er sich noch einmal an, welches Alibi die Kollegen für Okka zu Protokoll gegeben hatten. Angeblich war sie zur Tatzeit bei ihrer Mutter in Wilhelmshaven zu Besuch gewesen. Die Aussage der Mutter und die Ortung ihres Mobiltelefons stützten diese Annahme.

Außerdem nutzte er die Transferzeit auch, um sich eine Strategie für das bevorstehende Gespräch zu überlegen. Er wollte Okka gegenüber als Unterstützer ihres verhafteten Freundes auftreten und ihr keinesfalls das Gefühl geben, dass er nur gekommen war, um seine Restzweifel an ihrer Unschuld auszuräumen.

Nachdem der Taxifahrer ihn vor dem Hauseingang des Mehrfamilienhauses, in dem Okka wohnte, abgesetzt hatte, drückte er auf das Klingelschild mit ihrem Namen. Es dauerte nur wenige Sekunden, bis er ihre Stimme aus der Gegensprechanlage hörte.

»Moin, mein Name ist Enno. Ich weiß nicht, ob du dich an mich erinnerst, aber du hast meine Freundin Hedda und mich vor ein paar Tagen auf dem Drachenfest kennengelernt.« Er wartete ein paar Sekunden auf eine Antwort, doch nicht einmal ein Rauschen war aus dem Lautsprecher zu vernehmen. »Hedda und ich versuchen, den wahren Mörder von Renke zu finden«, schob er deshalb noch hinterher. Dabei war er sich nicht einmal sicher, ob Okka ihm überhaupt noch zuhörte.

Wieder vergingen ein paar endlose Sekunden, ehe der erlösende Summton die Entriegelung der Haustür signalisierte. Enno stemmte sich gegen die Tür und nahm mit großen Schritten die ersten Stufen des Treppenhauses in Angriff. Okka wohnte im dritten Stock. Als Enno diese Ebene erreicht hatte, wartete sie bereits im Türrahmen ihrer Wohnung auf ihn.

»Ich erinnere mich an Sie.« Ihre Stimme klang müde und traurig. Die dunklen Ringe unter ihren Augen deuteten darauf hin, dass sie seit Tagen nicht mehr richtig geschlafen hatte.

So sieht jedenfalls keine skrupellose Mörderin aus, war Ennos erster Gedanke. *Aber vielleicht macht ihr ja auch nur ihr schlechtes Gewissen zu schaffen.*

Er hatte gelernt, dass die wahren Täter nicht immer auf den ersten Blick zu erkennen und oft sogar mit großen schauspielerischen Talenten gesegnet waren. Trotzdem hielt er es für sehr unwahrscheinlich, dass die zierliche Okka ihre Kontrahentin erwürgt haben könnte. *Frauen morden doch ohnehin eher mit Hinterlist als mit roher Gewalt*, rief er sich die ihm bekannten Statistiken ins Gedächtnis. *Aber vielleicht hat sie ja jemanden für die Drecksarbeit engagiert?*

»Nenn mich doch bitte Enno.« Er wollte ihr Vertrauen gewinnen und hielt es daher für besser, die Förmlichkeiten bereits zu Beginn ihrer Unterhaltung zu unterbinden. »Können wir uns kurz unterhalten?«

»Gerne, ich bin Okka.« Sie reichte ihm die Hand. »Komm doch rein!«

Enno folgte ihr durch den Wohnungsflur und betrachtete im Vorbeigehen die gerahmten Fotos, die an den Wänden hingen. Viele davon zeigten Okka zusammen mit Renke Husmann. *Das sind aber viele Bilder für ein Paar, das noch gar nicht so lange zusammen ist*, stellte Enno skeptisch fest. Er folgte Okka in die Küche und nahm auf dem Stuhl Platz, den sie ihm zuvor angeboten hatte.

»Möchtest du einen Tee oder vielleicht lieber einen Kaffee?«

»Gerne einen Tee, wenn es keine Umstände macht.«

Okka machte sich an den Küchenschränken zu schaffen. »Habe ich das gerade richtig verstanden? Ihr versucht tatsächlich, meinem Renke zu helfen und Elskes wahren Mörder zu finden?«

Enno nickte. »Ja, wir haben bereits mit den Ermittlungen begonnen.«

»Seid ihr von der Polizei?« Sie füllte drei Löffel losen Tee in einen Teefilter.

»Jein«, antwortete Enno wahrheitsgemäß. »Ich bin zwar Polizist, aber der Mord an Elske Husmann liegt eigentlich nicht in meinem Zuständigkeitsbezirk. Meine Freundin Hedda macht gerade ein

Praktikum bei dem Bestattungsinstitut, das für die Beerdigung von Elske Husmann zuständig war.«

»Und warum ermittelt ihr dann in der Sache?« Ihre Skepsis wurde mit jedem Wort deutlicher.

»Nun ja, das ist irgendwie schwer zu erklären. Meine Freundin hatte da so ein …« Enno machte eine Pause, um das passende Wort für eine Sache zu finden, die er selbst nicht verstand. »Sie hatte da so ein Gefühl, als sie dir auf dem Drachenfest begegnet ist.«

»Ich erinnere mich, es war schon irgendwie seltsam, dass sie gerade mich nach Renkes Ex gefragt hat. Und auch ich habe irgendwie gleich eine Art Verbindung gespürt, als ich sie dort zum allerersten Mal gesehen habe.« Aus leicht zusammengekniffenen Augen schaute Okka Enno prüfend an.

Moment mal, dachte Enno. *Wer verhört hier jetzt eigentlich wen?* Er entschied sich für einen Strategiewechsel. »Willst du jetzt unsere Hilfe oder nicht? Du kannst die Sache natürlich auch weiterhin der hiesigen Polizei überlassen.«

Okkas Augen weiteten sich wieder. Mit dieser Provokation hatte sie scheinbar nicht gerechnet. »Die Polizei hält Renke weiterhin für den Hauptverdächtigen. Wir können also jede Hilfe gebrauchen, egal in welcher Form.« Sie machte eine kurze Pause und schaute Enno aus glasigen Augen an. Dann brach sie in Tränen aus. »Ihr glaubt also auch, dass Renke unschuldig ist«, schluchzte sie mit tränenerstickter Stimme.

Enno überlegte, was er ihr antworten sollte, entschied sich aber bei der Wahrheit zu bleiben. »Ehrlich gesagt, wir wissen es nicht. Aber wir haben das ungute Gefühl, dass die Polizei bei ihren Ermittlungen etwas übersehen haben könnte.«

Okka setzte sich zu ihm an den Tisch und wischte sich die Tränen aus dem Gesicht. Das Teewasser hatte längst gekocht, aber Enno hielt es für unpassend, sie in dieser Situation darauf hinzuweisen. Stattdessen versuchte er, ihr in wenigen allgemein gehaltenen Worten ihre bisherigen Ermittlungsansätze zu erläutern.

»Und habt ihr schon etwas Neues herausgefunden? Ich persönlich glaube ja auch, dass Elske meinen Renke während der Ehe mehrfach betrogen hat. Nach allem, was mir Renke über die Sexsucht seiner Frau erzählt hat, würde es mich auf jeden Fall schwer wundern, wenn sie während der gemeinsamen Zeit mit ihm nicht noch unzählige andere Sexualpartner gehabt hätte.«

Verächtlich verzog Okka das Gesicht. »Einer von denen hat ihr das mit Sicherheit angetan.«

Enno gefiel überhaupt nicht, wie sich das Gespräch entwickelte. Er wollte Okka zwar das Gefühl geben, auf ihrer Seite zu sein, sie jedoch keinesfalls in die Details ihrer bisherigen Ermittlungen einweihen. Außerdem wollte doch eigentlich er die Fragen stellen. »Wie hast du dich eigentlich gefühlt, als du erfahren hast, dass Renke in der Mordnacht Sex mit seiner Ex gehabt hat?«

Okka entglitten ihre Gesichtszüge. Diese Frage traf sie vollkommen unerwartet. »Wie ich mich gefühlt habe, als ...« Sie schluckte und wischte sich erneut die Feuchtigkeit aus den Augen. »Wie soll ich mich schon gefühlt haben? Beschissen habe ich mich gefühlt. Was denn sonst?« Sie richtete ihren Blick auf die Tischplatte. Es war ihr anzusehen, dass sie unverändert mit den Tränen kämpfte.

Enno hatte Mitleid mit der jungen Frau. Dennoch durfte er jetzt nicht aufhören. Wenn er auf eine unüberlegte Äußerung seiner Gesprächspartnerin hoffen konnte, dann nur in dieser emotionalen Ausnahmesituation. »Und du hast trotzdem nie in Erwägung gezogen, dass er doch ihr Mörder sein könnte? Warum nicht?«

Vielleicht, weil du es selbst getan hast?, schob er in Gedanken hinterher.

Okkas Kopf blieb gesenkt, aber ihre Augen schauten jetzt wieder direkt zu Enno hinauf. »Weil ich ihn liebe«, flüsterte sie, aber dennoch klangen ihre Worte so entschlossen, dass Enno keinen Zweifel an ihrer Echtheit hatte.

Diese Frau würde ihrem Partner nicht nur den Seitensprung mit seiner Noch-Ehefrau verzeihen, sie würde auch für ihn ins Gefängnis gehen, wenn sie die Chance dazu hätte, war er sich sicher.

Das Handy in Ennos Hose vibrierte. Gedankenverloren zog er das Smartphone aus seiner Tasche und schaute auf das Display. Es war Fiona. »Ich müsste da kurz rangehen«, entschuldigte er sich beiläufig und nahm das Gespräch an. Während des Telefonates versuchte er in eine Ecke der Wohnung zu gehen, in der er möglichst ungestört sprechen konnte. Im Nachhinein stellten sich seine Bemühungen diesbezüglich aber als unnötig heraus, da ohnehin nur Fiona sprach und er sich daher nahezu ausschließlich aufs Zuhören konzentrieren konnte.

»Bist du dir sicher?«, fragte er zum Abschluss des Gespräches noch einmal nach. Er konnte nicht glauben, was Fiona über den Masseur herausgefunden hatte. »Okay, super. Damit hast du mir sehr geholfen.«

***

Am Fuße zum *Haus des Gastes* wartete Hedda mit den restlichen Bewohnern des Camps Nordseefrieden und einigen weiteren Touristen an einem der Schilder, die sie beim ersten Ansehen noch für Bushaltestellen gehalten hatte. Die Sonne strahlte von einem wolkenfreien Himmel auf die Gruppe herab. Dennoch war es nicht zu heiß, um eine längere Wanderung zu unternehmen.

»Dahinten kommt Keno, unser Wattführer«, flüsterte Anaya Hedda zu, sodass der Rest der Gruppe nichts von ihrem Regelverstoß mitbekam. Sie schaute in Richtung eines etwa sechzigjährigen Mannes, der direkt auf die Wartenden zusteuerte. Er trug einen schwarzen Elbsegler auf dem Kopf und einen blauen Rucksack auf dem Rücken. Sein Haupt- und Barthaar war bereits vollständig ergraut.

Hedda schaute in die gleiche Richtung wie Anaya, entdeckte dabei aber nicht nur den Wattführer, sondern noch einen jungen Mann, der direkt auf Keno zuging, ihm etwas zusteckte und ein paar Worte mit ihm wechselte. Beide standen etwa fünfzehn Meter von den Wartenden entfernt. Während der Mann, der Hedda den Rücken zugewandt hatte, mit Keno sprach, schaute der Wattführer Hedda plötzlich direkt an.

Ist das Enno, der da mit Keno spricht?, überlegte Hedda. Sie war sich nicht hundertprozentig sicher, aber die Rückenansicht des Mannes erinnerte sie doch sehr an die attraktive Kehrseite ihres Freundes. *Ob das, was er ihm gegeben hat, für mich bestimmt ist?* Sie erinnerte sich daran, dass Enno ihr versprochen hatte, einen Weg zu finden, um mit ihr in Kontakt bleiben zu können. Die Vorfreude auf eine Nachricht von ihm zauberte ein Lächeln auf ihr Gesicht und entließ zeitgleich einige Schmetterlinge in ihren Bauchraum.

Hedda beobachtete weiter, wie die beiden Männer sich voneinander verabschiedeten. Während Keno daraufhin auf die Gruppe zuging, entfernte sich der Unbekannte in die entgegengesetzte Richtung. Doch dann, nur für einen ganz kurzen Augenblick, drehte er den Kopf über seine Schulter und schaute Hedda direkt an.

Enno! Hedda freute sich so sehr, ihren Freund zu sehen, dass sie am liebsten sofort hinter ihm hergelaufen wäre. *Er war bestimmt hier, um nachzusehen, ob es mir gut geht.* Seine fürsorgliche Art rührte sie fast zu Tränen. Sie hatte sich wirklich den besten Freund der Welt geangelt.

»Moin mitnanner. Mien Naam is Keno! Ik bün vandaag ji Wattführer!« Keno hatte sich etwa in die Mitte der Menschentraube gestellt. Er sprach dabei so laut, dass er nicht nur die Blicke der Umherstehenden auf sich zog. »Alle, die Lust haben, mit mir nach Norderney zu wandern, heben jetzt bitte einmal die Hand.« Er war mühelos vom Plattdeutschen ins Hochdeutsche gewechselt, nachdem er bemerkt hatte, dass einige der Umherstehenden ihn nur mit großen Fragezeichen in den Augen angeschaut hatten. Dann begann er die Anzahl der Finger zu zählen, die sich vor ihm in die Luft reckten.

Er machte ein besorgtes Gesicht, ging direkt auf Anaya zu und nahm sie ein paar Schritte mit sich zur Seite. Aus der Entfernung konnte Hedda nur beobachten, wie er auf sie einredete und Anaya dabei nachdenklich nickte. Anschließend ging Anaya zu jedem der anwesenden Campbewohner und deutete ihnen an, ihr zu einer Stelle zu folgen, die ein wenig abseits der übrigen Wartenden lag. Als die gesamte Gruppe sich wieder um sie versammelt hatte, nahm sie einen Block aus ihrer Tasche, schrieb etwas darauf und reichte den beschriebenen Zettel anschließend in die Runde.

Aus gesetzlichen Gründen ist bei Wattwanderungen nur eine begrenzte Teilnehmerzahl erlaubt. Zwischen dem Verein und dem Wattführer gibt es daher die Verabredung, dass bei zu großer Nachfrage die Mitglieder des Vereins zurücktreten müssen. Insgesamt müssen daher heute vier von uns verzichten. Freiwillige?, las Hedda den Zettel, als sie an der Reihe war.

Die Bewohner des Camp Nordseefrieden schauten sich untereinander an. Anaya war die Erste, die mit einer eindeutigen Handbewegung anzeigte, dass sie auf den Ausflug verzichten würde. Ein Mann, der Hedda bisher kaum aufgefallen war, folgte ihrem Beispiel. Hedda war traurig. Zu gerne hätte sie Anaya bei ihrer letzten Wattwanderung begleitet.

Als Dritter verzichtete der Wikinger-Nerd auf seine Teilnahme. Jetzt wurde Hedda unruhig. Schließlich wollte sie die Wanderung doch auch nutzen, um ihm weiter auf den Zahn zu fühlen, beziehungsweise ihn mit dem gefundenen Buch zu konfrontieren. Eigentlich hätte sie daher jetzt überhaupt keinen Grund mehr gehabt, mitzugehen. Wäre da nicht Enno gewesen, der dem Wattführer irgendeinen Gegenstand zugesteckt hatte. Sie durfte diese Wanderung also auf gar keinen Fall verpassen.

Bisher hatten sich jedoch nur drei Freiwillige gefunden, die bereit waren, auf den Ausflug zu verzichten. Fehlte also immer noch einer. Hedda schaute in die Runde, blickte aber nur in versteinerte Gesichter oder gesenkte Häupter. Anaya schrieb erneut etwas auf einen Zettel und reichte ihn an die Campbewohner. Als die Bewohnerin, die von allen Anwesenden am längsten im Camp war, oblag es ihr, eine Einigung zu erreichen. So hatte sie es zumindest Hedda einmal erklärt. Aber was war denn eigentlich mit dem Wikinger-Nerd? Zählte er nicht, weil er bereits länger als zwei Wochen hier war?

Wenn niemand mehr freiwillig verzichtet, muss die ganze Gruppe hierbleiben!, las Hedda den zweiten Zettel. Dann schaute sie erneut in die Runde. Die verbliebenen Teilnehmer zeigten eine unveränderte Reaktion.

Das kann doch wohl nicht wahr sein!, schnaufte sie innerlich und versuchte, ihren Gedanken per Blickkontakt an die übrigen Campbewohner zu übermitteln. Doch gegen ihre telepathischen Fähigkeiten schienen die anderen immun zu sein. »Nun kommt schon! Beim nächsten Mal verzichte ich gerne, aber heute wäre meine allererste Wattwanderung überhaupt«, rief sie empört in die Götzen-Runde. Im selben Moment schlug sie sich die Hand vor den Mund. Oh nein, sie hatte gerade öffentlich und in Anwesenheit der kompletten Gruppe gegen eine der wichtigsten Regeln verstoßen. Würde das ihren Rauswurf bedeuten? Würde einer der Bewohner zum Judas werden und sie bei Frieso anschwärzen? Sie musste an Frederiks Rauswurf denken. Ob ihr jetzt das gleiche Schicksal blühte? Betreten schaute sie zu Boden. Warum konnte sie nicht ein einziges Mal ihre vorlaute Klappe halten?

Plötzlich spürte sie eine Hand auf ihrer Schulter. Verwundert blickte sie auf und schaute direkt in die braunen, freundlich strahlenden Augen einer älteren Mitbewohnerin. Diese nickte ihr mit einem schmallippigen Lächeln zu und gab ihr so zu verstehen, dass sie ihren Platz freiwillig räumte. Erleichtert formte Hedda mit ihren Lippen das Wort *Danke*, achtete dieses Mal aber darauf, dass kein Ton über die selbigen kam.

Während die vier Freiwilligen sich auf den Rückweg zum Camp machten, ging der Rest zu Keno und den Touristen zurück, die bereits ungeduldig warteten.

»Dann kann es ja nun endlich losgehen!«, rief Keno lautstark aus und wies der Gruppe mit einer winkenden Armbewegung an, ihm in Richtung Watt zu folgen.

Während der Wanderung lernte Hedda unter anderem, dass es sich bei den spaghettiförmigen Häufchen nicht um Wattwürmer, sondern um deren Ausscheidungen handelte. Es war unmöglich, das Watt zu durchqueren, ohne dabei in einen der Haufen zu treten. Allerdings gab es keinen Grund, sich zu ekeln, denn da der Wattwurm lediglich die im Boden befindlichen Algen, Bakterien und Pflanzenreste verdaute, bestanden seine Exkremente ausschließlich aus gereinigtem Sand.

Außerdem wusste Keno zu berichten, dass neben den Wattwürmern auch noch Milliarden an Muscheln, Schnecken und Krebsen im Meeresboden lebten. Damit gehörte das Watt zu den produktivsten Lebensräumen der Erde und wurde auch deshalb 2009 als Weltnaturerbe anerkannt. Einzigartig war das Watt aber auch deshalb, weil nur hier bei Ebbe eine riesige Fläche Meeresboden freigelegt wurde.

Kurz bevor sie Norderney erreicht hatten, ließ Hedda sich ein wenig von der Gruppe zurückfallen. Sie wollte Keno so die Möglichkeit geben, ihr unauffällig den Gegenstand zukommen zu lassen, den Enno ihm für sie gegeben hatte. Und tatsächlich funktionierte ihr Plan. Lautstark wies der Wattführer die Gruppe an, zügig vorwärts zu marschieren, während er sich selber in die entgegengesetzte Richtung aufmachte, um die vermeintliche Nachzüglerin anzutreiben.

»Nun aber mal voran!«, rief er Hedda so laut zu, dass auch der Rest der Gruppe ihn noch hören musste. Demonstrativ bot er Hedda seine Armbeuge an und sie hakte sich bei ihm unter. Während sie im Gleichschritt hinter den restlichen Wanderern hertrotteten, begann Keno leise mit Hedda zu sprechen. »Wenn du jetzt in meine

Westentasche greifst, findest du dort dein Handy. Das soll ich dir von deinem Freund geben.«

Hedda steckte ihre Hand in die angegebene Tasche und erspürte sofort einen großen, harten Gegenstand. Sie zog ihn heraus, warf einen flüchtigen Blick darauf und ließ ihr Smartphone danach sofort in ihrer Tasche verschwinden. »Danke!«, flüsterte sie.

»Kein Problem! Durch den Verein ist zwar sichergestellt, dass meine Führungen immer ausgebucht sind, aber wenn du mich fragst, haben die da alle einen an der Klatsche.« Keno grinste Hedda frech an.

***

Enno schaute immer wieder nervös auf sein Handy. Ob Hedda ihr Smartphone schon bekommen hatte? Gab es vielleicht Probleme bei der Übergabe? Warum schrieb sie ihm nicht wenigstens eine kurze Nachricht? Oder hatte sie während der Wanderung überhaupt kein Mobilfunksignal? Nervös tigerte er in seinem Pensionszimmer auf und ab. Er musste Hedda doch unbedingt die Neuigkeit berichten, die er von seiner Kollegin Fiona erfahren hatte.

Er hielt die Anspannung kaum noch aus. Kurzzeitig hatte er sogar überlegt, ihr selbst als Erster eine WhatsApp-Nachricht zu schicken. Vielleicht hatte sie ja auch einfach nur vergessen, dass sich ihr Handy wieder in ihrem Besitz befand. Sie konnte manchmal wirklich furchtbar schusselig sein. Bei diesem Gedanken huschte ihm ein glückliches Grinsen über das Gesicht, und er musste an den kurzen Augenblick denken, in dem sich heute ihre Blicke getroffen hatten. Er vermisste sie wirklich sehr.

Im nächsten Moment klingelte sein Telefon. Hastig drückte er auf den grünen Hörer, der neben Heddas Foto auf seinem Display aufleuchtete. »Ich bin so froh, von dir zu hören. Geht es dir gut?«

»Alles bestens.« Hedda sprach nur im Flüsterton. Sie hatte sich zum Telefonieren auf die Toilette zurückgezogen, nachdem Anaya das gemeinsame Zimmer endlich einmal verlassen hatte. Dennoch hatte sie Sorge, ihre neugierige Mitbewohnerin könne kurzfristig wieder zurückkommen und deshalb vielleicht Teile des Telefonates mitanhören. Schließlich hatte sie ja auch das Gespräch zwischen Frieso und Frederik belauscht. »Und dir?«

»Alles gut! Du errätst aber nie, was ich heute herausgefunden habe«, platzte es aus Enno heraus. Er konnte die Neuigkeit wirklich nicht länger für sich behalten.

»Nun erzähl schon!« Hedda konnte es zwar selbst kaum erwarten, Enno von ihrem Fund zu berichten, aber neugierig, wie sie nun einmal war, ließ sie ihrem Freund gerne den Vortritt.

»Ich wollte doch ein wenig über den Pensionsbetreiber und seine Gründe, Elske zu feuern, herausfinden. Darum habe ich mich ein wenig mit seinen Mitarbeitern unterhalten. Von der Reinigungskraft habe ich erfahren, dass Elske Husmann nicht entlassen worden ist, weil sie einen Gast sexuell bedrängt hat, sondern weil sie angeblich eine Affäre mit der Ehefrau des Pensionsbetreibers gehabt haben soll. Also für mich klingt das jetzt schon eher nach einem Mordmotiv.«

»Hm.« Hedda dachte über Ennos Worte nach. Sie stimmte ihm zwar grundlegend zu – natürlich war die Affäre mit der Ehefrau ein nachvollziehbareres Tatmotiv. Auf jeden Fall war es glaubhafter als die Annahme, der Pensionsbetreiber habe sie ermordet, weil sie einen seiner Gäste sexuell bedrängt hat. Aber dass Elske Husmann nicht nur sexsüchtig, sondern auch noch bisexuell gewesen sein soll, machte sie irgendwie stutzig. Andererseits war es einem Sexsüchtigen vielleicht auch egal, mit wem er seine Sucht letztlich befriedigen konnte. »Glaubst du denn, die Aussage stimmt?«, fragte sie skeptisch nach.

»Die Putzfrau hat es als Gerücht bezeichnet. Aber ausschließen würde ich es nicht. Du weißt doch, wie das mit Gerüchten ist, meistens ist da zumindest ein Quäntchen Wahrheit dran. Ich dachte mir, ich versuche noch ein wenig mehr über die Ehefrau des Pensionsbetreibers herauszufinden.« Enno war schon ein wenig enttäuscht, dass Hedda auf seine Entdeckung derart skeptisch reagierte. »Ich habe aber noch etwas herausgefunden.«

»Ach ja.« Heddas Reaktion fiel verhalten aus. Sie war noch viel zu sehr mit ihren Gedanken über den Wahrheitsgehalt von Elskes vermeintlicher Affäre mit einer Frau beschäftigt.

Enno ließ sich jedoch davon nicht beirren. »Es gibt hier einen Masseur, der stundenweise in der Pension seine Dienste anbietet. Ich habe mich eigentlich nur mit ihm unterhalten, um mehr über Lathan James, den Pensionsbetreiber, zu erfahren. Doch als ich das Gespräch unauffällig auf Elske lenken wollte, hat er auf einmal komplett dichtgemacht. Nachdem ich dann von einigen anderen Gästen noch erfahren habe, dass seine Massagen orgasmusähnliche Reaktionen bei ihnen hervorgerufen haben sollen, habe ich Fiona darum gebeten, ihn einmal überprüfen zu lassen.«

»Fiona?«, unterbrach Hedda ihn ein wenig schnippisch. Seit Enno den Fehler gemacht hatte, ihr ein einziges Mal von seiner hübschen blonden Kollegin aus Norden zu erzählen, stand dieser Name bei ihr auf einer imaginären roten Liste. »Deine Kollegin meinst du?«

»Ja, genau die meine ich.« Enno war viel zu aufgeregt, um auf die unbegründete Eifersucht seiner Freundin weiter einzugehen. »Fiona hat herausgefunden, dass er nicht nur Masseur, sondern gleichzeitig auch noch Vorstand und Gründungsmitglied des Camp Nordseefrieden e. V. ist. Außerdem bietet er seine Dienste nicht nur in der Pension, sondern auch direkt im Camp an. Also wenn du mich fragst, kann das kein Zufall sein, oder?«

8. Kapitel

Neue Erkenntnisse

Hedda hatte nach dem Gespräch mit Enno noch sehr viel nachgedacht. Sie hatte ihm am Telefon selbstverständlich auch noch von dem Fund erzählt, den sie im Schrank des Wikinger-Nerds gemacht hatte und der ihn ihrer Meinung nach zu einem weiteren Hauptverdächtigen im Mordfall Elske Husmann machte. Zwischenzeitlich war sie überzeugt davon, dass es sich bei ihm um den Mann handeln musste, den Elske im Camp bedrängt haben sollte. Die Polizei hatte ihn zwar nach dem Alibi der damaligen Campbewohner und der nicht übereinstimmenden DNA-Probe als Täter ausgeschlossen, aber änderte der Fund des merkwürdigen Fotobuches nicht einfach alles? Dass er in der Mordnacht nicht mit ihr geschlafen hatte, bedeutete doch nicht automatisch, dass er nicht trotzdem für ihren gewaltsam herbeigeführten Tod verantwortlich sein konnte.

Und warum war er der Einzige, der länger als zwei Wochen im Camp wohnen durfte? War er vielleicht im Auftrag des Vereins tätig geworden? War das auch der Grund, warum man Frederik, nachdem er als Reporter enttarnt worden war, so rigoros vom Gelände gejagt hatte? Was hatte Frieso nur zu verbergen und von welchem Plan hatte er gesprochen? Ging es vielleicht darum, den Mord an Elske ihrem Ehemann Renke anzuhängen?

Steckte vielleicht auch Tomke, der Masseur aus der Pension, der gleichzeitig auch Gründungsmitglied des Camp Nordseefrieden e. V. war, mit hinter der ganzen Sache? Warum hatte er das Gespräch mit Enno so abrupt beendet, als dieser ihn nach Elske Husmann gefragt hatte? Setzte er irgendwelche Drogen ein, um seinen Patienten orgasmusähnliche Gefühle bescheren zu können? War Elske seinen Machenschaften vielleicht auf die Schliche gekommen und musste deshalb sterben?

Aber auch den Pensionsbetreiber konnten Hedda und Enno nicht von der Liste der potentiellen Täter streichen. Warum hatte Lathan James der Polizei nicht erzählt, dass der eigentliche Grund für Elskes Rauswurf die Affäre mit seiner Frau gewesen war? Befürchtete er, dadurch zum Ziel der Ermittlungen zu werden, war ihm die Geschichte einfach nur peinlich oder hatte er sich tatsächlich mit einem kaltblütigen Mord an seiner ehemaligen Mitarbeiterin gerächt?

Und dann gab es da ja vielleicht auch immer noch die ehemalige Affäre, die wegen einer verschmähten Liebe bis zum Äußersten gegangen sein konnte. In diesem Bereich war Heddas und Ennos Suche ja bisher noch überhaupt nicht erfolgreich gewesen.

Lediglich Okka hatten sie von der Liste der Verdächtigen streichen können. Nach Ennos gestrigem Besuch bei ihr schied sie für ihn als Täterin aus, und Hedda teilte diese Einschätzung. Sie hatte von dem Moment an, als sie Okka zum ersten Mal gesehen und diese Verbindung zu ihr gespürt hatte, eigentlich nie wirklich an ihre Täterschaft geglaubt.

Neben dem immer noch in Untersuchungshaft sitzenden Renke Husmann gab es also insgesamt noch immer mindestens fünf weitere Verdächtige. Die Liste wollte einfach nicht kürzer werden. Sie mussten mit ihren Ermittlungen endlich vorankommen, wollten sie Okka doch noch helfen, ihren Freund Renke vor einer ungerechtfertigten Verurteilung wegen Mordes zu bewahren.

Hedda hatte sich daher entschlossen, in die Offensive zu gehen. Wenn die Gruppe zur heutigen Wattwanderung aufbrechen würde, wollte sie erneut in das Zimmer des Wikinger-Nerds eindringen, mit ihrem Handy die einzelnen Seiten seines Buches abfotografieren und diese anschließend sofort an Enno weiterleiten. Danach würde sie ihn zur Rede stellen. Sollte er ihr dann keine logische Begründung liefern können, würde Enno das Beweismaterial an seine Kollegen weiterleiten. Sie durfte in diesem Fall einfach nicht das Risiko eingehen, einen potentiellen Mörder weiter frei herumlaufen zu lassen. Auch wenn das wahrscheinlich ihren Rauswurf aus dem Camp bedeuten würde.

Bei dem Gedanken an einen möglichen Rauswurf fiel Hedda wieder ein, dass sie ja im Beisein der Gruppe gesprochen und damit gegen eine der wichtigsten Regeln verstoßen hatte. Würde sie überhaupt noch die Chance bekommen, das Buch abzufotografieren? Oder hatte bereits einer der Bewohner gepetzt, indem er eine entsprechende Nachricht in Friesos Briefkasten geworfen hatte?

Frieso war den gesamten gestrigen Nachmittag nicht da gewesen. Wenn es einen verräterischen Zettel gab, dann hatte er ihn also noch nicht lesen können. Fluchtartig sprang Hedda aus dem Bett und schlüpfte in ihre Klamotten. Vielleicht konnte sie den Zettel aus dem Kasten fischen, noch bevor Frieso wieder ins Büro kam.

»Ist alles okay?«, fragte Anaya verschlafen. Ihr Kopf lag unter ihrem Kissen vergraben. Lediglich ein Auge und ein Teil der Nase schauten heraus.

»Alles okay«, flüsterte Hedda. »Ich brauche nur ein wenig frische Luft. Bleib ruhig noch liegen! Heute beginnt dein Abschiedsmarsch, da kannst du etwas Schlaf noch ganz gut gebrauchen.«

Anaya brummte zustimmend und drehte sich auf die andere Seite. Hedda schlich zur Tür und huschte so lautlos wie möglich auf den Flur hinaus. Auf Zehenspitzen näherte sie sich Friesos Büro. Der Briefkasten hing rechts neben der Tür. Langsam hob sie die Klappe an und schob ihre Hand in den schmalen Schlitz. Mit den Fingerkuppen bekam sie gerade so den am Boden liegenden zusammengefalteten Zettel zu fassen.

Sie zog ihn heraus und aktivierte ihr Handydisplay, um in der Dunkelheit den darauf geschriebenen Inhalt entziffern zu können: *Die CD „Die vier Jahreszeiten" von Vivaldi hat einen Kratzer und ist daher nicht mehr fehlerfrei abspielbar*, las Hedda die handschriftliche Beschwerde. *Und sonst haben die keine Probleme?* Kopfschüttelnd steckte sie den Zettel zurück in den Briefkasten und ließ ihr Handy in der Hosentasche verschwinden. Sie war erleichtert, dass keiner der Bewohner sie bisher verpetzt hatte.

»Hedda?«

Erschrocken wirbelte Hedda herum und fasste sich mit der rechten Hand an die Brust. Ihr Herz schlug ihr plötzlich bis zum Hals. Sie schaute direkt in Friesos überraschtes Gesicht.

»Warum bist du denn so früh schon auf?«, fragte er sie verwundert.

Hedda stand wie angewurzelt da und suchte nach einer plausiblen Begründung. Wie lange hatte er schon hinter ihr gestanden? Hatte er gesehen, wie sie den Zettel zurück in den Briefkasten gesteckt hatte? Hatte er gesehen, dass sie im Besitz eines Mobiltelefons war? »Ich …«, begann sie zu stammeln, um einerseits Zeit zu gewinnen und andererseits in seiner Mimik Antworten auf ihre Fragen zu finden. »Ich weiß es nicht. Ich muss mal wieder geschlafwandelt sein.«

»Du schlafwandelst?«, fragte Frieso überrascht nach.

»Ja … also … ich tue das nicht immer. Das Ganze fing an, nachdem mein damaliger Freund mich mit meiner besten Freundin betrogen hat. Es passiert auch nicht regelmäßig. Nur ab und zu stehe ich halt mitten in der Nacht irgendwo herum und weiß nicht, wie ich überhaupt dort hingekommen bin.« Sie zuckte unsicher mit den Schultern.

»Du stehst also im Schlaf auf, ziehst dich an und läufst einfach los?« Frieso musterte sie von Kopf bis Fuß.

Hedda schaute an sich herunter und tat so, als wäre die Erkenntnis, dass sie ihren Pyjama gegen ihre Alltagsklamotten eingetauscht hatte, auch für sie etwas Neues. »Das ist neu, scheint aber dieses Mal so gewesen zu sein.« Sie spürte, wie sich vor lauter Anspannung eine Schweißperle auf ihrer Stirn bildete. *Ob er mir die Räuberpistole abkauft?*

***

Enno hatte sich von seiner Kollegin Fiona die Adresse des Pensionsbetreibers geben lassen. Er wollte dessen Ehefrau einmal genauer unter die Lupe nehmen, um herauszufinden, was es mit ihrer vermeintlichen Affäre mit Elske Husmann auf sich hatte.

Die weiß verputzte Villa lag am Ende einer Sackgasse. Dem Objekt war anzusehen, dass sein Besitzer vermögend sein musste. Das Gebäude war komplett von einem schwarzen Metallzaun umgeben und von mehreren Kameras überwacht. Die Doppelgarage, die direkt an das Wohnhaus angrenzte, war größer als so manches Nachbarhaus. Vor der verschlossenen Garage parkte eine teuer aussehende schwarze Limousine.

Ob sein Fuhrpark so groß ist, dass der Wagen nicht mehr in die Garage gepasst hat? Beim Anblick dieses Reichtums kam Enno ein neuer Gedanke. War es möglich, dass Elske ihren ehemaligen Chef nach dem Rauswurf erpresst hatte? Hatte sie vielleicht heimlich das Liebesspiel zwischen sich und seiner Ehefrau gefilmt und nach ihrer Kündigung damit gedroht, das Bildmaterial zu veröffentlichen, um so das gutbürgerliche Image des reichen Unternehmerehepaares zu beschädigen? Wie waren die zwei wohl zu ihrem Vermögen gekommen? Konnte eine Pension alleine so viel Gewinn abwerfen?

Diese Überlegungen veranlassten Enno zu einem spontanen Strategiewechsel. Lathan James war bereits in der Pension, davon konnte er sich noch mit eigenen Augen überzeugen, bevor er hierher aufgebrochen war. Er würde an der Haustür klingeln und sich gegenüber Lathans Frau als Privatdetektiv ausgeben. Dann würde er behaupten, im Mordfall Elske Husmann zu ermitteln und von einer anonymen Quelle ein pikantes Video erhalten zu haben.

Mal sehen, wie die feine Frau James darauf reagiert, dachte Enno zufrieden. Er hielt seinen Plan für wirklich gut.

Enno wollte gerade aus seinem Wagen steigen, als sich das Garagentor plötzlich öffnete und ein dunkelblauer Sportwagen rückwärts auf den Hof fuhr. Das große schwarze Eingangstor öffnete sich. Der Wagen wendete und verließ dann mit viel zu hoher Geschwindigkeit das Grundstück.

War das gerade Tomke am Steuer des Wagens? Woher kann der sich denn so ein teures Auto leisten und was macht der zu dieser frühen Uhrzeit bei Lathan James zu Hause? Ob der seine Frau nur massiert hat? Oder hat er etwa auch eine Affäre mit ihr? Durfte er vielleicht nur deshalb in der Garage parken, damit die Nachbarn keinen Grund zur Spekulation haben?

***

Vollkommen verunsichert war Hedda auf ihr Zimmer zurückgekehrt. Einerseits war sie erleichtert, dass bisher niemand versucht hatte, sie bei Frieso zu verpfeifen, andererseits war sie sich überhaupt nicht sicher, ob Frieso ihr die Nummer mit der Schlafwandlerin wirklich abgekauft hatte. Für zusätzliche Verunsicherung sorgte bei ihr außerdem die Tatsache, dass Frieso mehrere Sätze mit ihr ausgetauscht hatte, ohne dabei auch nur an ihr Redeverbot zu denken, geschweige denn, sie daran zu erinnern. Ihre Anwesenheit auf dem Flur musste ihn also wirklich sehr überrascht haben. Hatte er vielleicht doch etwas gesehen?

Noch ein Grund mehr, keine Zeit zu verlieren, dachte Hedda bei sich und versuchte die quälenden Gedanken damit abzuschütteln. Was brachte es ihr, wenn sie ab sofort nur noch darüber nachgrübelte, ob Frieso sie eventuell argwöhnisch beäugte? Sie wollte sich auf ihre Ermittlungen konzentrieren, um so schnell wie möglich verwertbare Ergebnisse zu bekommen. Und mit dem Abfotografieren des Buches würde sie anfangen.

Doch zunächst einmal musste Hedda warten, bis die Gruppe zur Wattwanderung aufbrechen würde. Sie entschied die Zeit zu nutzen, um sich um Tomke zu kümmern. Schließlich schien der Masseur eine Art Verbindung zwischen den Hauptorten ihrer Ermittlungen zu sein. Vielleicht konnte sie ja mit ihrem weiblichen Charme mehr Informationen aus ihm herausbekommen, als Enno es geschafft hatte.

Als sie jedoch vor der Liste stand, in der sich die Bewohner für eine Massage eintragen konnten, musste sie enttäuscht feststellen, dass sie frühestens übermorgen einen Termin bei ihm bekommen konnte. Ob ihr noch so viel Zeit blieb? Als sie sich die vergangenen Tage anschaute, fiel ihr auf, dass Anaya nahezu täglich eine Massage gebucht hatte. *Na, das passt ja zu ihr!*, dachte Hedda schmunzelnd. Sie ging zurück in ihr Zimmer, um Anaya über ihre Erfahrungen zu befragen. So konnte sie wenigstens herausfinden, ob die Pensionsgäste Enno nicht einfach nur einen Bären aufgebunden hatten.

Glücklicherweise lag Anaya nicht mehr in ihrem Bett, sondern war gerade damit beschäftigt, sich fürs Frühstück anzuziehen.

»Willst du doch nicht mehr schlafen?«, fragte Hedda interessiert, obwohl sie natürlich froh darüber war, ihre Zimmergenossin gerade jetzt wach vorzufinden.

»Es ist nicht ganz so leicht, wieder in den Schlaf zu finden, wenn andauernd jemand aus dem Zimmer geht oder wieder hineinkommt«, antwortete Anaya mit einem leicht vorwurfsvollen Blick.

»Sorry!« Hedda zog den Kopf ein, presste die Zähne aufeinander und schaute Anaya entschuldigend an. Sie war so mit sich selbst beschäftigt gewesen, dass sie keine Rücksicht auf ihre Mitbewohnerin genommen hatte.

»Schon okay! Ich werde mich nach dem Frühstück noch mal hinlegen.« Sämtlicher Vorwurf war bereits wieder aus Anayas freundlichen Augen gewichen.

»Ich wollte mich gerade in die Massageliste eintragen, aber ich kann leider erst übermorgen einen Termin bekommen«, kam Hedda gleich zur Sache.

»Du solltest dich so früh wie möglich in die Liste eintragen. Ich bin teilweise nachts aufgestanden, um mir einen freien Termin zu sichern.« Anaya zwinkerte ihr verschwörerisch zu.

»Nachts?«, tat Hedda überrascht. »Ist er denn so gut?«

»Lass dich überraschen! Ich verrate dir nichts, aber du wirst es nicht bereuen.« Anayas Augen leuchteten genauso wie bei ihrem ersten Gespräch über ihre Tantra-Erfahrungen.

Die Pensionsgäste hatten also recht, dachte Hedda. Der Gedanke daran, dass sie die besondere Wirkung der Massage übermorgen vielleicht selbst erleben durfte, löste bei ihr eine ungewohnte Mischung aus Angst und Vorfreude aus.

Nach dem Frühstück sollte es nicht mehr lange dauern, bis die Gruppe zur Wattwanderung aufbrechen würde. Lediglich Anaya blieb heute zurück. Sie war das einzige Gruppenmitglied, das heute Nachmittag seinen Abschiedsmarsch antreten musste. Daher hatte sie sich entschieden, lieber noch ein wenig zu schlafen. Sie befürchtete, den langen Nachtmarsch ansonsten nicht zu überstehen. Die komplette restliche Gruppe, einschließlich dem Wikinger-Nerd und sogar Frieso, hatte jedoch angekündigt, sich nach dem Frühstück auf den Weg machen zu wollen. Hedda selbst hatte erneut Magenprobleme als Ausrede angebracht und für ihr Schauspiel sogar auf die leckeren Croissants verzichtet, die es heute ausnahmsweise gab.

Etwa zwanzig Minuten später brachen auch tatsächlich alle gemeinsam auf. Hedda wartete zur Sicherheit noch fünf Minuten, dann eilte sie die Treppenstufen ins zweite Obergeschoss hinauf. Sie gab sich dieses Mal große Mühe, besonders leise zu sein. Anaya schien zwar bereits tief und fest zu schlafen, als sie das gemeinsame Zimmer verlassen hatte, aber sie wollte ihre Freundin allein schon wegen ihrer Rücksichtslosigkeit am Morgen nicht noch einmal aufwecken. Außerdem wollte sie natürlich verhindern, dass ihre Zimmergenossin ihr neugierige Fragen stellen konnte.

Zielsicher öffnete sie den Schrank des Wikinger-Nerds und griff, ohne zu zögern, in dasselbe Fach, in dem sie auch beim letzten Mal das Buch gefunden hatte. *Glück gehabt, es ist immer noch da*, stellte sie erleichtert fest. Sie legte es auf den Tisch, klappte die erste Seite auf und machte ein Foto mit ihrem Handy. Dann blätterte sie um und wiederholte den Vorgang Seite um Seite.

Als sie gerade in der Mitte des Buches angekommen war, hörte sie plötzlich zwei männliche Stimmen, die schnell näher kamen. Wer konnte das nur sein? Es waren doch alle zur Wattwanderung aufgebrochen?

Hektisch blickte Hedda sich im Zimmer um. Die spartanische Einrichtung bot leider nur wenige Versteckmöglichkeiten. Sie eilte zum Schrank zurück, versteckte das Buch an seinem angestammten Platz und öffnete die zweite Flügeltür. Sie schob die Hosen und Hemden, die ordentlich auf einigen Bügeln aufgehängt worden waren, zur Seite, duckte sich und kletterte in den Fußraum des Möbelstücks hinein. Anschließend versuchte sie, die Schranktür von innen zuzuziehen, doch dieses Unterfangen gestaltete sich deutlich schwieriger als erhofft.

Nur wenige Momente später öffnete sich die Zimmertür und zwei Männer betraten den Raum. Es waren Frieso und der Wikinger-Nerd. Sie mussten auf dem Weg zur Wattwanderung doch noch umgekehrt sein. Sorgsam schloss einer von ihnen die Tür hinter sich.

»Hast du etwas damit zu tun?«, wurde der eine von beiden plötzlich etwas lauter, ohne jedoch dabei zu schreien. Es war eindeutig Frieso. Seine Stimme klang zudem äußerst aggressiv.

»Ich …« Der Wikinger-Nerd sprach deutlich leiser. Es war ihm anzuhören, dass er in dieser Diskussion den defensiven Part übernommen hatte. Auf Hedda wirkte es sogar so, als ob er sich vor Frieso fürchten würde.

»Wir hatten einen Deal!«, fiel ihm Frieso ins Wort. »Du kannst hier wohnen und hältst dafür deine verdammte Klappe!«

»Aber ich habe wirklich niemandem etwas gesagt.«

»Ach nein? Und warum taucht dann plötzlich dieser komische Reporter hier auf? Seitdem die Polizei den Verein und im Übrigen auch dich …« Er betonte die letzten Worte besonders deutlich und machte anschließend eine bewusste Sprechpause. »… im Mordfall von Elske für unschuldig erklärt hat, war keiner von den Typen mehr hier. Und dann taucht plötzlich wieder einer von denen hier auf und schnüffelt herum? Was sollte er denn bitte sonst hier gewollt haben?« Friesos Stimme überschlug sich fast vor Erregung.

»Ich habe wirklich mit niemandem darüber gesprochen.« Der Wikinger-Nerd klang auf einmal nicht mehr ängstlich, sondern eher traurig.

Hedda hörte Frieso laut schnauben. »Wenn ich herausfinde, dass du doch mit irgendjemandem gesprochen hast, dann …« Die letzten Worte seines Satzes blieben unausgesprochen, erzielten aber dennoch ihre Wirkung. »Es ist doch auch in deinem Interesse, dass wir bei der Version bleiben, in der Elske dich bedrängt hat. Oder soll ich den Beamten sagen, dass es eigentlich umgekehrt war?«

Hedda hörte Schritte, eine Tür wurde geöffnet und anschließend lautstark wieder zugeknallt. *Haben jetzt beide das Zimmer verlassen?* Angespannt lauschte sie nach irgendeinem Zeichen dafür, dass sich noch einer der beiden mit ihr im Raum befand. Sie wagte es nicht, sich zu bewegen. Selbst ihre eigene Atmung kam ihr so laut vor, dass sie befürchtete, sie wäre im ganzen Zimmer hörbar.

Mit hängenden Schultern ging der Wikinger-Nerd auf seinen Kleiderschrank zu, legte seine Hand auf den Türknauf der Schranktür und öffnete sie.

***

Nachdenklich war Enno noch eine ganze Zeit lang neben seinem Auto stehen geblieben und hatte in die Richtung geschaut, in die Tomke mit seinem dunkelblauen Sportwagen davongerast war. Musste er etwas an seinem Plan ändern? Sollte er seinen neuen Verdacht, die Ehefrau von Lathan James könnte auch eine Affäre mit dem Masseur haben, in seine konstruierte Geschichte mit einbauen?

Nach reiflicher Überlegung entschied er sich dagegen. Wenn er so tun würde, als habe er ein geheimes Sexvideo, das Lathans Ehefrau zusammen mit Elske zeigte, basierte diese Behauptung schließlich schon auf reiner Spekulation. Wenn er jetzt auch noch eine mögliche Affäre mit dem Masseur in seine Geschichte einflechten würde, stiege damit nur das Risiko, dass Lathans Frau ihn als Lügner entlarven würde.

Er ging auf das Haupttor zu, das sich zwischenzeitlich wieder vollständig geschlossen hatte, und betätigte den Klingelknopf. Angespannt wartete er auf eine Reaktion. Als diese auch nach mehreren Sekunden ausblieb, drückte er ein zweites Mal auf den silbernen Knopf unterhalb der Sprechanlage.

»Da ist niemand mehr zu Hause!«

Überrascht drehte Enno sich um. Vor dem Nachbarhaus stand ein alter Mann und starrte ihn unverhohlen an. Enno schätzte ihn auf etwa achtzig. In seiner Hand hielt er einen Besen.

Wahrscheinlich hat der sich nur den Besen geschnappt, um nachzusehen, was ich hier treibe, dachte Enno. Er wusste aber auch ganz genau, dass neugierige Nachbarn durchaus gesprächig waren und gerne ihre interessantesten Informationen mit anderen teilten. Freundlich lächelnd ging er daher auf den Rentner zu.

»Moin! Ich wollte zu Frau James. Woher wissen Sie, dass sie nicht zu Hause ist?«

Der Rentner lachte höhnisch auf. »Na, weil Frau James gerade mit dem Auto davongefahren ist.«

Enno schüttelte verneinend den Kopf. »Da irren Sie sich. In dem blauen Sportwagen saß ein Mann. Das habe ich genau gesehen.«

Die Mundwinkel des Alten zuckten schlagartig nach unten. »Das ist doch seine *Frau*! Das schwule Dreckspack lebt schon seit einigen Monaten in wilder Ehe zusammen. Ich will gar nicht wissen, was die hinter verschlossenen Türen alles miteinander treiben.«

Überrascht schreckte Enno ein wenig zurück. Auf den ersten Blick hatte der alte Mann gar nicht so unsympathisch gewirkt. Doch jetzt zeigte er auf einmal ein ganz anderes Gesicht. »Ach so«, antwortete er überrascht. »Ich hatte die Information bekommen, er wäre verheiratet.«

»Ich glaube nicht, dass die beiden verheiratet sind. Offiziell wohnt der andere Typ wohl auch noch nicht hier. Ich habe schon ein paar Mal nachgesehen, aber auf dem Klingelschild steht nur der Name von diesem schwulen Engländer. Der hat ja noch nicht einmal den Anstand gehabt, sich oder seinen Lover bei uns vorzustellen.« Verächtlich spuckte er einen Lakritzbonbon durch den Spalt im benachbarten Zaun.

»Woher wissen Sie denn dann, dass die beiden ein Paar sind?«, fragte Enno verwundert.

»Woher ich das weiß?«, schrie er Enno an. Er zeigte mit seinem ausgestreckten Arm auf den Zaun. »Durch dieses blöde Mistding habe ich freien Einblick in den Garten dieser Tucken und musste schon ein paar Male mit ansehen, wie die beiden sich schamlos abgeknutscht und befummelt haben. Ich habe schon eine Hecke gepflanzt …« Er zeigte auf eine Reihe von Thujas, die auf seiner

Seite des Zauns gesetzt worden waren. Die Pflanzen waren aber maximal einen Meter hoch und boten daher noch keinen ausreichenden Sichtschutz. »… aber die Dinger wachsen leider nicht so schnell, wie ich es mir wünschen würde. Meine Frau und ich gehen bei schönem Wetter schon gar nicht mehr in unseren eigenen Garten. So weit ist es schon gekommen!«

Ob Lathan James und sein Masseur wirklich ein Paar sind? Enno entschied, das Gespräch lieber zu beenden. Der Alte schien bereits alle nützlichen Informationen ausgeplaudert zu haben und beschränkte sich daher nur noch auf seine homophobe Hetze. »Vielen Dank für Ihre Hilfe. Ich werde dann wohl ein anderes Mal wiederkommen.« Er nickte dem Mann zu, wandte sich um und ging zu seinem Wagen zurück.

»Passen Sie bloß auf, dass Sie sich bei denen nicht anstecken!«, rief ihm der Alte noch hinterher, bevor er seinen Besen nahm und zu seinem Haus zurückging.

***

Erschrocken hielt Hedda sich die Hand vor den Mund. Von ihrem Versteck aus konnte sie genau sehen, wie der Wikinger-Nerd vor dem geöffneten Kleiderschrank stand und das Fotobuch herausholte. Glücklicherweise hatte sie sich im letzten Moment doch noch gegen das Versteck im Kleiderschrank entschieden und sich stattdessen schnell unter das Bett gerollt.

»Ach Elske«, seufzte der Wikinger-Nerd mit trauriger Stimme. »Warum hast du immer nur die Falschen geliebt?« Er setzte sich an den Tisch und blätterte in seinem Buch herum. »Ich habe mich schon in der Grundschule in dich verliebt, aber du hast mich einfach nie beachtet«, setzte er seinen Monolog fort. »Damals war es noch nicht so schlimm, weil du generell an gar keinem Jungen Interesse gezeigt hattest. Aber mit deiner Pubertät änderte sich das schlagartig.« Seine Stimme nahm auf einmal eine dunkle, unheimliche Farbe an. »Plötzlich konntest du nicht mehr genug bekommen. Nur mich, mich hast du weiterhin ignoriert. Und jetzt? Siehst du, was deine Rumhurerei dir gebracht hat? Hättest du mich nur nicht abgewiesen, als ich mich zu dir gelegt und dir meinen Körper angeboten habe. Und hättest du anschließend doch nur nicht so fluchtartig das Camp verlassen. Woher sollte ich denn wissen, dass du plötzlich enthaltsam leben wolltest? Wenn du mir nur eine Chance gegeben hättest, dann wärest du heute mit Sicherheit noch am Leben.« Er schluchzte, klappte das Buch geräuschvoll zu, legte es zurück in seinen Schrank und verschwand im angrenzenden Badezimmer.

Mühsam krabbelte Hedda wieder unter dem Bett hervor. Ohne zu zögern, riss sie den Schrank auf, zog das Buch zwischen den Unterhemden hervor und versteckte es unter ihrem T-Shirt. Dann eilte sie so schnell wie möglich aus dem Zimmer. Ihren ursprünglichen Plan, das Buch abzufotografieren, hatte sie längst verworfen. Nach allem, was sie in den letzten Minuten mit anhören musste, ging es ihr nur noch darum, schnellstmöglich die Beweise zu sichern. Keinesfalls wollte sie von dem offensichtlich geisteskranken Wikinger-Nerd überrascht werden, wenn er aus dem Bad zurückkommen würde.

Mit klopfendem Herzen stürzte sie in ihr eigenes Zimmer zurück, schlug die Tür hinter sich zu und presste sich mit dem Rücken gegen die Innenseite.

»Verdammt, Hedda!« Anaya saß schlagartig aufrecht in ihrem Bett und schaute sie verärgert an. »Du möchtest mich einfach nicht schlafen lassen, oder?« Bereits ihr zweiter Satz klang schon wieder versöhnlich.

»Sorry, ich habe dich schon wieder total vergessen«, schnaufte Hedda völlig außer Atem.

»Was versteckst du denn da unter deinem T-Shirt?« Anaya zeigte auf die eckige Beule, die sich deutlich unter dem Stoff abzeichnete.

Hedda hob ihr Shirt an und nahm das Buch hervor. Es hatte einen roten Einband mit goldenen Verzierungen. »Ich habe mir aus der Bibliothek so ein Buch mit philosophischen Texten ausgeliehen«, log sie geistesgegenwärtig. »Wenn du mich hier alleine lässt, muss ich mich doch schließlich irgendwie anders beschäftigen.«

»Du bist so süß!« Gerührt erhob sich Anaya von ihrem Bett, ging auf Hedda zu und schloss sie in ihre Arme.

»Wann musst du eigentlich genau los?«, fragte Hedda traurig und drückte ihre Zimmergenossin noch ein wenig fester an ihre Brust.

»Ich wollte erst nach dem Abendessen loslaufen. Heute soll es ja doch recht heiß werden und da ist es bestimmt keine Freude, den schweren Sandsack durch die pralle Nachmittagssonne zu schleppen. Außerdem fühle ich mich aktuell auch ziemlich fit. Ich gehe daher davon aus, dass ich für die Strecke nicht mehr als zwölf Stunden benötigen werde.«

Allein der Gedanke an diese Herausforderung trieb Hedda den Schweiß auf die Stirn. »Ich kann mir überhaupt nicht vorstellen, wie sich so ein fünfzehn Kilogramm schwerer Sandsack anfühlt.«

»Na, das lässt sich doch ändern. Frieso hat mir geschrieben, dass ich den Sandsack im Laufe des Tages in seinem Büro abholen kann. Wenn du das für mich übernimmst, hast du ein erstes Gefühl für das, was dir noch bevorsteht.« Anaya öffnete die Schublade ihres Nachttisches, holte einen zusammengefalteten Zettel heraus und reichte ihn Hedda. Es war ebenjener Zettel, den sie von Frieso erhalten hatte.

***

Während Enno zurück zur Pension fuhr, versuchte er seine neuen Erkenntnisse zu einem nachvollziehbaren Bild zusammenzusetzen. Die Reinigungskraft hatte davon gehört, dass Elske Husmann eine Affäre mit der Ehefrau des Pensionsbetreibers gehabt haben soll. Der war aber überhaupt nicht verheiratet, sondern lebte stattdessen seit mehreren Monaten mit dem Masseur der Pension zusammen. Wenn die Putzfrau den Namen Tomke nur als weiblichen Vornamen kannte, war es daher durchaus nachvollziehbar, dass sie glaubte, es handle sich dabei um die Ehefrau ihres Chefs. Schließlich kam sie aus Polen, einem sehr katholisch geprägten Land, in dem Homosexualität nun wahrlich nicht zum alltäglichen Bild gehörte. Außerdem beherrschte sie die deutsche Sprache noch nicht hundertprozentig. Diese Kombination könnte bei ihr natürlich zu einem Missverständnis geführt haben. Wenn aber der Kern des Gerüchtes stimmte, war nicht Elske Husmann bisexuell veranlagt, sondern Tomke, der Masseur und Lebenspartner von Lathan James.

Enno blickte auf und bemerkte im letzten Moment die rote Ampel. Erschrocken trat er auf das Bremspedal und brachte seinen Wagen mitten auf der Haltelinie zum Stehen. Das war knapp!

Ich wusste doch gleich, dass mit diesem Tomke etwas nicht stimmt. Sofort war er wieder in seinen Gedanken versunken. *Er beschert seinen Kundinnen auf magische Art und Weise orgasmusähnliche Gefühle, ist Vorstand im Camp Nordseefrieden e. V., fährt einen dicken Sportwagen, den sich kein normaler*

Masseur leisten kann, und hat eine Beziehung mit seinem Chef. Zudem hatte er vor noch nicht allzu langer Zeit eine Affäre mit dem Mordopfer. Etwas zu viele Geheimnisse für einen einzelnen Mann.

Das laute Hupen hinter ihm schreckte ihn erneut auf. Die Ampel war schon längst wieder auf Grün umgesprungen. Er sollte sich wirklich besser auf den Straßenverkehr konzentrieren und seine Gedanken zum Fall lieber in seinem Pensionszimmer vertiefen. Aber er schaffte es einfach nicht, seinen Kopf abzuschalten. Wie sollte er jetzt nur weiter vorgehen? Sollte er Tomke mit seinen Erkenntnissen konfrontieren oder lieber bei seinem Ursprungsplan bleiben und sich auf Lathan James konzentrieren?

Er fuhr mit seinem Auto auf den Parkplatz der Pension, der versteckt hinter dem Gebäude lag. Es gab nicht sonderlich viele Stellplätze, aber glücklicherweise war in der hintersten Ecke noch genau ein Parkplatz frei. Enno musste mit seinem Wagen einige Male hin und her rangieren, da direkt neben dem letzten freien Platz ein weißer Kleintransporter ziemlich schief eingeparkt hatte. Mit viel fahrerischem Geschick schaffte er es in die enge Lücke zwischen Transporter und der Wand des Nachbargebäudes. Um beim Aussteigen mit der Fahrertür nicht die Seite des Kleintransporters zu beschädigen, öffnete er diese nur leicht und quetschte sich vorsichtig hinaus.

Verärgert warf er die Tür ins Schloss. *Wie kann man nur so beschissen einparken?*, fluchte er innerlich. Dann hörte er nur noch, wie die Schiebetür des Transporters ruckartig geöffnet wurde. Mehrere Hände packten ihn an beiden Seiten und zerrten ihn ins Innere des Fahrzeuges.

9. Kapitel

Trojanisches Pferd

Mit weichen Knien und Anayas Zettel in der Hand stand Hedda vor Friesos Büro. Ob er wirklich nichts mitbekommen hatte?

Die Tür stand offen. Frieso saß an seinem Schreibtisch und schaute konzentriert auf den Monitor seines Laptops. Zaghaft setzte Hedda einen Fuß über die Schwelle und versuchte, Frieso auf sich aufmerksam zu machen. Doch der war derart intensiv mit seinem Computer beschäftigt, dass er ihr Eintreten überhaupt nicht bemerkt hatte.

Sie räusperte sich leicht. Erschrocken blickte Frieso von seinem Laptop auf und klappte reflexartig das Gerät zu. Ertappt schaute er Hedda an. Sie machte einen weiteren Schritt auf ihn zu und reichte ihm den Zettel. Frieso brummte zustimmend. Dieses Mal schien er sich an die Regeln zu halten. Für ihn galt das Redeverbot zwar offiziell nicht, aber er versuchte eigentlich nur im Notfall mit seinen Gästen zu sprechen.

Er stand auf, ging um seinen Schreibtisch herum und hob einen knallroten Sack auf, der auf dem Fußboden bereit lag. Dabei fiel Heddas Blick auf eine mehrere Zentimeter große Lücke im danebenstehenden Bücherregal. *Ist dahinter ein Safe versteckt?* Sie kniff die Augen zusammen und versuchte zu erkennen, was genau dort hinter den Bücherreihen versteckt lag.

»Hier!« Unvermittelt drückte ihr Frieso den Sandsack in die Arme, die unter dem unerwarteten Gewicht sofort nach unten sackten.

Der rote Beutel war schwerer, als er auf den ersten Blick aussah. Hedda drückte den Rücken durch und spannte ihre Armmuskeln an. *Das Ding zu Fuß bis nach Holland zu schleppen, wird sicherlich kein Spaß werden.*

Unterdessen nahm Frieso ein dickes Buch in einem blauen Einband von seinem Schreibtisch und stellte es in die Lücke im Bücherregal zurück. Es passte perfekt. Ob er ihren neugierigen Blick bemerkt hatte?

Hedda ging zurück in ihr Zimmer und legte den Sandsack auf den Fußboden neben Anayas Bett. Ihre Zimmergenossin war nicht mehr da. Plötzlich kam ihr eine Idee. Hastig holte sie ihr Handy und das selbst gemachte Fotobuch aus ihrem Schrank. Danach eilte sie sofort ins Badezimmer und sperrte die Tür hinter sich ab. Sie wusste schließlich nicht, wann Anaya wieder zurückkehren würde.

Sie legte das Buch auf die Fliesen und beeilte sich, so schnell wie möglich die fehlenden Fotos zu machen. Dann riss sie den Müllbeutel, der eigentlich für die Badezimmerabfälle gedacht war, aus dem dazugehörigen Plastikeimer heraus und legte ihn neben sich ab. Um keine verräterischen Sandkörner zu hinterlassen, setzte sie sich mit dem Sandsack und dem Plastikeimer in die Duschwanne. Den überschüssigen Sand würde sie anschließend einfach mit der Brause im Abfluss verschwinden lassen. Sie öffnete den Sandsack und füllte sorgsam den Inhalt des Beutels in den Eimer um. Wie einst die Soldaten im trojanischen Pferd wollte Hedda das Buch in dem roten Sandsack verstecken, um so das brisante Beweismaterial aus dem Camp verschwinden zu lassen, bevor der Wikinger-Nerd sein Fehlen bemerken und womöglich überall danach suchen würde.

KLONK!

Was war das?

Ein harter Gegenstand war aus dem Sandsack herausgefallen und gegen die Wand des Plastikeimers geprallt. Hedda hob ihn auf, wischte mit der Hand die anhaftenden Sandkörner ab und betrachtete ihn von allen Seiten. *Eine Thermoskanne? Wieso steckt eine Thermoskanne in dem Sack?* Sie öffnete den Drehverschluss, kniff ein Auge zu und versuchte den Inhalt des Behälters zu identifizieren. Nachdem dieses Untersuchungsverfahren keinen Erfolg gebracht hatte, hielt sie sich die Flasche unter die Nase und schnupperte daran. Ein intensiver, chemischer Geruch schlug ihr entgegen. Angewidert streckte Hedda das Behältnis von sich. »Das stinkt ja widerlich! Was ist das bloß?«

Könnte es Sprengstoff sein? Ist das Camp eventuell nur der Tarnmantel für eine terroristische Vereinigung?, schoss es ihr plötzlich in den Sinn.

Hedda wusste nicht, was sie tun sollte. Wenn sie mit ihrer Befürchtung recht hatte, durfte sie auf keinen Fall das Leben von

Anaya oder irgendeinem anderen Menschen in Gefahr bringen, indem sie das Zeug einfach wieder in den Sack zurückstopfte.

Aber was war die Alternative? Durfte man flüssigen Sprengstoff einfach im Abfluss entsorgen? War es nicht möglich, dass es in Kombination mit Wasser vielleicht zu einer chemischen Reaktion kam, welche die Detonation erst auslösen würde? Vollkommen verunsichert entschied sie, das Gefäß zunächst einmal wieder in den Sandsack zurückzulegen.

Vielleicht ist es ja auch überhaupt kein Sprengstoff? Immerhin ist der Inhalt ja auch nicht detoniert, als die Thermoskanne gegen den Rand des Plastikeimers geprallt ist. Oder hat man das Behältnis bewusst in Sand verpackt, um eine ungewollte Detonation auszuschließen? In diesem Fall habe ich gerade wahnsinniges Glück gehabt. Bei dem Gedanken daran begann Heddas Herz heftig gegen ihre Brust zu schlagen. *Anaya ist außerdem sicherlich nicht die Erste, die auf ihrem Abschiedsmarsch unwissentlich ein solches Paket an Bord hat. Vielleicht sammeln die Attentäter so zunächst größere Mengen des Sprengstoffes, um am Ende mit der Gesamtmenge einen verheerenden Anschlag zu verüben?*, überlegte Hedda weiter. Ihre Fantasie arbeitete wieder einmal auf Hochtouren.

Vorsichtig füllte sie ein Drittel des roten Beutels wieder mit Sand auf und achtete dabei besonders darauf, die Duschwanne nicht unnötig mit verräterischen Sandkörnern zu verschmutzen. Dann legte sie die Thermoskanne und das Buch in den Sack hinein und füllte ihn anschließend wieder bis obenhin auf. Den überschüssigen Sand kippte sie in kleinen Portionen in die Wanne und spülte sie immer wieder mit der Duschbrause den Abfluss hinunter.

Hoffentlich geht das gut! Behutsam hob sie den prall gefüllten Beutel vom Boden auf und öffnete die Badezimmertür. Ihr Blick fiel sofort auf Anaya, die zwischenzeitlich wieder zurückgekehrt war. Wie lange sie wohl schon wieder im Zimmer war? Durch die ganze Aufregung hatte Hedda überhaupt kein Gefühl dafür, wie lange ihre Umfüll-Aktion wohl gedauert hatte.

»Du warst aber lange da drin. Hast du schon wieder Durchfall? Du bist ja auch ganz blass um die Nase.« Anaya schaute sie besorgt an. Dann fiel ihr Blick auf den Sandsack. »Warum hast du das Ding denn mit aufs Klo genommen?«

»Ich … Nein, mir geht es ganz gut. Habe nur ein wenig Kreislaufprobleme. Ich habe den Sack nur mitgenommen, um zu überprüfen, ob er wirklich nur fünfzehn Kilogramm wiegt. Mir kam er nämlich deutlich schwerer vor. Aber wenn ich der Waage glauben darf, stimmt das Gewicht«, log sie und war wieder einmal erstaunt, wie gut sie darin geworden war.

»Was? Zeig mal her!« Mit beiden Händen entriss Anaya ihr den Sack, wog ihn ein paar Mal hin und her und warf ihn dann im hohen Bogen auf ihr Bett.

Wie in Zeitlupe verfolgte Hedda seine Flugbahn, duckte sich reflexartig und schlug schützend die Hände über ihrem Kopf zusammen.

***

Enno erinnerte sich nur noch daran, einen kurzen Stich im Nacken gespürt zu haben. Dann war alles um ihn herum schwarz geworden, und er war erst hier wieder aufgewacht. Das Atmen fiel ihm schwer. So wie es sich anfühlte, hatte man ihm einen Beutel über den Kopf gezogen. Das Einzige, was seine Augen wahrnehmen konnten, war absolute Dunkelheit. Er war nicht geknebelt, aber er spürte die Kabelbinder, mit denen er an seiner Sitzgelegenheit fixiert worden war. Sie schmerzten ihn nicht, saßen aber dennoch so eng, dass jeder Befreiungsversuch sich schnell als vergeblich herausstellte.

Panik kroch in seinen Kopf und lähmte ihn. Enno kämpfte gegen sie an und versuchte die Kontrolle über seine Gedanken zurückzugewinnen. Am liebsten hätte er lauthals um Hilfe geschrien, aber er wusste, dass ihm das wahrscheinlich nichts nützen würde. Wenn er an einem Ort wäre, an dem man seine Rufe hören könnte, hätte man ihn mit Sicherheit auch geknebelt.

Er musste unbedingt versuchen, die Situation für sich zu nutzen. Solange seine Entführer ihn noch bewusstlos wähnten, konnte er in Ruhe probieren, sich selbst aus seiner Lage zu befreien. Angestrengt dachte er nach. *Wer könnte mich entführt haben? Und warum? Stecken Lathan James und sein Lebenspartner Tomke dahinter? Oder ist Hedda vielleicht aufgeflogen und der Verein hat ihr Handy gefunden? Dann wäre es auch möglich, dass man auf diesem Weg herausgefunden hat, dass sie gemeinschaftlich mit mir in dem Mordfall Elske Husmann ermittelt.*

Enno schüttelte den Kopf. Es brachte ihm nichts, sich Gedanken darüber zu machen, wer für seine missliche Lage verantwortlich war. Auch die Angst um seine geliebte Hedda würde seinen Verstand nur wieder lähmen. Er musste sich jetzt darauf konzentrieren, aus diesem Gefängnis zu entkommen. Alles Weitere konnte er ohnehin erst später angehen.

Er versuchte, ganz langsam und bedächtig zu atmen und sich dabei vollkommen auf die Geräusche seiner Umgebung zu konzentrieren. Doch nicht ein einziger verräterischer Laut gab ihm einen Hinweis über die Lage seines Gefängnisses. Keine Automotoren, kein Flugzeuglärm, nicht einmal das Ticken einer Wanduhr konnte er hören. Es war totenstill. Das bedeutete aber wohl auch, er war vollkommen alleine.

Ob ich durch einen Sturz den Stuhl zerbrechen könnte?, überlegte er. So hatte er es zumindest einmal in einem Actionfilm gesehen. In Hollywood zerbarsten aber schließlich auch Fensterscheiben bei der kleinsten Berührung und Autos explodierten bei nahezu jeder Fremdeinwirkung. Mit der Realität hatte das natürlich nicht viel zu tun. Aber bevor er überhaupt nichts mehr unternehmen konnte, würde er es wenigstens versuchen.

Doch zunächst einmal begann er, durch hüpfende Bewegungen seine Position im Raum zu verändern. Vielleicht konnte er ja so hilfreiche Informationen über die Beschaffenheit seines Gefängnisses gewinnen. Wie groß war es? Wie war es eingerichtet? Und gab es vielleicht hilfreiche Gegenstände?

Orientierungslos hüpfte er Zentimeter für Zentimeter vorwärts. Er wusste, wenn er zu viel Schwung nehmen und dadurch zu Fall kommen würde, hätte er vermutlich keine Chance mehr, sich ohne fremde Hilfe wieder aufzurichten. Denn neben seinen Händen waren auch seine Fußgelenke mit Kabelbindern fest an den Stuhl gebunden.

Aua! Mit seinem Knie war er gegen etwas Hartes gestoßen. Mit den Fingerkuppen ertastete er den direkt vor ihm liegenden Gegenstand.

Fühlt sich wie ein Schreibtisch an.

Seitlich hüpfend, tastete er sich weiter an der Tischkante entlang. *Was ist das?* Er erfühlte einen flachen, glatten Gegenstand, zog ihn mit den Fingerspitzen zu sich heran und schaffte es schließlich, ihn in die Hand zu nehmen. *Ist das ein Handy?* Vorsichtig tastete er den Gegenstand nach den typischen Merkmalen eines Smartphones ab. Dann war er sich sicher. In seiner Hand hielt er ein Mobiltelefon.

Doch wie sollte er das Gerät bedienen, ohne einen Blick auf das Display werfen zu können? Was hätte er in diesem Moment nicht alles für ein veraltetes Modell mit Tasten gegeben. Dann erinnerte er sich an eine Funktion, die sein Handy zwar besaß, die er aber eigentlich noch nie genutzt hatte. Hoffnungsvoll hielt er den Home-Button für zwei Sekunden lang gedrückt.

***

»Was machst du da?« Stirnrunzelnd schaute Anaya die auf dem Boden hockende Hedda an. Noch immer hielt ihre junge Zimmergenossin den Kopf unter ihren Händen versteckt.

Nur langsam löste Hedda sich aus ihrer Schockstarre. Die Thermoskanne war nicht explodiert. Es war also weiterhin unwahrscheinlich, dass es sich bei der Flüssigkeit darin tatsächlich um Sprengstoff handelte. Aber was war es dann? Und warum musste der Inhalt vor Erschütterungen mit Sand geschützt werden, wenn er überhaupt nicht explosiv war? Erfüllte der Sand vielleicht einen ganz anderen Zweck? Ging es vielleicht vielmehr darum, die Thermoskanne zu verstecken beziehungsweise den beißenden Geruch zu neutralisieren?

Drogen! Die Erkenntnis traf Hedda wie der sprichwörtliche Schlag. *Aber seit wann schmuggelt man Drogen von Deutschland in die Niederlande? Ist es nicht sonst eigentlich eher umgekehrt?*, fragte sie sich. Schließlich war das Nachbarland doch bekannt für seine liberaleren Drogengesetze.

»Hallo, Erde an Hedda!« Anaya fuchtelte mit der flachen Hand vor Heddas Gesicht herum. »Bist du okay?«

Hedda schreckte aus ihren Gedanken auf und schaute ihrer Mitbewohnerin direkt in ihre besorgten Augen. In diesem Moment begriff sie, dass sie ihre neu gewonnene Freundin nicht einfach einer Gefahr aussetzen durfte, nur um ihre Ermittlungsarbeit weiter vorantreiben zu können. Anaya hatte sich in der letzten Zeit so viele Sorgen um sie gemacht, sich um sie gekümmert und ihr sogar die gemeinen Worte verziehen, die Hedda ihr absichtlich an den Kopf geworfen hatte. Egal, ob es sich um Sprengstoff, Drogenschmuggel oder nur eine Thermoskanne voller Tee handelte, sie musste ihrer Zimmergenossin von ihrem Fund berichten.

»Ich muss dir etwas zeigen!«, sagte Hedda entschlossen, bevor sie es sich doch noch einmal anders überlegen konnte. Dann zog sie Anaya mit sich ins Bad, leerte erneut den Sandsack und präsentierte ihr sowohl das gefundene Fotobuch des Wikinger-Nerds als auch die Thermoskanne.

»Darf ich mal riechen?« Anaya zeigte auf die am Boden liegende Kanne.

»Klar«, sagte Hedda, öffnete den Verschluss und streckte ihr das Behältnis entgegen.

Anaya hielt sich die Thermoskanne direkt unter ihre Nase. »Ich habe in meinem Leben schon die eine oder andere Droge ausprobiert, aber dieser Geruch ist mir vollkommen unbekannt. Auf jeden Fall scheint es kein pflanzliches Mittel zu sein.«

»Wir müssen herausfinden, was das für ein Zeug ist und warum Frieso es durch die Campbewohner heimlich über die Grenze transportieren lässt«, sagte Hedda entschlossen.

»Und was ist das für ein Buch?« Ohne zu fragen, nahm Anaya es zur Hand und blätterte sich durch die einzelnen Seiten »Der sieht aus wie unser Mitbewohner. Du weißt schon, der, der schon seit über zwei Wochen hier wohnt.«

Hedda nickte. »Das ist er auch!« Dann erzählte sie Anaya von ihren bisherigen Ermittlungen im Camp.

»Krass!« Anaya reagierte auf Heddas Bericht eher erstaunt als verängstigt. »Und ich sollte also das Beweismittel für dich aus dem Camp schaffen?«

Hedda nickte betreten. Es tat ihr leid, dass sie ihre Freundin heimlich für ihre Zwecke benutzen wollte.

»Aber in den Niederlanden wäre ich doch wieder abgeholt worden. Der Sandsack inklusive des Buches wäre damit doch höchstwahrscheinlich wieder hier im Camp gelandet.« Anaya schaute Hedda verständnislos an.

»Ich hätte meinen Freund Enno angerufen. Er hätte dich auf deinem Weg abgefangen und dir das Buch entwendet, noch bevor du die Fähre in Emden erreicht hättest«, erklärte Hedda ihren ursprünglichen Plan weiter.

»Angerufen? Wie wolltest du das denn machen?«

Hedda lächelte triumphierend. »Ich habe ein Handy ins Camp geschmuggelt.«

Jetzt musste auch Anaya schmunzeln. »Du hast es ja echt faustdick hinter den Ohren. Wie alt warst du noch gleich?« Sie zwinkerte Hedda anerkennend zu. »Und wie soll es jetzt weitergehen?«

Nachdenklich zupfte Hedda an ihrer Unterlippe. »Bis die Fähre in Emden ablegt, haben wir noch etwa vierundzwanzig Stunden Zeit. Ich glaube, ich habe einen Plan. Aber dafür brauche ich dringend deine Hilfe. Kann ich auf dich zählen?«

***

»Wähle den Notruf!«, sagte Enno so laut wie möglich, damit es, trotz des Beutels über seinem Kopf, möglichst gut zu verstehen war. Er hoffte, durch das Drücken des Home-Buttons den Sprachassistenten des Gerätes aktiviert zu haben.

»Ich kann dir momentan leider nicht helfen, weil dein Smartphone sich im Flugmodus befindet«, antwortete ihm die weibliche Computerstimme.

Das Gerät befindet sich also im Flugmodus! Er wischte mit dem Daumen von oben nach unten über den Bildschirm und drückte anschließend auf die Stellen des Displays, an denen er die entsprechenden Funktionen vermutete. Immer wieder drückte er erneut den Home-Button und bat den Sprachassistenten darum, einen Notruf abzusetzen. Irgendwann musste es doch einfach klappen.

Als er schon fast aufgeben wollte, ertönte endlich der erlösende Satz aus dem Handy: »Willst du wirklich den Notruf wählen?« Irgendwie hatte er es geschafft, eine Verbindung zum Internet aufzubauen. »Ja!«, schrie Enno. Gebannt lauschte er in die Dunkelheit. Das Gerät schien tatsächlich eine Telefonverbindung aufzubauen.

»Notrufzentrale, wie kann ich Ihnen helfen?«

»Mein Name ist Enno Frerichs, ich bin ein Polizist aus Moormerland. Ich wurde in Norddeich entführt. Ich habe keine Ahnung, wo ich bin.«

»Okay, ich habe verstanden. Wir werden versuchen, Sie über das Mobilfunksignal zu orten. Sind Sie verletzt? Sind Ihre Entführer bewaffnet?«

»Nein, ich bin nicht verletzt. Meine Entführer habe ich noch nicht zu Gesicht bekommen. Ich weiß weder, ob sie bewaffnet sind, noch, wie viele es sind. Aktuell scheine ich hier aber ganz alleine zu sein.«

»Okay, wir haben Ihren Standort lokalisiert. Einige Einheiten sind bereits auf dem Weg zu Ihnen. Bewahren Sie bitte Ruhe. Die Kollegen sind bald bei Ihnen.«

Erleichtert atmete Enno auf. Seine Retter waren unterwegs. Jetzt konnte es nicht mehr lange dauern.

»Darf ich Sie in der Zwischenzeit ein wenig ablenken?« Die weibliche Stimme am anderen Ende der Leitung klang gewohnt ruhig und freundlich. Aber was sollte denn jetzt diese Frage?

»Schon in Ordnung. Mir geht es gut!«, antwortete Enno irritiert.

»Ich möchte Ihnen trotzdem noch eine Frage stellen. Stellen Sie sich vor, Sie stehen an einer Weiche, irgendwo in den USA. In der Ferne sehen Sie einen Zug auf sich zurasen. Wenn Sie die Weiche nicht verstellen, fährt der Zug also einfach geradeaus an Ihnen vorbei. Als Sie den Kopf jedoch in die Fahrtrichtung drehen, die der Zug dann nehmen würde, erkennen Sie, dass im Gleisbett ein Kind spielt. Sie rufen ihm zu, aber der Junge scheint Sie nicht zu hören. Sie haben auch nicht mehr genug Zeit, um zu ihm zu laufen und ihn zu warnen. Auch die Idee, dem Zug entgegenzulaufen und ihn zu einer Notbremsung zu bewegen, verwerfen Sie sofort wieder. Er würde nicht mehr rechtzeitig zum Stillstand kommen. Ihnen bleibt also nur noch eine Möglichkeit, um das Kind vor dem herannahenden Zug zu retten. Sie können die Weiche verstellen und den Zug so umleiten. Doch auch im Gleisbett der alternativen Strecke sehen Sie Menschen. Es ist eine Gruppe Gefangener, wie Sie zweifelsfrei an den orangen Overalls erkennen können. Sie sind so sehr mit ihrer Strafarbeit beschäftigt, dass auch sie nicht auf Ihre warnenden Rufe reagieren. Ihnen bleiben aber nur noch zehn Sekunden, um die Weiche zu verstellen. Was tun Sie?«

Enno hatte sich die komplette Aufgabenstellung kopfschüttelnd angehört. »Was soll denn das? Haben Sie das so in Ihrer Ausbildung gelernt? Ich bin wirklich nicht in der Stimmung, um irgendwelche Rätsel zu lösen.«

»Neun, acht, sieben …«

»Hören Sie, ich warte hier einfach auf Ihre Kollegen, okay?« Er wurde langsam wirklich ungehalten.

»Sechs, fünf, vier …«

Was stimmt denn mit der nicht? Wenn mich die Kollegen befreit haben, werde ich mich definitiv beschweren. »Hören Sie auf damit!«, schrie Enno seine Gesprächspartnerin an. Eigentlich war er nur schwer aus der Fassung zu bringen, aber für dieses Verhalten hatte er nun wirklich keinerlei Verständnis.

»Ich sehe schon, die Aufgabe ist Ihnen nicht anspruchsvoll genug. Dann nehmen wir doch eine kleine Veränderung vor. Wie wäre es, wenn wir den Jungen einfach gegen Ihre Freundin Hedda austauschen, die stattdessen gefesselt und geknebelt auf den Schienen liegt. Fällt Ihnen die Entscheidung jetzt leichter?« Die Stimme der Frau klang auf einmal alles andere als beruhigend. Sie hatte vielmehr einen sehr bösartigen Klang angenommen.

Woher weiß sie von Hedda? So etwas würde doch niemand sagen, der bei der Notrufzentrale arbeitet. »Sie sind gar nicht von der Notrufzentrale, oder?«

»Drei … Gleich ist die süße Hedda nur noch ein Haufen Brei … Zwei …«

Was ist, wenn das hier überhaupt kein Rätsel ist?, schoss es Enno durch den Kopf. Hatten sie nicht nur ihn, sondern auch Hedda in ihre Gewalt gebracht? Konnte seine Entscheidung vielleicht tatsächlich eine Konsequenz für ihr Wohlbefinden bedeuten?

»Eins …«

***

Hedda hatte Anaya genauestens instruiert. Jetzt konnte sie nur noch abwarten und auf die schauspielerischen Fähigkeiten ihrer Zimmergenossin hoffen. Sie saß in der Bibliothek und hatte sich zum Schein ein Buch zur Hand genommen. Die Bibliothek lag schräg gegenüber von Friesos Büro. Die Tür hatte sie bewusst offen gelassen. Wenn ihr Plan aufgehen sollte, würde der Campleiter direkt an ihr vorbeieilen müssen.

Alle übrigen Bewohner waren noch immer auf der heutigen Wattwanderung unterwegs. Es waren also nur Frieso, der Wikinger-Nerd, Anaya und sie im Camp. Aus dem Augenwinkel sah sie einen Schatten über den Flur huschen. *Es geht los!*, dachte sie, linste vorsichtig über den Rand ihres Buches hinweg und lauschte in den Flur hinaus. Nur wenige Sekunden später rannten Frieso und der Wikinger-Nerd den Flur in die entgegengesetzte Richtung entlang.

Sie hat es geschafft! Voller Stolz dachte Hedda an Anaya, die in diesem Moment wahrscheinlich irgendwo im Garten auf dem Rasen lag und sich nicht mehr rührte. Jetzt musste sie sich aber beeilen. Sie rannte über den Flur in Friesos Büro, klappte den Laptop auf und betätigte den Power-Button. Gebannt schaute sie auf den blinkenden Cursor in der linken Ecke des Bildschirmes.

»Nun komm schon!«, versuchte sie den Computer zu beschwören. Aber der Bildschirm blieb unverändert schwarz. *So ein Mist, habe ich das Teil jetzt etwa kaputt gemacht?* Der Laptop war per Kabel mit der Steckdose verbunden. Die Batterieanzeige leuchtete grün. Der Akku war also geladen. Sie schaltete das Gerät wieder aus, zählte in Gedanken bis zehn und startete dann einen neuen Versuch. Doch das Ergebnis blieb dasselbe. *So ein verfluchter Mist!* Sie klappte das Gerät wieder zu. Alles musste aussehen wie vorher.

Als sie das Büro gerade wieder verlassen wollte, fiel ihr das Bücherregal ins Auge. Hatte sie nicht hinter dem Regal etwas Verdächtiges gesehen? Hatte sie jetzt noch genug Zeit, zu überprüfen, was dort versteckt lag? Vorsichtig schaute sie den Flur entlang. Niemand war zu sehen. Sicherlich warteten sie gemeinsam vor dem Haus auf den Notarzt. Sie ging zum Regal und zog genau das Buch heraus, das Frieso zuletzt wieder hineingestellt hatte. *Was ist denn das?* Hastig zog sie auch die danebenstehenden Bücher aus dem Regal und legte sie auf den Schreibtisch.

Das glaube ich jetzt nicht! Mit weit aufgerissenen Augen starrte sie auf die freigelegte Fläche.

***

»Ich verstelle die verdammte Weiche!«, schrie Enno, so laut er nur konnte.

Die Leitung blieb still. Totenstill.

»Ich habe gesagt, ich habe an der verdammten Weiche gezogen. Das wolltet ihr doch hören, oder?«

Wieder bekam er keine Antwort.

»Was soll dieses kranke Spiel? Was wollt ihr überhaupt von mir? Wenn ihr Hedda nur ein Haar krümmt, dann …« Enno brach seinen Wutausbruch mitten im Satz ab. Er wusste, dass er in seiner aktuellen Lage keinerlei Bedrohung für seine Entführer sein konnte. Es war also klüger, möglichst wenig über Hedda zu sprechen. Wenn sie seine Freundin nicht ohnehin schon in ihrer Gewalt hatten, musste er sie ja nicht unbedingt mit der Nase auf diese Option stoßen.

»Enno Frerichs, Sie werden des Mordes an fünf Strafgefangenen angeklagt. Was haben Sie zu Ihrer Verteidigung zu sagen?« Diesmal sprach eine männliche, sehr tiefe Stimme zu ihm.

»Ich werde was? Ich habe niemanden umgebracht! Ich habe nur euer dämliches Spiel mitgespielt.«

Wieder erfüllte eine unerträgliche Stille den Raum. Das Atmen fiel Enno immer schwerer. War die Maske enger geworden? Zumindest kam es ihm so vor.

»Wenn sich der Angeklagte nicht zu der Anklage äußern möchte, ist das sein gutes Recht. Wir möchten den Angeklagten jedoch darauf hinweisen, dass er in diesem Verfahren keinen Anspruch auf einen Rechtsbeistand hat. Weiterhin möchten wir betonen, dass der Angeklagte so lange in Untersuchungshaft verbleibt, bis er alle unsere Fragen beantwortet hat.« Nahezu mechanisch spulte die Stimme die Worte herunter. Es schien so, als würde er sie direkt von einem Skript ablesen.

»Wenn ich alle eure Fragen beantworte, lasst ihr mich also wieder frei?« Enno wollte mit dieser Frage eigentlich nur provozieren und rechnete keinesfalls mit einer bejahenden Antwort.

Die Antwort kam gerade deshalb unerwartet prompt. »Bei Beantwortung aller unserer Fragen wird die Staatsanwaltschaft die Anklage fallen lassen.«

Was habe ich zu verlieren? Wenn auch nur eine kleine Wahrscheinlichkeit dafür besteht, dass die das ernst meinen, sollte ich es wenigstens versuchen. Er holte tief Luft und rief sich das ganze Szenario noch einmal ins Gedächtnis. »Zu meiner Verteidigung möchte ich anführen, dass ich den Zug nur deshalb in eine andere Richtung umgelenkt habe, um den Tod meiner Freundin zu verhindern.«

»Und dabei haben Sie wissentlich den Tod der Männer auf dem anderen Gleisstrang in Kauf genommen?«, sagte die Stimme vorwurfsvoll.

Enno dachte nach. »Meine Freundin war gefesselt, die Strafgefangenen liefen frei herum. Im Gegensatz zu ihr hätten sie das Gleisbett rechtzeitig vor Eintreffen des Zuges verlassen können. Wenn man auf den Schienen arbeitet, sollte man immer mit einem herannahenden Zug rechnen. Wo waren denn eigentlich die Gefängniswärter? Wäre nicht eigentlich einer von ihnen für die Sicherheit der Sträflinge verantwortlich gewesen?« Enno holte tief Luft. Die Maske über seinem Gesicht machte es ihm unglaublich schwer, mehrere Sätze nacheinander zu sprechen. »Hätte ich mich nicht auch der unterlassenen Hilfeleistung schuldig gemacht, wenn ich die Weiche nicht verstellt hätte? Ich hätte mich also doch so oder so strafbar gemacht. Wie hätte ich mich denn Ihrer Meinung nach in dieser Situation juristisch korrekt verhalten sollen?«, setzte er anschließend leidenschaftlich sein eigenes Plädoyer fort.

Die richterliche Stimme auf der anderen Seite verstummte für einen kurzen Moment. »Der Punkt geht an Sie. Wir hätten nicht von unserer ursprünglichen Aufgabenstellung abweichen dürfen«, räumte die Stimme nachdenklich ein. »Hätten Sie die Weiche denn auch verstellt, wenn statt Ihrer Freundin ein kleiner Junge im Gleisbett gespielt hätte? Hätten Sie fünf Leben riskiert, um ein einziges zu retten?«

Mit geschlossenen Augen versuchte sich Enno die Szene bildlich vorzustellen. »Ja, das hätte ich getan«, sagte er schließlich entschlossen.

***

Nachdem Hedda die Bücher wieder sorgfältig ins Regal zurückgestellt hatte, ging sie bewusst gelassen den Flur entlang. Die Haustür stand offen. Durch die Türöffnung hindurch konnte sie bereits den Notarztwagen sehen. Sie beschleunigte ihren Schritt, setzte einen entsetzten Gesichtsausdruck auf und stürmte hinaus.

Frieso und der Wikinger-Nerd schauten ihr überrascht entgegen. Sie schienen vor lauter Aufregung vollkommen vergessen zu haben, dass Hedda auch noch im Gebäude war.

»Was ist denn passiert?«, fragte Hedda scheinbar entsetzt und schaute besorgt auf die am Boden liegende Anaya. Ihre Augen waren leicht geöffnet, aber sie wirkte matt und kraftlos. *Sie spielt ihre Rolle wirklich gut!*, dachte Hedda stolz.

»Ich habe sie bewusstlos auf dem Rasen gefunden«, antwortete der Wikinger-Nerd. Abgesehen von der Situation, in der sie sich unter seinem Bett versteckt und ihn heimlich belauscht hatte, war das das erste Mal, dass sie seine Stimme hörte. In der aktuellen Ausnahmesituation schienen die strengen Campregeln also nicht zu gelten.

»Er hat mir gleich Bescheid gesagt, und ich habe dann den Notruf gewählt«, riss Frieso das Gespräch an sich. Hedda hatte den Eindruck, dass es ihm überhaupt nicht recht war, dass der Wikinger-Nerd mit ihr sprach. *Ob er Angst davor hat, dass er sich verplappert?*

Hedda kniete sich neben Anayas Kopf und streichelte ihr ruhig über die Schulter. »Du machst ja Sachen. Da lässt man dich nur einmal alleine, um in der Bibliothek ein wenig zu lesen, und dann machst du so etwas. Wie geht es dir denn?«

»Mir ist auf einmal ganz schwarz vor Augen geworden. Ansonsten fühle ich mich aber schon wieder ganz okay.« Sie warf dem Notarzt einen fragenden Blick zu, um sich so von ihm eine Bestätigung dieser Aussage einzuholen.

Der Notarzt seufzte schwer. »Ihre Werte sind ganz in Ordnung. Aber eine Ohnmacht sollte man nicht auf die leichte Schulter nehmen. Ich würde Sie zur Sicherheit lieber eine Nacht mit in die Klinik nehmen.«

»Aber ich habe heute meinen Abschiedsmarsch«, protestierte Anaya.

Jetzt kniete sich auch Frieso neben sie. »Du gehst mit ins Krankenhaus. Keine Widerrede! Die Abschlussprüfung kannst du nachholen, wenn die Ärzte dir das Okay dafür geben.«

Fragend blickte der Notarzt zwischen Hedda, Anaya und Frieso hin und her.

»Beim Abschiedsmarsch laufen unsere Mitglieder eine über vierzig Kilometer lange Strecke zu Fuß«, klärte Frieso ihn auf.

»Also davon würde ich Ihnen auf jeden Fall abraten! Stellen Sie sich vor, Sie kippen unterwegs noch einmal um und niemand findet Sie.« Der Notarzt machte ein ernstes Gesicht.

»Aber …«, setzte Anaya noch einmal an.

»Nichts aber!«, fiel Frieso ihr ins Wort. »Du bist zum größten Teil nachts unterwegs. Da würde dich wahrscheinlich wirklich niemand finden. Du verbringst diese Nacht gefälligst im Krankenhaus!«

Hilfesuchend schaute Anaya jetzt zu Hedda hinüber. Die beiden hatten zwar geplant, dass Anaya den Abschiedsmarsch nicht antreten sollte, bevor sie Klarheit über den Inhalt der Thermoskanne haben würden, aber die Nacht im Krankenhaus zu verbringen, war nun überhaupt nicht das, was Anaya wollte. Sie wollte doch dabei sein, wenn ihre Mitbewohnerin die Ermittlungen vorantrieb.

Ratlos zuckte Hedda mit den Schultern. Sie wollte Anaya ja wirklich gerne helfen, aber gleichzeitig wollte sie auch verhindern, dass Frieso misstrauisch wurde. Außerdem war es vielleicht gar nicht so schlecht, wenn sie ihre neu gewonnene Freundin so aus der Gefahrenzone befördern könnte. »Ich denke, der Arzt hat recht«, sagte sie schließlich schweren Herzens.

»Na gut«, stimmte Anaya mürrisch zu und bedachte Hedda dabei mit einem vorwurfsvollen Blick.

Hoffentlich verzeiht sie mir das auch noch, dachte Hedda, während sie zusah, wie Anaya in den Krankenwagen geschoben wurde. Als er langsam davonfuhr und Hedda sich umdrehte, bemerkte sie erst, dass Frieso und der Wikinger-Nerd bereits wieder im Haus verschwunden waren. Zügig eilte auch sie zurück. Auf dem Flur kam ihr Frieso bereits entgegen. In den Händen hielt er Anayas roten Sandsack.

10. Kapitel

Wahrheit oder Lüge?

Nachdem Enno eingestanden hatte, dass er die Weiche so oder so umgelegt hätte, war das Telefonat kommentarlos beendet worden. Unruhig saß er seitdem auf seinem Stuhl und wartete. Einen weiteren Versuch, das Handy für seine Befreiung zu nutzen, unternahm er nicht mehr. Denn er war sich jetzt absolut sicher, dass man das Gerät absichtlich in dem Raum vergessen hatte. Irgendwie hatten seine Entführer das Smartphone so manipuliert, dass von vornherein klar war, dass es am Ende nur auf dieses eine Gespräch hinauslaufen konnte.

Wer so etwas plant, hat mit Sicherheit nichts dem Zufall überlassen, resignierte Enno ein wenig. Statt seine Kräfte mit weiteren sinnlosen Aktionen zu vergeuden, zermarterte er sich stattdessen das Hirn darüber, wer und vor allem warum man ihn entführt hatte.

Als hinter ihm eine Tür geöffnet wurde, zuckte er kurz erschrocken zusammen. Durch seine Maske hindurch konnte er erkennen, dass das Licht in seinem Gefängnis eingeschaltet worden war. Er hörte Schritte, die sich durch den Raum bewegten. Es waren mindestens zwei Personen. *Was haben sie nur mit mir vor?*

Im nächsten Moment wurde ihm ruckartig die Maske vom Kopf gerissen. Grelles Licht, das von vorne direkt auf ihn gerichtet war, blendete ihn so sehr, dass er die Augen zusammenkneifen und den Kopf senken musste.

»Wir werden Sie jetzt verkabeln.«

Widerstandslos ließ Enno sich das Hemd öffnen. Die Männer, die beide ihre Gesichter unter einer Skimaske verborgen hielten, befestigten mehrere Elektroden an seinem Brustkorb und den Fingerspitzen.

»Wird das etwa ein Lügendetektor-Test?«, fragte Enno, nachdem er die ganze Zeit über still abgewartet hatte.

Die Männer antworteten ihm nicht, begannen aber stattdessen damit, ihm relativ belanglose Fragen zu seiner Person und weiteren allgemeinen Themen zu stellen. Enno kannte Lügendetektoren zwar nur aus dem Fernsehen, doch er wusste, dass solche Tests in der Regel mit harmlosen Fragen begannen, um hinterher diese Messwerte mit denen der wirklich relevanten Fragen vergleichen zu können. Er fragte sich, was seine Entführer wohl eigentlich von ihm wissen wollten.

»Würden Sie eine Straftat begehen, um das Leben Ihrer Freundin Hedda zu beschützen?«

»Ja!« Wie gewünscht, antwortete Enno, ohne lange darüber nachzudenken. *Das war sie also, die erste relevante Frage.* Er spürte, wie sein ganzer Körper unruhig wurde. Würden diese unkontrollierbaren Reaktionen ihn als Lügner darstellen?

»Würden Sie einen geständigen Kinderschänder mit Gewalt dazu bringen, das Versteck eines entführten Kindes zu verraten?«

Wieder antwortete Enno spontan mit Ja. Vor lauter Anspannung hatten seine Finger leicht zu zittern begonnen.

»Würden Sie Personen permanent abhören und überwachen, bei dem bloßen Verdacht, sie könnten einen terroristischen Anschlag planen?«

Enno bejahte auch diese Frage. Es folgten noch einige weitere, die allesamt darauf abzielten, ob er gegen Gesetze verstoßen würde, um Unschuldige zu retten. Was hatten die Männer nur mit ihm vor?

»Vielen Dank, wir werden Sie jetzt gehen lassen!« Die Männer entkabelten ihn und lösten seine Fesseln.

Unsicher erhob Enno sich und knüpfte sein Hemd zu. Dabei ließ er die Männer, die beide eine Waffe auf ihn gerichtet hatten, keine Sekunde aus den Augen. *Ob die mich wirklich einfach so laufen lassen?*

Mit vorgehaltener Pistole wurde er aus dem Gebäude geführt. Bei Tageslicht konnte Enno erkennen, dass man ihn in einem vollkommen heruntergekommenen Gemäuer untergebracht hatte. Er schaute sich um, konnte aber weit und breit keine anderen Gebäude, Autos oder Menschen entdecken.

»Wenn Sie in diese Richtung geradeauslaufen, erreichen Sie in etwa fünf Kilometern eine Landstraße. Mein Kollege …« Einer der Entführer deutete mit seiner Waffe auf seinen Komplizen neben ihm. »… benötigt für diese Strecke etwa fünfzehn Minuten. Wir geben Ihnen zwei Minuten Vorsprung. Danach wird er die Verfolgung aufnehmen. Holt er Sie noch vor der Landstraße ein, dann …« Er verzog mitleidig die Mundwinkel, anstatt seinen Satz zu vollenden.

Im Kopf hatte Enno blitzschnell ausgerechnet, dass sein Verfolger mit einer Geschwindigkeit von zwanzig Kilometern in der Stunde unterwegs sein würde. Er kannte seine eigenen Trainingszeiten gut genug, um zu wissen, dass ihm zwei Minuten Vorsprung unter diesen Voraussetzungen nicht ausreichen würden. »Sie wollen mich also umbringen?«

Sein Gesprächspartner zuckte wortlos mit den Schultern. Dann schaute er auf seine Armbanduhr. »Auf die Plätze … fertig … los!«

***

Hilflos starrte Hedda dem roten Sack hinterher, in dem sich immer noch das Beweismittel befand. Sie folgte Frieso über den Flur, ohne wirklich einen Plan zu haben, wie sie wieder in den Besitz des Sandsackes kommen sollte. Der Campleiter bemerkte seinen stillen Schatten nicht. Er ging in sein Büro, legte den Sandsack neben das Bücherregal, setzte sich an seinen Schreibtisch und klappte den Laptop auf.

Jetzt wird er merken, dass sein Computer kaputt ist. Hedda blieb vor der Türschwelle stehen und beobachtete angespannt Friesos folgende Reaktionen.

Doch statt eines wütenden Gesichtsausdrucks sah sie nur einen gedankenverlorenen Mann, der sich plötzlich in den Halsausschnitt seines Oberteils griff und ein silbrig glänzendes Ding hervorzog, das er an einer Kette um seinen Hals getragen hatte.

Ist das ein Schmuckstück? Das ist mir bisher ja noch gar nicht aufgefallen. Mit zusammengekniffenen Augen versuchte Hedda, die Form des Gegenstandes zu erkennen.

Frieso zog sich die Kette samt Anhänger über den Kopf, nahm den glänzenden Gegenstand in die Hand und steckte ihn in einen der Anschlüsse, die an der Seite seines Laptops untergebracht waren.

Ein USB-Stick! Deshalb lief der Laptop also nicht, als ich ihn starten wollte. Man benötigt einen Bootstick, um den Rechner überhaupt hochfahren zu können.

Im nächsten Augenblick traf sie Friesos überraschter Blick. Er hatte ihre Anwesenheit gerade erst bemerkt. »Hedda! Was willst du denn?«

»Anayas Sandsack.« Hedda zeigte auf den am Boden liegenden Beutel. »Den braucht sie doch noch für ihre Prüfung.« Sie machte ein paar Schritte darauf zu und streckte die Hand danach aus.

»Sobald sie aus dem Krankenhaus zurück und fit genug für den Abschiedsmarsch ist, wird sie diesen oder einen anderen Sack bekommen«, sagte Frieso. Energisch war er von seinem Schreibtisch aufgesprungen und hatte sich Hedda in den Weg gestellt.

»Ach so«, stammelte Hedda, machte auf der Stelle kehrt und warf dabei einen flüchtigen Blick auf den Monitor des Laptops. Auf dem Bildschirm waren einige Verknüpfungen von Programmen und Textdokumenten zu erkennen. *Das Ding funktioniert also tatsächlich noch! Was hat er nur zu verbergen?*

Hedda wusste nicht, was sie jetzt tun sollte. Sie überlegte, den Wikinger-Nerd mit ihrem Fund zu konfrontieren, verwarf diesen Gedanken aber schnell wieder. Immerhin befand sie sich ganz alleine mit ihm und Frieso in einem abseits gelegenen Anwesen. Wer sollte ihr zur Hilfe kommen, wenn dem vermeintlichen Mörder die Sicherungen durchbrennen würden? Auf Frieso wollte sie sich hier keinesfalls verlassen. Immerhin war bereits klar, dass auch er ein großes Geheimnis zu verbergen hatte. Und vielleicht steckten die beiden Männer ja sogar unter einer Decke. Irgendwie musste sie herausfinden, welche Informationen auf dem Computer gespeichert waren. Belanglose Daten würde doch niemand derart aufwendig schützen. Ob sie Frieso heimlich den USB-Stick entwenden könnte?

Dann dachte Hedda darüber nach, wie sie wieder an das Buch in dem Sandsack gelangen könnte, ohne dass Frieso etwas davon mitbekommen würde. Sie durfte keine Zeit verlieren. Schließlich war nicht auszuschließen, dass der Campleiter den Sack noch einmal öffnen und so im schlimmsten Fall selbst in den Besitz des Buches gelangen würde. Dann bräuchte er nur noch eins und eins zusammenzählen und wüsste sofort, wer das Buch entwendet und zeitgleich auch seine versteckte Thermoskanne gefunden hatte.

Doch sosehr Hedda auch grübelte, ihr fielen einfach keine erfolgversprechenden Lösungen ein. *Was soll ich jetzt nur machen?*, dachte sie verzweifelt. Sie wollte doch unbedingt Elskes wahren Mörder finden. Andererseits fürchtete sie auch, einen großen Fehler zu begehen, der am Ende die Ermittlungen oder sogar ihr Leben gefährden könnte.

Hedda entschied, Enno anzurufen. Vielleicht hatte er ja eine Idee, wie sie weiter vorgehen konnten. Sie musste daran denken, mit welcher List ihr Freund sie und ihre Freundin Gesa aus dem Keller des alten Bauernhofes befreit hatte. Umso schwieriger eine Situation wurde, umso besser schien Ennos Verstand zu funktionieren. Zügig ging sie in ihr Zimmer zurück, holte ihr Smartphone aus dem Versteck und ging damit ins Badezimmer. Als sie den Schlüssel im Schloss herumgedreht hatte, spürte sie eine gewisse Erleichterung. Irgendwie fühlte sie sich hinter der verschlossenen Tür gleich ein kleines bisschen sicherer.

Sie suchte Ennos Nummer aus dem Kontaktspeicher heraus und rief ihn an. Als er beim ersten Versuch nicht ranging, glaubte Hedda noch, ihn eventuell gerade bei seinen eigenen Ermittlungen gestört zu haben. Doch als sie ihn eine Stunde und fünfzehn Versuche später immer noch nicht erreicht hatte, begann sie, sich ernsthaft Sorgen um ihren Freund zu machen.

***

Enno zögerte zwei bis drei Sekunden, dann rannte er los. Auch wenn er kaum eine Chance sah, das Wettrennen für sich zu entscheiden, würde er sich auf keinen Fall kampflos in sein Schicksal ergeben. Während er durch die abgelegene Gegend rannte, widerstand er immer wieder dem Drang, sich umzusehen, genauso wie dem Gedanken, eventuell laut um Hilfe zu rufen. Er durfte seine Kräfte nicht sinnlos vergeuden.

So schnell ihn seine Beine trugen, lief er einfach nur geradeaus. Es gab keinen richtigen Weg, sondern lediglich eine schmale Schotterpiste, die mit unzähligen Schlaglöchern zersetzt war. Auf dem unebenen Boden wurden seine Beine mit jedem Meter schwerer. Seine Lunge brannte und sein Herz pochte wie verrückt. Er hatte kein Gefühl, wie weit er schon gelaufen und wie viel Zeit bereits vergangen war.

Wo bleibt nur diese verflixte Landstraße?

Auf einmal schoss ihm ein Gedanke durch den Kopf. Ob das alles nur eine Finte war? Ob ihm überhaupt niemand folgte? Vielleicht war ja auch dies nur ein Test, dessen Sinn er nicht verstand?

Er blickte sich um und musste dabei voller Entsetzen feststellen, dass sein Verfolger ihm bereits dicht auf den Fersen war. Noch einmal versuchte er, sein Tempo zu beschleunigen. Doch nach wenigen Metern musste er ernüchtert feststellen, dass er diese höhere Geschwindigkeit nicht lange durchhalten konnte. Erneut blickte er sich um, der Abstand betrug allenfalls noch hundertfünfzig Meter.

Ich kann keine Waffe in seiner Hand erkennen, dachte Enno und verlangsamte sein Tempo ein wenig. Während er seinen Blick krampfhaft nach vorne gerichtet hielt, lauschte er permanent, ob sich hinter ihm jemand annäherte. *Ich kann vielleicht nicht das Laufduell gewinnen, aber wenn ich es schaffe, ihn in einen Zweikampf zu zwingen, habe ich vielleicht eine Chance!*

Zuerst vernahm er die rhythmischen Schritte seines Verfolgers auf dem steinigen Weg. Dann hörte er dessen kontrollierten Atem. *Er muss jetzt ganz dicht hinter mir sein,* war Enno sich sicher. Erneut blickte er über die Schulter. Der Abstand hatte sich auf wenige Meter reduziert. *Jetzt!*, befahl Enno sich selbst, blieb ruckartig stehen, duckte sich und machte einen Ausfallschritt zur Seite.

Mit einem kraftvollen Tritt gegen das Knie seines überraschten Verfolgers brachte er diesen zu Fall und stürzte sich im nächsten Moment auf ihn. Seine Augen hatten ihn nicht getäuscht, sein Verfolger schien wirklich keinerlei Waffen bei sich zu tragen. Doch das beruhigte Enno keinesfalls. Er wusste, dass gut ausgebildete Elitekämpfer ihre Hände problemlos als Tötungswaffen verwenden konnten. Ohne zu zögern, schlug er daher auf den am Boden liegenden Mann ein.

Während er auf seinen Gegner einprügelte, fixierte er dessen Blick. Seine Schläge schienen wenig Eindruck bei ihm zu hinterlassen. Anstatt vor Schmerzen aufzuheulen oder gar das Bewusstsein zu verlieren, riss sein Kontrahent plötzlich die Arme hoch, wehrte mit einstudierten Bewegungen Ennos Fausthiebe ab, vollführte eine ruckartige Körperdrehung und schaffte es so, sich aus seiner scheinbar aussichtslosen Situation zu befreien. Hastig sprangen beide Männer auf und belauerten sich einen Moment lang wie Boxer, kurz nachdem der Gong zur ersten Runde ertönt war.

Was soll ich tun? Soll ich ihn erneut angreifen oder lieber auf seine Attacke warten? Völlig außer Atem starrte Enno sein

Gegenüber kampfeslustig an. Er wollte ihn keinesfalls spüren lassen, dass er gerade Todesängste ausstand.

Was war das denn? Hat der mir etwa gerade anerkennend zugenickt?

Während Enno noch irritiert über die Geste seines Gegners nachdachte, wirbelte dieser auf einmal herum und rannte in die Richtung zurück, aus der die beiden ursprünglich losgelaufen waren. Ungläubig schaute Enno ihm hinterher. Jetzt verstand er wirklich gar nichts mehr.

***

Hedda saß noch immer in dem verschlossenen Badezimmer und starrte auf ihr Handy. Immer wieder hatte sie Ennos Nummer gewählt oder ihm eine WhatsApp-Nachricht geschickt. In ihrer Verzweiflung hatte sie es sogar mit einer SMS probiert. Doch das Ergebnis war jedes Mal dasselbe: Enno war unverändert nicht erreichbar.

Endlich vibrierte das Smartphone in ihren Händen. Erschrocken zuckte Hedda in sich zusammen. Auch wenn sie die ganze Zeit auf einen Anruf von ihrem Freund gehofft hatte, war sie jetzt doch vollkommen überrascht.

»Enno, wo warst du die ganze Zeit?«, flüsterte sie mit einer Mischung aus Vorwurf und Erleichterung in den Hörer.

»Hedda, geht's dir gut? Bist du in Gefahr?«

Ennos sorgenvolle Stimme machte ihr Angst. Noch nie hatte ihr Freund so panisch geklungen. »Ja, bei mir ist alles okay? Ist irgendwas passiert?«

»Ich wurde entführt!« Enno fasste ihr die Erlebnisse der vergangenen Stunden kurz zusammen. Nachdem er endlich die Landstraße erreicht hatte, war er per Anhalter zurück nach Norddeich gefahren. Sein Auto stand immer noch auf dem Parkplatz hinter der Pension. Der Wagen war unverschlossen, der Schlüssel steckte im Zündschloss. Sein Handy fand Enno im Handschuhfach. Beim Blick auf die Uhr im Display stellte er fest, dass seine Entführung insgesamt allenfalls ein paar Stunden gedauert hatte. »Ich bin auf dem Weg zu dir. Du musst sofort da raus!«

»Du meinst, der Verein hat etwas mit deiner Entführung zu tun?«, fragte Hedda entsetzt.

»Der Verein, der Masseur oder der Pensionsbetreiber. Keine Ahnung, wer dafür verantwortlich ist. Ich weiß nur, dass das etwas mit unseren Ermittlungen zu tun haben muss. Oder glaubst du etwa, meine Entführung war reiner Zufall?«

Hedda schluckte. Unbewusst schaute sie zur Badezimmertür. War sie noch immer verschlossen? Warteten Frieso und der Wikinger-Nerd nur darauf, sie zu überwältigen, wenn sie wieder aus dem Bad kommen würde? »Was soll ich jetzt machen?«

»Wo bist du gerade?«

»Ich habe mich im Badezimmer eingeschlossen. Mein Zimmer ist im ersten Stock.«

»Bleib, wo du bist! Ich bin unterwegs! Ich werde jetzt auflegen und die Polizei informieren. Wir sind in wenigen Minuten bei dir!«

»Okay!« Hedda war nicht wohl dabei, das Gespräch zu beenden. Am liebsten hätte sie ihn so lange in der Leitung gehalten, bis die Polizei zu ihrer Rettung eingetroffen war. Aber seine Entscheidung war vernünftig. Unabhängig davon, ob sie Elskes Mörder wirklich auf der Spur waren, war die Entführung ihres Freundes Grund genug, die eigenen Ermittlungen einzustellen und professionelle Hilfe hinzuzuziehen. Dennoch machte sich neben der ganzen Angst ein Gefühl der Niedergeschlagenheit in ihr breit. Nur zu gerne hätte sie den Fall wieder mit Enno alleine aufgeklärt.

Die folgenden Minuten fühlten sich für Hedda wie eine Ewigkeit an. Immer wieder wechselte ihr Blick vom Handy zur Badezimmertür und wieder zurück. Dabei lauschte sie permanent, ob sie irgendwelche Stimmen oder Fahrzeuge hören konnte. Aber im ganzen Haus schien es totenstill zu sein. *Wo sind nur Frieso und der Wikinger-Nerd?*

»Hey, das ist Hausfriedensbruch!«, hörte sie plötzlich Frieso schimpfen. Seine Stimme klang dumpf und weit weg.

Wahrscheinlich ist er vor dem Haus!, dachte Hedda und lauschte angespannt weiter.

»Wo ist Hedda?«

Enno! Hedda erkannte seine Stimme sofort. Ruckartig sprang sie auf, schloss die Badezimmertür auf und stürmte zurück in ihr Zimmer. Dann rannte sie über den Flur und in den Garten hinaus, wo sie ihrem Retter erleichtert in die Arme fiel.

»Kann mir mal einer sagen, was hier eigentlich los ist?« Frieso schaute die beiden ärgerlich an.

»Das werde ich Ihnen erklären, sobald meine Kollegen eingetroffen sind.« Enno schaute Richtung Gartentor. In diesem Moment sah er das Blaulicht eines herannahenden Streifenwagens.

»Die Polizei! Was will denn die Polizei hier?« Frieso schaute zunächst Hedda und Enno an, dann suchten seine Augen nach einem möglichen Fluchtweg. Für einen kurzen Moment spielte er mit dem Gedanken davonzulaufen. Doch als er Ennos festen Griff um seinen Unterarm spürte, entschied er sich doch abzuwarten.

»Haben Sie uns angerufen?« Ein Hauptkommissar kam auf sie zu und fixierte Enno mit einem stechenden Blick. Ein deutlich jüngerer Kollege folgte ihm.

»Das ist richtig. Mein Name ist Enno Frerichs. Ich bin Polizeibeamter in Moormerland und zurzeit im Urlaub hier. Wir haben in diesem Gebäude neue Beweise im Mordfall Elske Husmann sicherstellen können.« Er nickte Richtung Eingangstür.

»Sie haben was?«, fragte Frieso entsetzt. »Der Fall ist doch längst aufgeklärt. Mein Verein hat mit dem Mord an dieser Frau nichts zu tun.«

An einer Fensterscheibe im zweiten Stock bemerkte Hedda plötzlich einen Schatten. »Da oben! Das ist Elskes Mörder!« Hektisch zeigte sie mit dem ausgestreckten Arm auf das Fenster.

Jetzt richteten auch die beiden Polizeibeamten, Frieso und Enno ihre Köpfe nach oben. Die Person, die eben noch aus dem Fenster geschaut hatte, zog sich fluchtartig ins Innere des Zimmers zurück.

»Kevin?«, fragte Frieso überrascht. »Kevin soll jetzt doch Elskes Mörder sein?«

Er heißt also Kevin! Zum ersten Mal hatte Heddas Wikinger-Nerd einen Namen.

»Sicher du die Rückseite vom Haus!«, wies der erfahrenere Polizist seinen Kollegen an. »Wir warten, bis die Verstärkung eingetroffen ist.«

»Wir sind schon da!«

Wegen der ganzen Aufregung hatte Hedda überhaupt nicht mitbekommen, dass zwischenzeitlich ein zweiter Polizeiwagen eingetroffen war. Der männliche Beamte schien kurz vor seiner Pensionierung zu stehen, während seine gut aussehende blonde Begleiterin wohl eher noch ganz am Anfang ihrer Laufbahn stand.

»Hi Enno, was ist denn los?« Die blonde Beamtin legte ihm eine Hand auf die Schulter und schaute ihn fragend an.

»Hi Fiona, da drinnen versteckt sich vielleicht der wahre Mörder von Elske Husmann.«

Fiona? Das ist also Fiona! Scheiße, sieht die gut aus! Für einen kurzen Moment vergaß Hedda vollkommen, worum es hier gerade eigentlich ging.

»Sollen wir reingehen?« Die beiden männlichen Beamten schauten sich unsicher an.

»Bitte nicht schießen!« Mit erhobenen Händen trat Kevin aus dem Haus heraus. Sein Gesicht war kreidebleich. Ängstlich schaute er zu Frieso hinüber. »Ich habe mit der ganzen Sache nichts zu tun! Der da! Der ist für das alles verantwortlich!«, stammelte er und wies auf Frieso, der ihn seinerseits mit einem vernichtenden Blick bedachte.

Hedda und Enno schauten sich verwundert an. Und auch die Beamten blickten jetzt hilfesuchend in die Runde.

»Können Sie mir jetzt bitte mal erklären, was hier eigentlich los ist«, forderte der Dienstälteste Enno auf.

»Kleinen Moment bitte«, ergriff Hedda das Wort und rannte unter den verdutzten Blicken der übrigen Anwesenden ins Haus. Kurze Zeit später kam sie mit dem roten Sack zurück, den sie aus Friesos Büro geholt hatte. Noch ehe dieser lautstark Einspruch erheben konnte, kippte sie den Sand nebst verstecktem Inhalt auf dem Rasen aus. »Hier!«, sagte sie und reichte dem Hauptkommissar das Fotobuch.

»Was ist das?«, fragte dieser verwundert und begann damit, sich durch die ersten Seiten zu blättern.

»Das ist der Beweis dafür, dass dieser Mann …« Hedda zeigte auf Kevin. »… schon seit seiner Jugend von Elske Husmann besessen ist.«

»Woher hast du das?«, schrie Kevin auf, machte einen Satz nach vorne und versuchte nach dem Buch zu greifen.

»Schön hiergeblieben!« Blitzschnell hatte Fiona ihn am Nacken gepackt und ihm seinen Arm hinter dem Rücken verschränkt.

»Aua, lassen Sie mich los!«, protestierte Kevin mit schmerzverzerrtem Gesicht und versuchte, sich wieder zu befreien. »Ich gebe ja zu, dass ich seit meiner Jugend in Elske verliebt war. Aber gerade deshalb habe ich sie doch nicht umgebracht.«

»Ach ja? Und was sollte es dann bedeuten, als du gesagt hast, ohne ihre Rumhurerei wäre Elske heute noch am Leben?«, wandte sich Hedda direkt an Kevin.

»Das habe ich nie gesagt!«, protestierte Kevin entschlossen.

»Ich habe dich und Frieso belauscht, als ihr euch in deinem Zimmer unterhalten habt. Ich hatte mich die ganze Zeit über unter dem Bett versteckt. Ihr habt ein gemeinsames Geheimnis und das hat irgendetwas mit Elskes Husmanns Tod zu tun.«

»Du hast was?« Jetzt machte Frieso einen Satz nach vorne. Seine Augen funkelten vor Wut.

Enno packte ihn an der Schulter und schob ihn wie eine Spielfigur auf seine ursprüngliche Position zurück.

»Ich werde jetzt alles sagen. Ich lasse mir doch keinen Mord anhängen«, sagte der Wikinger-Nerd mit zitternder Stimme zu Frieso.

»Du hältst schön deine Klappe!«, fauchte der Campleiter ihn wütend an.

Doch Kevin ließ sich dieses Mal nicht einschüchtern. »Ich habe niemanden umgebracht. Lieber schlafe ich wieder unter der Brücke, bevor ich in einer Gefängniszelle eingehe.«

»Sie müssen nichts …«, wollte ihn Fiona gerade rechtlich belehren, doch da fiel ihr der Wikinger-Nerd bereits wieder ins Wort.

»Ja, ich habe Elske geliebt. Und ja, ich habe nie verstanden, warum sie mit so vielen Männern ins Bett gegangen ist, mich aber nicht einmal beachtet hat. Wegen ihr ist mein ganzes Leben vor die Hunde gegangen. Ich konnte immer nur an sie denken, wurde immer trauriger und schlussendlich sogar depressiv. Ich verlor meinen Job, meine Wohnung und lebte fortan auf der Straße. Als ich dann vor einigen Wochen zufällig mitbekommen habe, dass sie in das Camp gezogen ist, habe auch ich mich hier beworben. Ich wollte noch ein letztes Mal probieren, sie auf mich aufmerksam zu machen.« Er machte eine kurze Pause, um Luft zu holen. »Elske litt unter dem Sexverbot im Camp, aber sie wollte dennoch versuchen, hier endlich von ihrer Sucht loszukommen. Zumindest hat sie mir das erzählt, als ich mich ihr quasi auf dem Präsentierteller dargeboten habe. Wahrscheinlich war auch das nur eine Lüge, denn wenige Stunden darauf hat sie das Camp quasi fluchtartig verlassen. Dabei hätte sie mich doch haben können. Ich hätte doch alles für sie getan.« Traurig schaute Kevin zu Boden.

»Und dann bist du ihr gefolgt, hast gesehen, dass sie schon wieder mit ihrem Mann im Bett gewesen ist, und warst darüber so wütend, dass du sie direkt im Anschluss vergewaltigt und erdrosselt hast!«, präsentierte Hedda ihre neueste Theorie zum Ablauf der Mordnacht.

»NEIN!« Entsetzt schaute Kevin Hedda an. »Ich hätte ihr niemals etwas angetan. An dem Abend, an dem sie das Camp verlassen hat, habe ich begriffen, dass ich endlich von ihr loskommen muss. Sie war meine Droge, so wie der Sex ihre war. Doch im Gegensatz zu ihr wollte ich es schaffen und entschied mich, die Zeit im Camp durchzuziehen und so ein für alle Mal mit Elske abzuschließen.«

»Was dir aber nicht geglückt ist!«, warf Hedda ein und dachte dabei an den Monolog, den sie unter dem Bett mit angehört hatte.

»Das stimmt, ich liebe sie immer noch!«, gab Kevin kleinlaut zu. Seine Augen glänzten vor Feuchtigkeit. »Ich würde alles dafür geben, um sie wieder lebendig zu machen. Auch wenn ich sie nicht haben kann, so kann ich mir eine Welt ohne sie noch immer nicht vorstellen.« Er wischte sich eine Träne aus dem Augenwinkel.

»Mal angenommen, du hast sie wirklich nicht ermordet.« Hedda schaute den Wikinger-Nerd aus zusammengekniffenen Augen prüfend an. »Wieso durftest du als Einziger länger als zwei Wochen im Camp bleiben und welches Geheimnis habt ihr beide?« Sie schaute zu Frieso hinüber, der das ganze Gespräch bis hierhin mit verfinsterter Miene verfolgt hatte. »Ist er Elskes Mörder? Hast du ihn beauftragt, deine große Liebe zu töten, damit du für die Tatzeit von den übrigen Campbewohnern ein Alibi bekommen konntest?«

»Jetzt reicht's aber!«, griff jetzt Frieso in das Gespräch ein. »Wenn unsere kleine Hobbydetektivin hier bei der Polizei arbeiten würde, wüsste sie, dass auch ich für die Tatnacht ein Alibi habe. Ich war, genauso wie Kevin, die ganze Zeit über im Camp. Können Sie diesem Theater jetzt bitte ein Ende setzen?« Er schaute die anwesenden Polizeibeamten auffordernd an, machte dabei einen Schritt nach vorne, kniete sich neben den ausgeschütteten Sandhaufen, stopfte die Thermoskanne in den roten Sack zurück und zog die Schnüre zu.

»Welches Geheimnis haben Sie dann? Haben Sie vielleicht etwas mit meiner Entführung zu tun?« Enno schaute Kevin entschlossen an.

Kevins Augen weiteten sich. »Entführung? Damit habe ich auch nichts zu tun.«

»Halt die Klappe, Kevin. Der Urlaubscop und seine kleine *Miss Marple* wissen gar nichts und fantasieren sich deshalb irgendwelche Räuberpistolen zusammen«, zischte Frieso zwischen zusammengepressten Zähnen hervor.

»Ich will aber nicht ins Gefängnis! Du hast gesagt, ich hätte nichts zu befürchten, müsste nur meine Klappe halten. Doch jetzt stehen hier ein Haufen Polizisten und reden von Mord und Entführung. Wer weiß, was die noch alles herausgefunden haben.« Panisch zuckten Kevins Augen zwischen den übrigen Anwesenden hin und her.

11. Kapitel

Sackgasse

Nachdem Kevin den Polizisten gestern erklärt hatte, dass er kurz vor seinem eigentlichen Abschiedsmarsch in seinem Sandsack einen Behälter mit einer eigenartigen Substanz gefunden hatte, waren die Beamten bereits hellhörig geworden. Als er dann wenig später auch noch berichtete, dass er, nachdem er Frieso auf seinen Fund angesprochen hatte, als Gegenleistung für sein Schweigen von diesem ein dauerhaftes und kostenloses Wohnrecht im Camp angeboten bekommen hatte, verfestigte sich der Anfangsverdacht der Beamten.

»Ich war obdachlos und zudem hatte ich wirklich Angst vor Frieso«, gestand Kevin den Beamten und zitterte dabei wie Espenlaub. »Er hat mir immer wieder gedroht, der Polizei zu erzählen, dass Elske sich mir überhaupt nicht aufgedrängt hat, sondern dass es in Wirklichkeit genau andersherum war. Dabei war es doch von Anfang an seine Idee gewesen, der Polizei die Wahrheit zu verschweigen. Damals hatte er so getan, als ob er mich nur beschützen wollte. Er meinte nämlich, die hätten mich ansonsten wegen Mordverdacht sofort verhaftet. Dabei glaube ich mittlerweile, dass es ihm nur darum ging, die Polizei von seinem Camp fernzuhalten, damit seine Drogengeschäfte nicht auffliegen würden.«

»Du verdammtes Arschloch!«, schrie Frieso ihn daraufhin an. Im letzten Moment konnte er von zwei Polizisten daran gehindert werden, Kevin ins Gesicht zu schlagen.

Nachdem die Beamten Frieso sicherheitshalber Handschellen angelegt hatten, hatten sie den roten Sack, in dem er die Thermoskanne wieder sorgfältig unter dem Sand versteckt hatte, erneut geöffnet und den verdächtigen Gegenstand konfisziert. Anschließend führte Hedda die Gruppe in Friesos Büro, um nachzusehen, was er dort hinter dem Bücherregal versteckt hielt. Ursprünglich vermuteten sie und die Polizisten dort ein geheimes Versteck für weitere Behälter oder Substanzen. Doch tatsächlich befand sich hinter den Büchern lediglich die frei zugängliche Rückseite der Spinde, in denen im Nebenraum die neuen Campbewohner ihre persönlichen Sachen einschließen mussten.

So ist Frieso also dahintergekommen, dass Frederik in Wirklichkeit Journalist ist. Wahrscheinlich hat er in seinem Spind einen Presseausweis oder ein anderes verräterisches Beweismittel entdeckt, mutmaßte Hedda. Sie konnte sich noch genau daran erinnern, wie schwer es Frederik gefallen war, sich bei seinem Einzug von seinem Brustbeutel zu trennen. *Zum Glück habe ich meinen gefälschten Presseausweis in der Ferienwohnung gelassen, nachdem er mir beim Erstgespräch ja schon direkt vor Friesos Füße gefallen ist.*

Die geheimnisvolle Substanz, Friesos aggressives Verhalten und der geheime Zugang zu den persönlichen Gegenständen der Campbewohner reichten den Beamten als Verdachtsmomente aus, um neben der Thermoskanne auch noch Friesos Laptop samt Boot-Stick zu konfiszieren.

Nachdem die Polizisten Frieso und Kevin in ihren Dienstfahrzeugen verstaut hatten und mit ihnen davongefahren waren, standen Hedda und Enno plötzlich ganz alleine vor dem Anwesen des Vereins.

»Und jetzt?«, fragte Hedda und schaute Enno dabei unsicher an.

»Jetzt fahren wir zurück zu unserer Ferienwohnung und schauen nach, ob unsere Sachen noch da sind«, antwortete er schulterzuckend. Eigentlich hätten sie nämlich bereits vor mehreren Stunden ihr Urlaubsdomizil verlassen müssen. Dann nahm er Hedda in seine Arme und küsste sie.

Doch Hedda und Enno hatten gleich doppeltes Glück. Erstens hatte der Vermieter ihnen die Geschichte mit der Entführung und den polizeilichen Ermittlungen sofort geglaubt und war daher auch nicht verärgert darüber, dass die beiden die Wohnung nicht wie vereinbart bereits am Vormittag um zehn Uhr geräumt hatten. Zweitens hatten die Nachmieter der Wohnung, ein älteres Ehepaar aus Nordrhein-Westfalen, ihren Urlaub kurzfristig aus gesundheitlichen Gründen stornieren müssen. So war er am Ende sogar froh darüber, dass Enno und Hedda ihren Aufenthalt spontan für zwei weitere Nächte verlängerten.

***

Ihre Füße schmerzten und ihr Rücken tat unendlich weh. In gebeugter Körperhaltung und mit einem roten, prall gefüllten Sandsack über der Schulter betrat Hedda die kleine Fähre, die sie von Emden zu ihrem Ziel nach Delfzijl in den Niederlanden bringen sollte. Erschöpft ließ sie sich auf eine der Bänke fallen und stellte den Sandsack neben sich ab.

Im selben Moment setzte sich das Schiff in Bewegung. Verunsichert schaute Hedda sich um. Außer ihr schien kein anderer Passagier an Bord zu sein. Sie ließ den Sandsack einfach liegen und ging ein paar Schritte über Deck, um nachzusehen, ob sich die übrigen Fahrgäste eventuell alle für die andere Seite der Fähre entschieden hatten. Doch auch hier war niemand.

Hedda wurde unruhig. Sie ging zur Kommandobrücke und klopfte gegen die Tür. Wie von Geisterhand schwang diese auf und gab ihr den Zutritt frei. Erschrocken musste sie feststellen, dass sich auch hier keine Menschenseele befand. Das Steuerrad bewegte sich jedoch so stark hin und her, dass dies für Hedda nicht mit den kaum vorhandenen Wellen zu erklären war.

Sie packte das Steuer und versuchte es gerade zu halten. Doch sie war einfach nicht stark genug. Durch die Frontscheibe der Kajüte sah sie auf die still ruhende Nordsee hinaus. Doch plötzlich erhoben sich die kaum wahrnehmbaren Wellen zu meterhohen Wänden, die mit brachialer Gewalt auf den Bug der Fähre einschlugen. Hedda spürte etwas Feuchtes an ihren Knöcheln. Sie schaute an sich herunter und musste feststellen, dass die Kabine mit einer blutroten Flüssigkeit vollgelaufen war.

Panisch ließ sie das Steuerrad für einen Augenblick los und schrie um Hilfe. In diesem Moment wurde die Tür zur Führerkabine erneut aufgestoßen. »Was hast du getan?«, hörte sie eine vorwurfsvolle Stimme sagen.

Hedda schaute in Richtung Tür. Dort stand Elske und fixierte sie mit einem leblosen Blick. Ihr Körper war nackt und leichenbleich. Aus dem Würgemal an ihrem Hals floss das Blut ihre Brüste hinab. Sie legte ihre rechte Hand oberhalb ihrer linken Brust ab. »Was hast du getan?«, wiederholte sie ihre anklagende Frage.

Hedda riss die Augen auf. Sie saß aufrecht in ihrem Bett. Ihr Herz pochte wie verrückt und ihr kompletter Oberkörper war mit Schweiß benetzt.

»Schon wieder ein Albtraum?« Enno hatte sich sofort neben sie gesetzt und sie in den Arm genommen.

Hedda nickte. Sie war viel zu sehr außer Atem, um ihm eine ausführlichere Antwort geben zu können. Nach einem Blick auf die Uhr entschied sie, aufzustehen. Warum plagten sie gerade jetzt wieder diese Albträume? War sich ihr Unterbewusstsein bereits sicher, dass weder Frieso noch Kevin etwas mit dem Mord an Elske Husmann zu tun hatten?

Als Hedda aus der Dusche kam, stand Enno neben dem gedeckten Frühstückstisch, ging ihr entgegen und nahm sie bei den Händen. »Setz dich, es gibt Neuigkeiten!«

Sie setzte sich an den Tisch und schaute Enno gebannt an. »Und? Erzähl schon!«

Enno holte tief Luft. »Fiona hat mich gerade angerufen, als du unter der Dusche warst.«

Hedda bemühte sich vergeblich, bei dem Namen der hübschen Polizistin nicht genervt die Augen zu verdrehen.

»Sie haben die Daten aus dem Laptop ausgewertet. Dieser Frieso hatte echt allen Grund, diese Informationen vor fremden Blicken geheim zu halten.«

»War ein Video von Elskes Mord auf dem Rechner?«, unterbrach Hedda ihn aufgeregt.

»Nein, das leider nicht. Aber es waren Informationen über den Verein und seine eigentlichen Ziele abgespeichert. Demnach hat Tomke – du weißt schon, der Masseur aus der Pension, der ebenfalls den Verein mitgegründet hat – eine neuartige synthetische Droge entwickelt, die, nachdem sie auf die Haut aufgetragen wurde, orgasmusähnliche Reaktionen hervorruft. Das Produkt befand sich noch in der Testphase. Tomke hat es an den Gästen der Pension und den Campbewohnern ausprobiert und dazu detaillierte Auswertungen abgespeichert, die alle auch auf dem Laptop von Frieso zu finden waren.«

»Das war also die Flüssigkeit in der Thermoskanne. Aber warum mussten die Campbewohner die Droge über die Grenze in die Niederlande schaffen? Der deutsche Absatzmarkt ist doch wesentlich größer. Warum sind die beiden zu einer so frühen Phase ein zusätzliches Risiko eingegangen, entdeckt zu werden?«

»Nach der bisherigen Auswertung der Daten vermuten wir, dass als Absatzmärkte auch Asien und die USA vorgesehen waren.

Frieso hat offensichtlich einen Kontaktmann in den Niederlanden aufgetan, der sowohl die Finanzierung größerer Produktionsmengen als auch den weltweiten Vertrieb übernehmen wollte. Gemäß den E-Mails, die er mit seinem niederländischen Geschäftspartner ausgetauscht hat, verfügt dieser wohl über exzellente Kontakte im Rotterdamer Hafen. Bevor er jedoch wirklich in das Geschäftsmodell investieren wollte, verlangte er Beweise für die Wirksamkeit des Rauschmittels. Den Verein haben Frieso und Tomke nur zur Tarnung gegründet, um über den Fährweg die Proben an ihren Kontaktmann in Holland transportieren zu können«, erklärte Enno weiter.

»Aber wenn die Campmitglieder nicht in die Sache eingeweiht waren, wie konnte dann der Kontaktmann die Drogen an sich nehmen?«, überlegte Hedda.

»Nach dem Marsch hat Frieso seine Leute immer in Delfzijl abgeholt, um sie mit dem Auto zurück nach Norddeich zu bringen. Dabei hat er vermutlich den Sandsack heimlich ausgetauscht und die Schmuggelware an ihn oder einen seiner Strohmänner übergeben«, mutmaßte Enno.

Ennos Worte leuchteten Hedda ein. Doch sie war bereits mit der nächsten Frage beschäftigt. »Aber wie konnten sich die beiden das leisten? Hat der Kontaktmann ihnen die Immobilie in Norddeich gekauft? Die war doch sicher sauteuer.«

»Nein, die Immobilie gehörte Friesos Großeltern. Er hat sie nach deren Tod geerbt und dem Verein zur kostenlosen Nutzung überlassen.«

»Aber das ist doch verrückt. Ist er damit nicht das Risiko eingegangen, dass zumindest das Finanzamt auf ihn aufmerksam wird?« Hedda schüttelte verständnislos den Kopf.

»Genau das war sein Plan. Er wollte möglichst auffällig sein, um am Ende unauffällig agieren zu können«, bestätigte Enno.

»Das verstehe ich nicht!«

»Wenn du Menschen siehst, die bei Tageslicht an einer belebten Straße den Inhalt einer Wohnung in einen LKW umladen, woran denkst du dann?« Enno wollte versuchen, Hedda seine Erläuterungen anhand eines Beispiels zu erklären.

»Na, an einen Umzug wahrscheinlich.«

»Und genau das machen sich manche Verbrecher zunutze. Wer würde in solch einer Situation schon darauf kommen, die Polizei über einen möglichen Einbruchdiebstahl zu verständigen?«

»Deshalb also auch die roten auffälligen Sandsäcke«, kombinierte Hedda weiter.

»Genau!«, bestätigte Enno. »In den ersten Monaten war da wirklich nur Sand drin. Frieso hat genau aufgezeichnet, wie oft die Campmitglieder beim Überqueren der Grenze vom Zoll angehalten wurden, ob der Sandsack geleert oder mithilfe von Spürhunden untersucht worden ist. Mit der Zeit wurden die Kontrollen immer weniger, bis sie schließlich ganz aufhörten. Man kannte ja die *Spinner* aus dem komischen Verein bereits.«

»Und ab da hat er angefangen, die Säcke als trojanische Pferde zu benutzen.«

Enno nickte. »Man hat den Masseur bereits festgenommen. Die Kollegen hoffen, dass die beiden mit ihnen kooperieren, um so vielleicht den anonymen Kontaktmann in den Niederlanden auffliegen lassen zu können.«

»Und der Mord an Elske Husmann?«, fragte Hedda traurig.

»Die Polizei will die Alibis von Frieso und Kevin erneut überprüfen. Zudem wollen sie auch Lathan James und seinen Lebensgefährten Tomke unter die Lupe nehmen, um sie als Täter definitiv ausschließen zu können.«

»Und wenn die Überprüfung keine neuen Erkenntnisse ergibt?«

»Dann kommt neben Renke Husmann nur noch ein unbekannter Dritter als Mörder infrage, mit dem Elske eventuell mal eine sexuelle Affäre gehabt haben könnte.« Enno zuckte ratlos mit den Schultern. Sie standen mit ihren Ermittlungen wieder genau dort, wo sie einmal angefangen hatten.

***

Hedda und Enno hatten beschlossen, ihren letzten Nachmittag in Norddeich mit einem ausgedehnten Spaziergang zu verbringen. Die Sonne lachte von einem wolkenfreien blauen Himmel. Noch einmal liefen sie über den Deich, passierten die Drachenwiese und schlenderten den Strand entlang.

Nach einem kurzen Zwischenstopp in einer Eisdiele, in der sie sich in einem der Strandkörbe ausruhten und gemeinsam ein

Spaghettieis aßen, schlenderten sie weiter durch die diversen Straßen mit ihren unzähligen Ferienwohnungen und kleinen Hotels. Dabei redeten sie nicht viel, denn beide waren in Gedanken noch immer mit dem Mordfall Elske Husmann beschäftigt. Doch ebenso hatten sie sich beide vorgenommen, dem anderen nicht den letzten Urlaubstag damit zu vermiesen, dass man nur noch über die vermeintlich missglückten Ermittlungen sprach.

»Schau mal!«, sagte Enno und riss Hedda so aus ihren trüben Gedanken. Er zeigte auf ein Schild, das im Vorgarten eines Einfamilienhauses aufgestellt worden war.

»Open-House-Veranstaltung«, las Hedda den Schriftzug laut vor. »Was soll das sein?«

»Das kennst du nicht?« Enno verzog sein Gesicht zu einem skeptischen Grinsen. »Die Idee kommt aus Amerika. Zu einer bestimmten Zeit können sich mehrere Interessenten eine Immobilie gleichzeitig ansehen. Wahrscheinlich steht das Haus zum Verkauf. Wollen wir es uns mal ansehen?«

»Aber wir haben doch überhaupt kein Geld für eine Immobilie. Und außerdem arbeiten wir doch beide in Moormerland. Da wäre doch der Arbeitsweg auch viel zu weit.«

Enno entfuhr ein theatralischer Seufzer. »Ich will doch auch nur aus reiner Neugierde da rein.«

Hedda dachte nach. Neugierig war sie zwar auch, aber was war, wenn sie der Besitzer ansprechen würde? Könnte er nicht verärgert sein, wenn Leute einfach nur zum puren Zeitvertreib durch sein Haus latschten?

»Wenn wir angesprochen werden, können wir uns doch einfach eine spontane Geschichte einfallen lassen. Das macht bestimmt Spaß!« Auffordernd ging Enno zwei Schritte voraus.

Ist das wirklich Enno?, fragte Hedda sich schmunzelnd. So spontan und übermütig kannte sie ihren Freund ja noch gar nicht.

Die Haustür stand offen. Neugierig betraten Hedda und Enno das Gebäude und schauten sich sofort überall um. Der Flur war ungewöhnlich groß. Durch das Fenster im Giebel und das Oberlicht der Haustür fiel angenehm viel Sonnenlicht. Ein großer Spiegel an der Wand ließ den Hausflur zudem noch größer erscheinen. An der gegenüberliegenden Wand hing eine antik aussehende Garderobe.

Aus den angrenzenden Räumen und aus dem Obergeschoss hörten sie die Stimmen der bereits anwesenden Besucher. Auf einem kleinen Stehtisch, wie Hedda zuletzt einen auf ihrer Begrüßungsparty in Neermoor gesehen hatte, standen mehrere Gläser, die entweder mit Orangensaft oder Sekt gefüllt waren.

»Moin! Herzlich willkommen zu unserer Open-House-Veranstaltung. Oder wie wir Ostfriesen sagen: Open Huus.« Ein schlanker, etwa fünfzig Jahre alter Mann mit Halbglatze kam auf Enno und Hedda zu. »Mein Name ist Christian, und noch bin ich der Eigentümer dieser wunderschönen Immobilie.« Er lächelte freundlich und reichte beiden ein Sektglas.

»Für meine Frau bitte lieber O-Saft. Sie ist schwanger, wissen Sie.« Mit einem stolzen Lächeln auf den Lippen nahm Enno Hedda das Glas aus der Hand und tauschte es gegen eine Variante ohne Alkohol.

Unwillkürlich schaute Christian auf Heddas flachen Bauch.

»Wir wissen es auch erst seit gestern«, schob Enno deshalb noch schnell hinterher.

Mit leicht offen stehendem Mund nahm Hedda das Glas entgegen. Wenn sie es nicht besser gewusst hätte, hätte sie Ennos strahlenden Gesichtsausdruck ebenfalls als den eines werdenden Vaters interpretiert. *Er kann ein richtig guter Schauspieler sein*, dachte sie und erinnerte sich an seinen bühnenreifen Auftritt, den er im Come2Gether-Club in Esens hingelegt hatte.

»Das ist ja großartig. Herzlichen Glückwunsch!« Der Hausbesitzer nahm ohne jede Vorwarnung die vermeintlich werdende Mutter in den Arm.

Über seine Schulter hinweg konnte Hedda direkt in Ennos feistes Gesicht sehen. Er hatte große Mühe, nicht vor Lachen laut loszuprusten.

»Dieses Haus hat Platz für jede Menge Kinder. Meine beiden Jungs hatten ihre Zimmer oben. Und falls es doch noch mehr sein dürfen, lässt sich das Büro im Erdgeschoss sicherlich auch als Kinderzimmer umfunktionieren.« Ungefragt drängte sich Christian zwischen die beiden, legte ihnen jeweils eine Hand in den Rücken und zog sie mit sich.

Er zeigte ihnen die Küche, das Wohnzimmer, das Gäste-WC und das Büro, ehe er sie die Treppenstufen nach oben führte und ihnen neben den bereits besagten Kinderzimmern auch noch das elterliche Schlafzimmer und das Badezimmer präsentierte.

Das schelmische Lächeln in Ennos Gesicht war zwischenzeitlich verschwunden und auch Hedda quälte das schlechte Gewissen mit jeder Minute mehr. Christian gab sich so viel Mühe, ihnen sein Haus schmackhaft zu machen, ohne dabei auch nur zu ahnen, dass sie es auf gar keinen Fall kaufen würden. Dabei schien er alle übrigen Interessenten vollkommen vergessen zu haben, denn er sprach die ganze Zeit über nur noch mit ihnen.

Wir müssen hier schnell wieder raus, dachte Hedda. »Wie sieht es denn eigentlich mit einer Alarmanlage aus? Mein Mann ist Polizist und berichtet mir fast täglich von irgendwelchen Wohnungseinbrüchen. Gerade jetzt, wo wir doch unseren ersten Nachwuchs erwarten, hat Sicherheit bei uns natürlich oberste Priorität.«

Hedda hoffte, Christian mit dieser Frage aus dem Konzept bringen zu können. Doch der schlagfertige Hausbesitzer schien in seinem Hauptberuf Immobilienmakler zu sein. Ohne auch nur eine Miene dabei zu verziehen, gab er zu, dass sein Objekt keine Alarmanlage besaß. Aber bereits im nächsten Satz wusste er von einem Bekannten zu berichten, der ein entsprechendes Fachgeschäft führte und ihm bereits mehrfach erläutert hatte, wie einfach es heute wäre, sein Haus gegen Diebe zu schützen.

»Und wie sieht es mit der Verriegelung der Türen und Fenster aus?«, kam Enno Hedda zur Hilfe, nachdem er ihren Plan durchschaut hatte.

»Mehrfachverriegelung und Pilzkopfverriegelung. Als Sicherheitsexperte werden Sie mir bestätigen können, dass somit ein wirksamer Schutz vor dem Aushebeln durch Einbrecher gegeben ist.« Mit dem zuversichtlichen Lächeln eines sicheren Siegers schaute er zunächst Enno und dann Hedda an.

»Ah ja«, brummte Enno nachdenklich. Irgendwo musste doch auch dieses Haus noch eine Schwachstelle haben.

»Warum wollen Sie eigentlich hier ausziehen?«, fragte Hedda. Sie glaubte zwar nicht, dass der Eigentümer versehentlich selbst die Schwachstellen seines Objektes preisgeben würde, aber ihr fiel gerade auch keine andere Frage ein.

»Ich habe hier zuletzt überhaupt nicht mehr gewohnt. In den letzten Jahren habe ich das Objekt immer vermietet, aber mit dem letzten Mieter hatte ich nur Ärger. Ich habe Jahre gebraucht, bis ich ihn aus meinem eigenen Haus herausklagen konnte. Können Sie sich das vorstellen?«

Enno und Hedda schüttelten mitfühlend den Kopf.

»Er hat keine Miete gezahlt, den Garten total verwahrlosen lassen und das ganze Haus mit seinem Müll vollgestellt. Es hat mich viel Arbeit und eine ganze Stange Geld gekostet, um es letzten Endes wieder so schön herzurichten.«

»Unglaublich«, sagte Hedda. »Und darum wollen Sie jetzt verkaufen, damit Sie nie wieder so einen Ärger haben?«

»Ganz genau! Noch so einen Mieter würde ich gesundheitlich nicht verkraften. Der Dreckskerl hat auch immer noch drei Hausschlüssel von mir. Aber er behauptet einfach, er hätte mir die Schlüssel längst gegeben. Jetzt darf ich mich also auch noch um die Nacherstellung der Ersatzschlüssel kümmern.« Wütend verschränkte der Hausbesitzer seine Arme vor der Brust. Er hatte sich so sehr in Rage geredet, dass sein Kopf bereits rot angelaufen war.

»Das heißt, Ihr ehemaliger Mieter hat wahrscheinlich noch immer mehrere Schlüssel zu diesem Haus?«, fragte Enno nach.

»Keine Ahnung, wahrscheinlich hat er sie in seinem ganzen Müll einfach nur verloren. Der ist ein echter Messi, wissen Sie. Eigentlich bin ich heilfroh, wenn ich den Kerl nie mehr sehen muss«, schimpfte Christian weiter.

»Aber dann könnte er ja noch jederzeit ins Haus eindringen, wenn er es wollte«, sagte Hedda erschrocken.

***

Nachdem Enno und Hedda das Haus unter einem Vorwand wieder verlassen hatten, gingen sie auf direktem Wege zur Ferienwohnung zurück.

»Du hältst mich jetzt bestimmt für verrückt, aber ich habe da plötzlich so eine Ahnung«, sagte Hedda kleinlaut. Sie hatte wirklich Sorge, dass ihre ständigen Albträume, Gefühle und Visionen auf die Dauer zu viel für ihn werden könnten.

Enno blieb stehen und schaute Hedda fragend an. »Was für eine Ahnung?«

»Hast du noch das Foto von Elskes Leichnam auf deinem Handy?«

»Du meinst das Foto, das die Spurensicherung am Tatort gemacht hat?«

Mit zusammengepressten Lippen nickte Hedda.

Enno steckte seine Hand in die Hosentasche seiner Jeans und zog sein Smartphone heraus. »Ich befürchte, ich habe es tatsächlich noch nicht gelöscht«, murmelte er, während er sich durch die Galerie seiner gespeicherten Fotos wischte. »Da ist es ja!« Er hielt Hedda das Handy hin.

Nachdenklich nahm sie ihm das Gerät aus der Hand, hielt sich das Display dicht vor die Augen und vergrößerte schließlich einen Bildausschnitt. »Siehst du das?« Jetzt hielt sie Enno das Smartphone unter die Nase.

»Du meinst ihre Hand?«

»Nicht die Hand, schau genauer hin!«

Wie ein Mensch, der unter extremer Kurzsichtigkeit litt, hielt Enno sich das Handy vor die Augen. »Sie hat nur den Zeigefinger ausgestreckt«, sagte er nachdenklich. »Meinst du das?«

»Ganz genau!«, bestätigte Hedda. »Und worauf zeigt sie?«

»Auf ihre Schulter?« Ennos Antwort war vielmehr eine Frage. Er verstand nicht, worauf seine Freundin hinauswollte. »Für mich scheint das mit dem Zeigefinger nur ein Zufall zu sein. Bestimmt hat sie im Todeskampf nur versucht, das Kabel von ihrem Hals zu lösen.«

»Oder aber sie hat gewusst, dass sie sterben würde, und wollte uns ein Zeichen geben!«

»Was denn für ein Zeichen?«, fragte Enno verständnislos. »Schaut her, ich bin mit einem Kabel erwürgt worden? Also das war ja nun auch ohne ihren Fingerzeig mehr als offensichtlich!«

»Doch nicht das, du Blödmann!« Hedda wurde langsam ungehalten. Sie fand Ennos flachsigen Kommentar bei diesem ernsten Thema mehr als unangemessen. »Ich glaube, Elske zeigt auf ihr Schlüsselbein. Vielleicht wollte sie uns so sagen, dass ihr Mörder einen Schlüssel zu ihrem Haus gehabt hat.«

Enno legte skeptisch die Stirn in Falten. Er fand Heddas Theorie doch ein wenig weit hergeholt. War Elske in ihrem Todeskampf wirklich in der Lage gewesen, derart überlegt zu handeln? »Mal angenommen, du hättest mit deiner Vermutung recht, dann würde das doch wiederum nur für Renke Husmann als Täter sprechen.«

»Oder für den Vorbesitzer ihres Hauses!«, sagte Hedda.

»Was? Wie kommst du denn jetzt darauf?«

Hedda stemmte die Fäuste in die Seite. »Warst du bei der Hausbesichtigung gerade nicht mit dabei? Was glaubst du, wie oft Vorbesitzer oder ehemalige Mieter Schlüssel verlieren oder in ihrem Besitz behalten, ohne dass deshalb gleich sämtliche Schlösser des Objekts ausgetauscht werden?«

»Das mag ja sein, aber findest du das jetzt nicht ein wenig weit hergeholt? Warum sollte der Vorbesitzer des Hauses dort eingedrungen sein? Nur um Elske zu vergewaltigen und anschließend zu erdrosseln?«

»Machen Morde denn immer Sinn?«, stellte Hedda eine Gegenfrage.

»Das sicher nicht, aber ich halte das einfach für komplett unwahrscheinlich.« Enno zuckte fast schon entschuldigend mit den Schultern.

»Und ich habe da so ein Gefühl, dass da was dran sein könnte«, erwiderte Hedda bockig. »Wir müssen das auf jeden Fall genauer untersuchen.«

»Du und deine Gefühle!« Unbewusst verdrehte Enno die Augen.

»Das habe ich gesehen!«, kommentierte Hedda seine Geste beleidigt.

»Tut mir leid! Aber wie stellst du dir das denn vor? Ich kann doch nicht zu meinen Kollegen gehen und sagen: Meine Freundin hat da so eine Ahnung. Fahrt doch mal zu dem Vorbesitzer des Hauses, lasst euch von ihm genetisches Material geben und vergleicht es dann mit den Spermaspuren des Unbekannten, der in der Mordnacht ebenfalls Sex mit Elske Husmann hatte. Die lachen mich doch aus!« Enno verschränkte die Arme vor der Brust und seufzte schwer.

»Hat mich mein Gefühl etwa auch getäuscht, als ich Okka auf dem Drachenfest getroffen habe?« Wütend schaute Hedda Enno an. Sie war enttäuscht, dass er ihrem Gefühl nicht mehr Vertrauen schenkte.

Enno holte tief Luft. »Nein, das hat es nicht!«, gestand er ein. »Aber das war doch etwas ganz anderes!«

»Wieso war das etwas anderes?«

»Keine Ahnung! Vielleicht war das ja auch nur ein absoluter Zufall! Was weiß denn ich!«

»Dann war es vielleicht auch nur ein absoluter Zufall, dass wir uns mal gut verstanden haben!« Wütend nahm Hedda Tempo auf und versuchte mit schnellen Schritten Distanz zwischen Enno und sich zu bringen. Sie war so außer sich, dass sie ihre Tränen kaum noch zurückhalten konnte. *Warum unterstützt er mich denn nicht?*

»Hedda, nun warte doch!«, rief Enno und ging langsam hinter ihr her.

Doch Hedda wollte nicht warten. So schnell sie konnte, rannte sie um die nächste Hausecke. Sie wollte auf keinen Fall, dass Enno sie weinen sah.

12. Kapitel

Pfingstmarkt der Wahrheit

Hinter Enno und Hedda lag nicht nur ihre letzte Nacht in der Ferienwohnung, sondern auch ihre erste richtige Beziehungskrise. Sie hatten zwar auch schon früher ein paar Male miteinander gestritten, doch dabei war es letztendlich immer nur um Belanglosigkeiten gegangen. Dieses Mal ging es jedoch um sehr viel mehr. Zum allerersten Mal hatte Hedda das Gefühl, dass Enno nicht hinter ihr stand.

Immer wieder hatten sie diskutiert, sich leicht angenähert und dann doch wieder heftig zu streiten begonnen. Hedda sah zwar ein, dass Enno mit seinen nüchternen Argumenten durchaus recht hatte, aber dennoch traf es sie immer noch sehr, dass er ihrem Gefühl einfach nicht mehr Vertrauen schenken konnte.

Die ungewohnte Situation hatte beiden den Schlaf geraubt. Dementsprechend müde waren sie am heutigen Morgen aufgestanden. Nach einem kurzen, schweigsamen Frühstück begannen sie damit, ihre Koffer für die Rückreise zu packen. Sie stritten zwar nicht mehr miteinander, aber dennoch lag eine ungewohnte Distanz zwischen ihnen.

Während Enno das Gepäck in den Kofferraum seines Wagens wuchtete, brachte Hedda den Wohnungsschlüssel zum Vermieter zurück, der direkt auf der anderen Straßenseite wohnte. Dann stiegen beide ein und fuhren los. Die ersten Minuten verbrachten sie dabei schweigend. Dabei dachten beide für sich darüber nach, wie sie wieder zu ihrer gewohnten Normalität zurückfinden konnten.

Am Straßenrand fiel Enno ein Schild ins Auge. »Der Norder Pfingstmarkt – Spaß für die ganze Familie«, las er sich selbst vor. Dann wandte er sich an Hedda: »Wollen wir da noch kurz hin?« Er wollte ihren ersten gemeinsamen Urlaub einfach nicht mit dieser Stimmung enden lassen.

Hedda überlegte kurz. »Warum nicht«, antwortete sie schließlich.

Es war gar nicht so einfach gewesen, einen Parkplatz zu finden. Während die Kirchen zu dieser frühen Tageszeit kaum noch Leute mobilisieren konnten, hatte ein Jahrmarkt wie dieser offensichtlich viel mehr Anziehungskraft.

Händchenhaltend schlenderten Hedda und Enno über den Markt. Überall roch es nach Berlinern, Bratwurst und anderen Leckereien. Da es an jeder Ecke etwas zu entdecken gab, mussten sie auch nicht viel miteinander reden. Das Ponyreiten und die Karussells weckten bei beiden Erinnerungen an ihre Kindheit und ließen ihren gestrigen Streit noch weiter in den Hintergrund treten.

»Zuckerwatte! Die habe ich als Kind immer so gerne gegessen.« Aufgeregt zeigte Hedda auf die diversen Plastikeimer, die alle randvoll und in verschiedenen Farben mit der süßen Versuchung gefüllt waren.

Kommentarlos steuerte Enno auf den Stand zu, nahm einen der Eimer vom Haken und bezahlte ihn beim Verkäufer. Dann reichte er ihn Hedda. »Du bist aber noch viel süßer«, sagte er und lächelte sie dabei glücklich an. Die kleine Zeitreise half beiden, ihren Streit endgültig zu vergessen.

»Danke!« Hedda gab ihm den ersten Kuss des Tages. »Was hast du denn immer gerne auf dem Jahrmarkt gemacht?«

Enno überlegte. »Ich habe gerne mit dem Luftgewehr geschossen und bin Karussell gefahren. Aber am meisten Geld habe ich immer an der Losbude gelassen. Dabei habe ich da nie wirklich etwas gewonnen.«

Hedda schaute sich um. »Vielleicht klappt es ja heute!« Sie packte Enno am Handgelenk und zog ihn mit sich zur Losbude, die sie auf der anderen Straßenseite entdeckt hatte. Dort kaufte sie zehn Lose und überreichte sie Enno. »Ich drücke dir ganz fest die Daumen«, sagte sie und küsste ihn erneut. Es fühlte sich gut an, endlich wieder ganz normal mit ihm umgehen zu können.

Nachdenklich schaute Enno zunächst Hedda und dann die Gewinnauslage der Losbude an. Dann beugte er sich zu einem kleinen Jungen hinunter, der neben ihnen stand und traurig auf seine bereits geöffneten Lose blickte. Heutzutage gab es zwar an den Buden keine Nieten mehr, aber für die allermeisten reichte es natürlich nie zu einem der ersehnten Hauptgewinne. »Hier!«, sagte Enno und reichte ihm seine Lose.

Der Junge schaute ihn skeptisch an. »Sind die für mich?«

Enno nickte. »Ja, ich brauche sie nicht mehr.«

»Wieso denn, willst du denn nicht gewinnen?«

Verliebt schaute Enno kurz zu Hedda hinauf und wandte sich dann wieder dem Jungen zu. »Ich habe meinen Hauptgewinn schon längst bekommen.«

Der Junge verstand zwar nicht, was Enno ihm damit sagen wollte, aber er bedankte sich artig und begann sofort damit, die Lose aufzureißen. »Freie Auswahl! Ich glaube, ich habe gewonnen!«, schrie er auf einmal überglücklich und rannte zu einem der Verkäufer.

Zufrieden schauten Hedda und Enno dabei zu, wie er sich aus der kompletten Auswahl seinen Preis aussuchte.

»Danke!«, sagte er zu Enno und drückte seinen neuen elektronischen Roboter ganz fest an sich.

»Gern geschehen.« Enno lächelte ihn zufrieden an.

Nachdem der Junge jubelnd zu seiner Mutter gelaufen war, die gerade beim Ponyreiten auf dessen kleine Schwester wartete, nahm Hedda Enno bei den Händen, lächelte ihn an und küsste ihn innig.

»Wofür war das denn jetzt?«, fragte Enno überrascht.

»Weil ich dich einfach liebe!«, war Heddas einfache Antwort.

Glücklich lagen sich die beiden in den Armen.

»Was hältst du von einer gemeinsamen Karussellfahrt?«, schlug Hedda vor. »Das habe ich als Kind nämlich auch immer gerne gemacht.«

»Gute Idee!« Enno schaute sich um. Ein paar Meter weiter entdeckte er den *Break Dancer*. »Als Kind war das mein Lieblingsfahrgeschäft.«

Skeptisch betrachtete Hedda die kleinen Gondeln, die wild durch die Gegend geschleudert wurden. Sie hätte sich eigentlich lieber ein etwas ruhigeres Karussell gewünscht, aber das freudige Funkeln in Ennos Augen stimmte sie um. »Okay!«, sagte sie mutig.

Gemeinsam gingen sie auf die Fahrattraktion zu, als sich ihnen plötzlich ein kleinwüchsiger alter Mann in den Weg stellte. »Sie sehen so glücklich zusammen aus. Darf ich Ihnen eine Freifahrt im Riesenrad spendieren?«

Verdutzt schauten sich Hedda und Enno an. »Umsonst?«, fragten beide im Chor.

Der Mann musste den Kopf in den Nacken legen, um den beiden in die Augen schauen zu können. »Wissen Sie, ich habe meine verstorbene Frau auf einem solchen Jahrmarkt kennengelernt. Sie können sich vorstellen, dass es für einen wie mich …« Er machte mit seinen Händen eine präsentierende Geste an seinem Körper entlang. »… gar nicht so einfach war, die passende Frau zu finden. Sie war Mitglied einer Schaustellerfamilie und hat beim Riesenrad die Karten verkauft. Wissen Sie eigentlich, wie viele Karten ich bei ihr kaufen musste, bevor sie endlich eine Runde mit mir gefahren ist?« Er lachte und sein ganzes Gesicht fing an zu strahlen.

»Das kann ich mir vorstellen.« Die romantische Hartnäckigkeit ihres Gesprächspartners zauberte Hedda ebenfalls ein Lächeln auf die Lippen.

»Doch leider ist meine Marie bereits wenige Jahre später bei einem Autounfall gestorben.« Das eben noch so glückliche Gesicht des Mannes sah auf einmal tief traurig aus. »Eine Frau wie sie habe ich mein ganzes Leben lang nicht mehr getroffen.« Bedrückt blickte er zu Boden.

»Das tut mir sehr leid für Sie«, sagte Enno mitfühlend und auch Hedda musste mit zusammengepressten Lippen gegen ihre Tränen ankämpfen.

»Das ist schon in Ordnung. Ich würde mich immer wieder in sie verlieben, auch wenn ich im Voraus bereits wüsste, dass uns nur wenige gemeinsame Jahre vergönnt sind.« Tapfer versuchte er, die Traurigkeit wegzulächeln. »Um mich an sie zu erinnern und das Andenken an unsere große Liebe zu bewahren, gehe ich auf jeden Jahrmarkt in der Gegend, auf dem auch ein Riesenrad zu finden ist, und lade dort ein junges, verliebt aussehendes Paar zu einer Fahrt ein. Würden Sie einem alten Witwer also die Freude machen?« Er streckte ihnen seine offene Hand entgegen, in der einige Euro-Münzen lagen.

»Das machen wir sehr gerne!« Hedda nahm das Geld entgegen, schaute Enno verliebt an und gab ihm einen Kuss. Irgendwie hatte sie das Bedürfnis, dem alten Mann zeigen zu müssen, dass er sich für genau das richtige Paar entschieden hatte.

»Dürfen wir Sie vielleicht einladen, gemeinsam mit uns eine Runde zu drehen?«, fragte Enno.

Verwundert schaute der Kleinwüchsige Enno und Hedda an, dann blinzelte er zwischen ihnen hindurch Richtung Riesenrad. »Ich … nein … Das würde mich zu sehr aufwühlen. Aber ich wünsche Ihnen ganz viel Spaß, Sie haben mir wirklich eine riesige Freude gemacht.« Mit einer tiefen Verbeugung verabschiedete er sich und ging seines Weges.

Hedda und Enno schauten ihm noch kurz hinterher, bis er endgültig hinter einer Menschentraube verschwunden war.

»Ist das nicht traurig?«, seufzte Hedda.

Enno nickte. »Komm, lass uns unser Versprechen einlösen.« Er nahm sie bei der Hand und ging mit ihr zum Riesenrad.

Die Schlange am Kartenschalter war nicht besonders lang. Am Kassenhäuschen stand nur eine Frau mit ihrem etwa dreijährigen Sohn. Als Enno und Hedda sich gerade anstellen wollten, scherte vor ihnen noch ein Mann mit grauen Haaren in die Warteschlange ein. Er trug eine schwarze Jacke, ein grünes Baseball-Cap und eine verspiegelte Sonnenbrille. Eine gelbe Armbinde mit drei schwarzen Punkten darauf und der Stock in seiner Hand machten offensichtlich, dass er blind war.

Die Frau und ihr Sohn gingen zu den Gondeln hinüber, und die hinter ihnen Wartenden rutschten jeweils eine Position nach vorne. Der blinde Mann sprach so laut mit der Frau im Kassenhäuschen, dass Hedda und Enno ihn mühelos verstehen konnten, als er um eine Fahrkarte bat.

»Entschuldigen Sie, aber wenn Sie blind sind, darf ich Sie nicht alleine mitfahren lassen. Das ist einfach zu gefährlich.« Die junge Kassiererin zupfte sich nachdenklich an ihrem mehrfach gepiercten Ohrläppchen.

»Aber was soll mir denn passieren? Ich werde einfach nur dasitzen und auch ganz bestimmt nicht herausspringen«, versuchte der Blinde sie umzustimmen.

Doch die Kartenverkäuferin blieb bei ihrer Aussage.

»Und wenn er mit uns fährt?«, mischte sich Enno in das Gespräch ein.

Die junge Frau schaute über die Schulter des Blinden zu Enno hinüber. »Würden Sie auf ihn aufpassen?«

Enno nickte und die Kassiererin händigte ihm drei Fahrkarten-Chips aus.

»Kommen Sie!« Enno hakte sich bei dem Blinden ein und führte ihn zu einer Gondel, die bereits auf sie wartete.

Als alle drei Platz genommen hatten, begann das Riesenrad sich zu drehen.

»Ich liebe dieses Kribbeln im Bauch.« Der blinde Mann strahlte über das ganze Gesicht. »Vielen Dank, dass Sie mich mitgenommen haben.«

»Gern geschehen«, antwortete Hedda. Sie war zufrieden, innerhalb kürzester Zeit gleich mehrfach etwas für ihr Karma getan zu haben.

»Dürfte ich Sie vielleicht noch um einen weiteren Gefallen bitten?«

Das Riesenrad hatte zwischenzeitlich gestoppt und ihre Gondel schaukelte nun an oberster Position ganz sachte vor sich hin.

»Aber selbstverständlich«, antwortete Enno.

Der Blinde steckte eine Hand in die Tasche seiner Jacke, holte ein Buch heraus und reichte es ihm. »Können Sie mir bitte die markierte Stelle vorlesen?«

Enno nahm das Buch zur Hand, schlug die Seite mit dem Lesezeichen auf und begann, den mit Textmarker gegilbten Absatz vorzulesen. Nachdem er die ersten Sätze noch laut vorgelesen hatte, stockte er plötzlich, las die folgenden Zeilen leise weiter und überflog schließlich den Rest. Dann klappte er das Buch wütend zu und warf es dem Mann vor die Füße. »Was soll das?«, schrie er ihn wütend an.

»Was ist denn los?« Besänftigend legte Hedda ihre Hand auf Ennos Schulter. Sie konnte nicht verstehen, warum er auf einmal so ausrastete.

»Das war eins von diesen Psycho-Rätseln, das mir während meiner Entführung gestellt worden ist«, begann Enno, sein Verhalten zu erklären. In dem Buch war ein Experiment mit einer Eisenbahnweiche beschrieben, das nahezu identisch mit der Aufgabe war, die er während seiner Gefangenschaft lösen musste. »Der Typ hat irgendetwas damit zu tun, und blind ist der mit Sicherheit auch nicht.«

Enno stand so ruckartig von seinem Platz auf, dass die Gondel heftig zu schwanken begann. Sein Versuch, dem Mann die Brille von der Nase zu reißen, misslang jedoch, da dieser, mit einer unerwartet schnellen Handbewegung, Ennos Angriff abwehren konnte. Sein zweiter noch wütenderer Versuch endete damit, dass der vermeintlich Blinde ihm den Arm auf den Rücken drehte und seinen Oberkörper über den Rand der Gondel presste. Mit schmerzverzerrtem Gesicht schaute Enno in die Tiefe hinab. Einen Sturz aus dieser Höhe konnte er nicht überleben.

»Lassen Sie ihn los!«, schrie Hedda panisch. Alles war so furchtbar schnell und überraschend abgelaufen, dass sie die Geschehnisse nur in einer Art Schockstarre miterlebt hatte.

»Können wir jetzt in Ruhe reden?«, fragte der grauhaarige Mann und lockerte seinen Griff ein wenig.

Enno schnaufte wütend, willigte dann aber ein und setzte sich auf seinen Platz zurück.

»Ich kann verstehen, dass Sie wütend auf uns sind«, begann der Mann in ruhiger, monotoner Stimme zu sprechen. »Aber wir mussten Sie testen, bevor wir mit Ihnen in Kontakt treten konnten.«

»Testen? Sie haben versucht mich umzubringen!«

»Wir hatten nie vor, Ihnen etwas anzutun. Aber zugegeben, wir wollten bei Ihnen diesen Eindruck erwecken.«

»Wieso?«

»Wir beobachten Sie schon sehr lange. Seit dem Beginn Ihrer Polizeilaufbahn, um genau zu sein. Ihre Testergebnisse sind uns schon damals aufgefallen.«

»Welche Testergebnisse?«, fragte Enno.

Doch sein Gesprächspartner ging nicht auf seine Frage ein und redete stattdessen einfach weiter. »Wir haben Sie immer im Auge behalten. Aber erst Ihr Mitwirken bei den Mordfällen in Neermoor und auf Langeoog hat uns dazu bewogen, mit Ihnen den Eignungstest zu machen. Wissen Sie eigentlich, dass Sie der jüngste Kandidat sind, der jemals diesen Test machen durfte?«

»Was faseln Sie da eigentlich?«

»Ich bin der Chef einer geheimen Spezialeinheit, die direkt dem Bundesinnenministerium unterstellt ist. Wir sind quasi eine Gruppe aus Undercover-Polizisten und V-Männern, die bei speziellen Einsätzen ihre Arbeit aufnehmen sollen. Bei der Wahrnehmung unserer Aufgaben orientieren wir uns selbstverständlich an geltenden Gesetzen, dürfen diese bei Bedarf aber auch ein wenig anders interpretieren. Ziel ist es, die Fälle so zu lösen, dass wir dabei einem allgemeinen Gerechtigkeitsempfinden entsprechen«, erklärte der Mann weiter.

Enno dachte an die Aufgaben zurück, die ihm während seiner Entführung gestellt worden waren. Deshalb hatte man ihm also all diese merkwürdigen Fragen gestellt. »Und warum gerade ich?« Seine Stimmlage war jetzt deutlich ruhiger und klang eher neugierig als aggressiv.

»Das Ganze ist noch ein Projekt in der Testphase. Wir operieren ausnahmslos in Ostfriesland, da in einer ländlichen Region wie dieser in der Regel nicht so viele Fragen gestellt werden. Die Bevölkerung dieser ländlichen und nicht so dicht besiedelten Gegend nimmt viele Dinge eher als gegeben hin, als es die Menschen in den Großstädten tun würden. Oder haben Sie hier etwa schon oft Großdemonstrationen miterlebt?«

Enno erinnerte sich an die Demonstration in Warsingsfehn, die gegen die Partei für Tradition und Kultur organisiert worden war. Es war allerdings tatsächlich bisher die einzige, die er als Polizist miterlebt hatte. Dementsprechend schüttelte er verneinend den Kopf.

»Während Ihrer fingierten Entführung haben Sie immer einen ruhigen Kopf bewahrt. Auch Ihre Pulswerte beim Lügendetektortest waren beeindruckend. Am meisten hat uns jedoch imponiert, wie Sie immer versucht haben, in Lösungen zu denken. Wie Sie auf der Flucht auf einmal umgedreht sind und unseren Karsten in einen Zweikampf gezwungen haben, war echt der Wahnsinn. Sie haben meinen Kollegen ganz schön überrascht.« Er lächelte breit und machte eine kurze Gedankenpause. »Wir waren schon lange auf der Suche nach einem jungen Mann, der genau diese Fähigkeiten hat. Niemand wird damit rechnen, dass Sie ein V-Mann einer unbekannten Spezialeinheit sein könnten.«

»Eine geheime Spezialeinheit!« Enno schnaufte verächtlich. »Das soll ich Ihnen glauben? So etwas gibt es doch nur in Hollywood.«

»Ach ja«, entgegnete sein Gesprächspartner trocken. »Und was ist mit Doppelagenten, die mit Giftgas ermordet werden, Hackern, die Wahlen manipulieren, oder kritischen Journalisten, die in irgendwelchen Botschaften kaltblütig ermordet werden? Gibt es die etwa auch nur im Kino?«

Verunsichert schaute Enno zu Hedda hinüber. Doch die saß noch immer wie versteinert da und verfolgte das unwirkliche Gespräch der beiden Männer.

»Ihre Freundin kann übrigens auch bei uns anfangen!«

»WAS?«, fragte Enno. Mit dieser Aussage hatte er nun gar nicht gerechnet.

»Wir wollen bei unseren Ermittlungen Wege gehen, die die Polizei nie gehen würde, beziehungsweise nicht gehen dürfte. Frau Böttcher hat in Neermoor und auf Langeoog eindrucksvoll bewiesen, dass sie diese Fähigkeiten genauso besitzt wie Sie«, sagte er an Enno gerichtet. Dann sprach er Hedda direkt an. »Auch Ihre Gefühle, die sich im Zusammenhang mit der Leiche von Elske Husmann erstmalig gezeigt haben, haben uns sehr neugierig gemacht. Wie gesagt, wir schließen bei unserer Arbeit kaum eine Methode von vornherein aus.«

»Woher wissen Sie davon?« Hedda war schlagartig aus ihrer Lähmung erwacht. »Haben Sie uns etwa die ganze Zeit über abgehört und überwacht?«

Nachdenklich rieb sich der Mann über sein schlecht rasiertes Kinn. »Wir haben da halt unsere Methoden.«

»Und wie stellen Sie sich das vor? Soll ich etwa mein sicheres Beamtenverhältnis kündigen, um in Ihrem kleinen Verein anzufangen? Wenn Sie so geheim sind, wie Sie behaupten, wird es ja mit Sicherheit auch keinen Arbeitsvertrag geben, oder?« Enno verschränkte die Arme vor der Brust. »Wer sagt mir denn, dass Sie nicht einfach nur ein verrückter Spinner sind?«

In diesem Moment beugte sich Hedda zu ihm hinüber und flüsterte ihm etwas ins Ohr.

Nachdenklich schaute Enno erst sie und dann den vermeintlichen Geheimdienstchef an. »Das ist eine gute Idee!«, sagte er schließlich zu Hedda.

13. Kapitel

Observation

Nachdem Enno, auf Heddas Vorschlag hin, vom Chef der Spezialeinheit einen Nachweis über die Möglichkeiten der Einsatztruppe verlangt hatte, war alles ganz schnell gegangen. Die restlichen Minuten in der Riesenradgondel hatten ausgereicht, um ihn davon zu überzeugen, dass Elske Husmann in der letzten Minute ihres Lebens eventuell den entscheidenden Hinweis auf ihren Mörder selbst gegeben haben könnte.

Nachdem sie das Fahrgeschäft gemeinsam verlassen hatten, hatte sich der alte Mann mit der Blindenbinde per Handschlag von ihnen verabschiedet und ihnen dabei heimlich ein kleines Handy zukommen lassen. Dabei hatte er sich ihnen als Jörg vorgestellt. Enno bezweifelte jedoch sofort, dass es sich dabei um seinen echten Namen handelte.

Nur eine Stunde später hatte Jörg sie auf dem überreichten Handy angerufen und ihnen den Treffpunkt für den heutigen Nachmittag mitgeteilt. Das stillgelegte Industriegelände schützte die Gruppe zwar vor neugierigen Blicken, aber Enno fragte sich immer wieder, ob sie auch wirklich in Sicherheit waren.

Dementsprechend kostete es insbesondere ihn einiges an Überwindung, erneut in den weißen Lieferwagen zu steigen. Immerhin war es exakt dasselbe Fahrzeug, in dem er noch vor einigen Tagen entführt worden war. Der einzige Unterschied war nur, dass der Wagen jetzt den Schriftzug einer fiktiven Elektrofirma trug.

Es war ja unsere eigene Idee. Und wenn sie uns wirklich etwas antun wollten, hätten sie es sicherlich längst getan, beruhigte Enno sich selbst und setzte einen Fuß auf die Ladefläche. Dort wartete bereits Karsten, der durchtrainierte Einzelkämpfer, der die fünf Kilometer in fünfzehn Minuten laufen konnte. »Moin«, murmelte Enno eine unsichere Begrüßung. Es war schon merkwürdig, den Mann wiederzutreffen, vor dem man vor wenigen Tagen noch in Todesangst davongelaufen war. Er setzte sich neben ihn auf die nachträglich eingebaute Sitzbank.

»Moin!« Hedda kletterte ebenfalls auf die Ladefläche und setzte sich neben Enno. Auf der Gegenseite stand eine Werkbank, auf der ein Computer, Kopfhörer und ein paar andere technische Geräte befestigt worden waren, die Hedda nicht eindeutig zuordnen konnte.

Karsten nickte beiden wortlos zu. Er war ein großer, durchtrainierter Typ mit einer versteinerten Miene. Sein blauer Arbeitsoverall trug den gleichen Schriftzug wie die Außenseite des Bullis.

Das kann ja ein lustiger Nachmittag werden, dachte Hedda.

Der Lieferwagen setzte sich ruckelnd in Bewegung. Jörg saß am Steuer und lenkte das Fahrzeug. Zwischen ihrem Zielort Greetsiel und ihrem Startpunkt in Südbrookmerland lagen etwa vierundzwanzig Kilometer Strecke. Die daraus resultierende halbstündige Fahrt wurde zur reinen Geduldsprobe. Wie drei Fremde in einem beengten Fahrstuhl saßen Hedda, Enno und Karsten auf der Bank und sprachen kaum ein Wort miteinander.

Als der Wagen endlich stoppte, machte sich in der gesamten Gruppe Erleichterung breit. Karsten stand auf und holte einen faustgroßen Gegenstand aus einer der Schubladen, die sich unterhalb der Werkbank befanden. Aus einer weiteren Schublade zog er zwei blaue Overalls. »Hier!«, sagte er und warf Hedda und Enno die Arbeitskleidung entgegen. »Die solltet ihr besser anziehen.«

Hedda faltete das Kleidungsstück auseinander und betrachtete es skeptisch. Es war definitiv einige Nummern zu groß für sie. Dann schaute sie wieder Karsten an, der sie mit seinen kalten Augen erwartungsfroh beobachtete. »Willst du vielleicht zusehen?«, fragte sie genervt und begann damit, sich ihre Jeans von den Beinen zu streifen.

»Nein … Ich …«, begann der Hüne zu stottern. Das Blut, das ihm schlagartig in den Kopf geschossen war, und die Unsicherheit auf seinem bisher vollkommen regungslosen Gesicht verliehen ihm zum allerersten Mal etwas Sympathisches. »Ich muss ohnehin noch etwas erledigen.« Er schaute auf den Gegenstand in seiner Hand, öffnete dann die hinteren Türen des Lieferwagens und stieg aus.

»Hättest du dich jetzt echt vor dem Typen ausgezogen?«, fragte Enno.

»Was denkst du denn?« Hedda grinste ihren Freund frech an.

Nur wenige Minuten später kam Karsten zurück. Bevor er jedoch wieder zu Hedda und Enno in das Fahrzeug kletterte, klopfte er zunächst von außen an.

»Was hast du denn mit dem komischen Ding gemacht?«, fragte Hedda. Sie war neugierig, hatte sich aber zudem fest vorgenommen, das angespannte Klima zwischen ihnen und Karsten endlich abzubauen. Immerhin waren sie vielleicht zukünftig so etwas wie Kollegen.

»Das war ein WLAN-Verstärker. Ich habe ihn im Elektrofachhandel gekauft und einen externen Akku daran montiert. Das Ding habe ich gerade im Vorgarten unserer Zielperson versteckt. So bekommt das Signal aus dem Haus eine Reichweite, die es uns erlaubt, außerhalb der Sichtweite unserer Zielperson zu parken. Das macht unsere Observation deutlich unauffälliger.« Karsten schaltete den Computer ein und setzte sich einen der Kopfhörer auf.

Der Typ scheint nicht nur eine dumpfe Kampfmaschine zu sein, sondern hat anscheinend doch noch mehr auf dem Kasten, war Hedda beeindruckt. Ungefragt nahm sie sich ebenfalls einen der Kopfhörer und setzte ihn auf.

»Was machen wir jetzt genau?«, fragte Enno. Auch er hatte jetzt einen Kopfhörer auf den Ohren, vernahm aber lediglich dumpfes Rauschen.

»Über das WLAN-Netz versuche ich mir jetzt Zugriff zu den internetfähigen Geräten im Haus zu verschaffen.« Hochkonzentriert hämmerte Karsten auf der Tastatur herum.

»Ist das denn legal?«, fragte Enno.

Karsten hörte kurz auf zu tippen, bedachte Enno mit einem verkniffenen Blick und machte dann einfach weiter, ohne auf seine Frage einzugehen.

»Wir wollten doch einen Beweis für die Einsatzfähigkeit und die Kompetenz dieser Spezialeinheit«, übernahm Hedda schulterzuckend die Antwort und legte Enno eine Hand auf sein Knie. Sie fand die ganze Situation furchtbar aufregend.

Plötzlich knackte es in ihren Kopfhörern und kurz darauf vernahmen sie Stimmen, die zunächst leise und dann immer lauter wurden. Zum Schluss hörte es sich an, als säßen sie mit den Bewohnern direkt im Haus.

Karsten nahm ein Funkgerät von der Arbeitsplatte. »Akustik steht«, sprach er hinein und legte es sofort wieder zur Seite, um sich anschließend wieder intensiv der Tastatur zu widmen.

»Kann man über das WLAN-Netz Leute belauschen?«, fragte Enno ungläubig.

»Nein, darum hat sich der Chef gekümmert«, antwortete Karsten, ohne dabei aufzusehen. Wenige Sekunden später öffneten sich mehrere Fenster auf dem Computerbildschirm. Erneut nahm er das Funkgerät zur Hand. »Ich habe Verbindung zu zwei Handys und einem Tablet. Starte Analyse-Software.«

Gebannt schauten Hedda und Enno auf den Monitor. »Was genau passiert da jetzt gerade?«, fragte Enno. Sie wurden aus den Prozessen, die jetzt in einer wahnsinnigen Geschwindigkeit über den Rechner flimmerten, einfach nicht schlau.

»Das Programm scannt sämtliche Dateien, Fotos und Videos nach bestimmten Schlagworten und Bildsequenzen. Alles, was mit Gewalt, Straftaten oder Sex jeglicher Art zu tun hat, wird vom Programm herausgefiltert«, erklärte Karsten die Funktionsweise der Software.

»Wo kann man denn so etwas kaufen? Oder lädt man das einfach im App-Store herunter?«, scherzte Hedda.

Verständnislos schaute Karsten sie an. Er schien keine besonders feinen Antennen für Humor zu haben. »So etwas kann man nicht kaufen, das Programm habe ich selbst geschrieben«, entgegnete er trocken.

Hedda nickte anerkennend. Sie war gespannt, wie viele Geheimnisse sich noch hinter der Fassade des vermeintlich geistlosen Kampfsportlers verbargen.

Die kommenden Stunden verbrachten die drei damit, die belanglosen Gespräche des Ehepaares zu belauschen, das einst seine Immobilie in Norddeich an Elske und Renke Husmann verkauft hatte. Gelegentlich vermeldete die Analyse-Software einen Treffer. Jedoch handelte es sich dabei meist nur um schmuddelige Fotos und Videos, die nahezu ausschließlich auf einem einzigen Mobiltelefon abgespeichert waren. Anhaltspunkte für eine Straftat oder gar den Mord an Elske Husmann fanden sie aber leider keine.

Gelegentlich kam Jörg zu ihnen in den Wagen geklettert und fragte nach Neuigkeiten. Ansonsten war er draußen damit beschäftigt, den Anschein eines hart arbeitenden Technikers zu mimen, der fieberhaft nach einem Fehler im Verteilerkasten suchte. »Es ist jetzt siebzehn Uhr dreißig. In spätestens einer halben Stunde müssen wir die Aktion abbrechen«, sagte er schulterzuckend. »Ich glaube nicht, dass wir auf der richtigen Spur sind.« Bestätigung suchend, schaute er Hedda an.

»Wenn wir doch wenigstens noch den PC überprüfen könnten. Neben den mobilen Geräten gibt es doch mit Sicherheit auch noch einen stationären Rechner im Haus«, schnaufte Hedda unzufrieden.

Jörg schaute Karsten fragend an.

»Wenn die einen Computer haben, komme ich da erst ran, wenn sie das Gerät anschalten und es sich mit dem WLAN-Netzwerk verbindet«, beantwortete Karsten den fragenden Blick seines Vorgesetzten.

»Moment mal, da tut sich was!«, unterbrach Enno das Gespräch und presste beide Hände auf seine Kopfhörer, um so die Außengeräusche noch besser abzuschirmen.

Hedda, Karsten und auch Jörg taten es ihm gleich.

»Ich gehe in den Keller schwimmen!«, hörten sie die Frau des Hauses rufen. »Kommst du mit?«

»Nein, heute lieber nicht. Ich fühle mich irgendwie nicht so gut!«, rief der Mann zurück. »Ich gehe nach oben und werde ein wenig lesen.«

»Das war's dann wohl. Da passiert heute gar nichts mehr«, sagte Karsten und streifte sich enttäuscht die Kopfhörer wieder ab.

»Was ist das?«, fragte Hedda. Auf dem Monitor hatte sich plötzlich ein viertes Fenster geöffnet.

Hektisch setzte sich Karsten die Kopfhörer wieder auf. »Der Typ hat gelogen. Er liest nicht, sondern hat sich vor seinen Computer gesetzt.«

»Wie viel Zeit brauchst du für den vollständigen Scan von einem PC?«, fragte Jörg.

»Das kommt auf die Datenmenge an. Aber normalerweise sind das schon einige Stunden.«

Nachdenklich schauten die beiden Männer sich an, während Enno gebannt auf die immer wieder wechselnden Zeichen und Buchstaben in dem vierten Fenster schaute.

»Können wir uns ansehen, was er gerade am Computer macht?«, fragte Hedda, einer inneren Eingebung folgend.

»Kein Problem!« Karsten drückte eine der Funktionstasten auf seiner Tastatur und maximierte anschließend mit einem Mausklick das vierte Fenster.

Auf dem Monitor war das Dateisystem der Festplatte zu sehen. Der Mauszeiger huschte wie von Geisterhand über den Bildschirm. Auf dem Computer im Lieferwagen war jetzt genau das gleiche Bild zu sehen, das der Verdächtige im selben Augenblick ebenfalls vor sich sah.

Er verzweigte sich durch ein wahres Labyrinth von Ordnern und Unterordnern, bis er schließlich per Doppelklick eine Video-Datei öffnete, die den Namen *Bundesliga_Highlights* trug.

»Das ist nicht wahr, der Typ will sich jetzt doch nicht ernsthaft Fußball ansehen?«, stöhnte Karsten genervt auf, verschränkte die Hände hinter seinem Kopf und ließ ihn in den Nacken fallen.

»Warum sichert jemand ein Fußball-Video mit einem Passwort?«, fragte Hedda ungläubig in die Männerrunde.

»Weil darauf mit Sicherheit kein Fußball zu sehen ist«, antworteten alle Männer im Chor und beobachteten jetzt wieder aufmerksam den Bildschirm.

***

Nervös schaute Wolfgang Harms sich noch einmal um, auch wenn er die Bürotür sicherheitshalber abgeschlossen hatte. Er öffnete mit der Maus ein weiteres Fenster auf seinem Monitor, minimierte es und schob es in die rechte obere Ecke des Bildschirms. Das Live-Video zeigte ihm die Bilder aus dem Keller des Hauses, in dem seine Frau gerade in das beheizte Wasser des Schwimmbeckens stieg. Sie wusste nichts von der Kamera, die er unterhalb der Kellerdecke versteckt hatte. Als ehemaliger Besitzer mehrerer Geschäfte für Sicherheits- und Überwachungstechnik wusste er genau, wo er die Kamera anbringen musste, damit sie seiner Frau niemals auffallen würde. Einen kurzen Moment lang sah er ihr noch zu, wie sie ihre Bahnen zog. In der Regel blieb sie mindestens dreißig Minuten im Wasser. Genug Zeit, um sich seiner Leidenschaft hingeben zu können.

Eigentlich hatte er ein gutes Leben. Durch seine Selbstständigkeit und den späteren Verkauf der Filialkette sowie durch eine größere Erbschaft seiner Frau hatten sie keinerlei finanzielle Sorgen. Ihre

Bankkonten waren prall gefüllt und zudem besaßen sie ein beträchtliches Immobilienvermögen entlang der kompletten Nordseeküste. Auch mit seiner Frau hatte er es an sich ganz gut getroffen. Sie war ruhig, genügsam und nicht besonders kuschelbedürftig. Und wenn sie doch einmal mit ihm ins Bett wollte, hatte sie auch nichts dagegen, wenn es dabei etwas heftiger zur Sache ging.

Eigentlich hätte Wolfgang Harms also glücklich sein müssen, wäre da nicht dieses Gefühl, das ihn bereits in seiner Kindheit nicht loslassen wollte. Er wusste schon damals, dass es nicht richtig war, den kleinen Fröschen, die er im Graben hinter dem Elternhaus gefangen hatte, bei lebendigem Leib die Beine auszureißen. Er wusste auch, dass es falsch gewesen war, der Nachbarskatze mit dem Küchenmesser ein Auge auszustechen oder dem zugelaufenen kleinen Hund mit einem Backstein die Pfote zu zertrümmern. Trotzdem hatte er es tun müssen.

Mit Beginn der Pubertät übertrugen sich seine Fantasien immer mehr auf Mädchen in seinem Alter. Er wollte seinen ersten Sex, genau wie alle anderen Jungen in seiner Klasse. Aber er wollte seine Partnerinnen dabei auch fesseln, quälen und erniedrigen. Seine Tötungsfantasien kamen allerdings erst hinzu, als er bereits erwachsen war. Unzählige Male hatte er sich bereits vorgestellt, seine Frau während des Geschlechtsakts zu erdrosseln oder mit einer Plastiktüte zu ersticken.

Aber er war nicht dumm und wusste, dass er mit einer solchen Tat niemals davonkommen würde. Darum schaffte er es irgendwie, seine Fantasien zu unterdrücken und sie wirklich nur in seinem Kopf wahr werden zu lassen. Das Aufkommen des Internets – und die parallel dazu stattfindende Entwicklung des Darknets – gab ihm dabei zudem ein weiteres Ventil. Hier konnte er anderen dabei zusehen, wie sie ihrem Verlangen nachgaben, Frauen quälten und sogar töteten. Auch wenn es ihm schwerfiel, ihren Vorbildern nicht zu folgen, blieb er dennoch vernünftig.

Doch dann war da dieser Tag vor wenigen Wochen. Er war eigentlich nur nach Norddeich gefahren, um in einem seiner ehemaligen Häuser mal wieder die aktuellen Video-Sequenzen herunterzuladen. Da seine Frau nicht viel vom Geschäft verstand, überließ sie ihm die Verwaltung sämtlicher Vermögenswerte. Und immer, wenn sich ihm eine günstige Gelegenheit bot, verkaufte er eine der Immobilien. Dabei ging es ihm gar nicht um den wirtschaftlichen Erfolg, vielmehr achtete er genau darauf, wer seine Objekte kaufen wollte. Jungen, attraktiven Paaren kam er dabei gerne im Preis entgegen und verkaufte einige Häuser oft deutlich unterhalb des Marktwertes, wenn ihm eine der jungen Frauen besonders gut gefiel.

Denn neben seinen Gewaltfantasien hatte er auch eine voyeuristische Ader. Der Drang, anderen Menschen heimlich beim Sex zuzusehen, war zwar nicht so stark ausgeprägt wie seine andere Obsession, aber hier war für ihn das Risiko deutlich überschaubarer. In den Schlafzimmern sämtlicher Häuser hatte er Rauchmelder installiert, die zusätzlich mit einer Kamera versehen waren, die sich innerhalb der kleinen Kontroll-LED versteckte. Wer nicht gerade aus der Sicherheitsbranche kam und sich mit Überwachungstechnik gut auskannte, würde niemals auf die Idee kommen, dass an seiner Zimmerdecke ein kleiner Spion hing und ihn heimlich dabei filmte, wie er alleine oder mit einem Partner seine Sexualität genoss.

Die Batterien in den manipulierten Rauchmeldern hielten Jahre und die aufgenommenen Dateien konnten einmal pro Woche per Funkverbindung heruntergeladen werden. Dazu musste er nur in der Nacht kurz vor dem jeweiligen Haus anhalten und ein paar Minuten warten, bis der Download abgeschlossen war. Anschließend konnte er dann das Videomaterial in aller Ruhe am heimischen PC sichten, zurechtschneiden und archivieren.

Doch an diesem Tag funktionierte etwas nicht. Zum allerersten Mal schlug die Übertragung fehl. Hatte jemand das Gerät entfernt? Oder war vielleicht nur die Batterieleistung erschöpft? Aus den Mitschnitten der vorangegangenen Wochen wusste er, dass sich das junge Paar getrennt hatte. Der Mann war bereits ausgezogen und seine Frau wollte diese Woche in einem komischen Camp verbringen, von dem auch immer mal wieder in der regionalen Presse die Rede war. Er zögerte nur kurz, zog sich dann aber seine Lederhandschuhe über und verschaffte sich mit dem Haustürschlüssel, den er beim Verkauf einfach zurückbehalten hatte, Zutritt.

Ohne besonders leise zu sein, ging er die Treppe zum Schlafzimmer hinauf, um nach dem Rauchmelder zu sehen. Der Austausch der Batterie würde ihn allenfalls ein paar Minuten kosten. Als er die Zimmertür fast erreicht hatte, hörte er plötzlich eine schlaftrunkene Stimme: »Renke, bist du das?« Die Stimme klang sehr müde und gehörte unverkennbar der attraktiven Hauseigentümerin. Aber warum war sie hier und nicht im Camp? Und warum rief sie nach ihrem Mann, wenn dieser doch längst ausgezogen war?

Sein Fluchtinstinkt ließ ihn die Treppe hinuntereilen. Doch dann rief die Frau ein weiteres Mal nach ihm: »Nun komm schon, du brauchst keine Angst vor mir zu haben. Ich kratze dich dieses Mal auch nicht.« Ihre Stimme klang nun hellwach und verführerisch. Zögerlich blieb er mitten auf der Treppe stehen. Sollte er umkehren?

»Wie wäre es, wenn du mich ans Bett fesselst? Dann bist du vor meinen Krallen in Sicherheit.« Für einen kurzen Moment war es still, ehe sie erneut zu ihm sprach: »Meine Füße und meine linke Hand habe ich bereits fixiert. Mit der letzten Hand musst du mir aber helfen. Du erinnerst dich doch noch an die Lederfesseln, die ich dir mal geschenkt habe?«

Vor seinem inneren Auge tauchte ein Bild auf. Er wusste genau, wie verführerisch die Hausbesitzerin nackt aussah. Immerhin hatte er sie schon unzählige Male in Aktion gesehen. Die Vorstellung, dass sie da oben unbekleidet, gefesselt und damit vollkommen wehrlos auf ihn wartete, ließ ihn alle Vorsicht vergessen.

Im Eiltempo rannte er die Treppenstufen hinauf, stieß die Tür zum Schlafzimmer auf und stürzte sich sofort auf die vollkommen überraschte Elske Husmann. Er legte ihr die Hände um den Hals und presste seine Daumen auf ihren Kehlkopf. »Wenn du nur einen Laut von dir gibst, töte ich dich. Hast du das verstanden?« Die Augen seines Opfers, die in Panik weit aufgerissen waren, erregten ihn unglaublich. Es war etwas ganz anderes, ob man so etwas in Filmen sah oder es live miterleben durfte.

Nachdem Elske Husmann ihm durch ein leichtes Nicken signalisiert hatte, dass sie seiner Aufforderung Folge leisten wollte, löste er den Griff um ihren Hals und fixierte das verbliebene Handgelenk an dem metallischen Bettgestell. Während er sich auszog und dabei sein vor Angst zitterndes Opfer beobachtete, wurde seine Geilheit fast unerträglich. Im letzten Moment schaffte er es noch, sich auf sie zu stürzen und in sie einzudringen. Mehrere

Male stieß er so heftig in sie hinein, dass es selbst ihm wehtat. Dann ergoss er sich bereits in ihr.

Während er sich wieder anzog, versuchte er, einen klaren Kopf zu gewinnen. Was sollte er jetzt tun? Immer wieder schaute er seinem Opfer in die verheulten Augen. Hatte sie ihn wiedererkannt? Dann fiel sein Blick auf den Rauchmelder an der Decke. Wurde die Tat aufgezeichnet? Er stieg auf die Matratze und griff nach dem runden Gehäuse, um es aus der Fassung zu drehen. Dabei verlor er das Gleichgewicht und stürzte zu Boden. Beim Versuch, sich irgendwo festzuhalten, fiel er mit der Hand auf eine gläserne Nachttischlampe, die unter seinem Gewicht sofort zerbrach.

»Verfluchter Mist!«, schrie er mit unterdrückter Lautstärke auf und hielt sich die leicht blutende Schnittwunde, die er sich beim Sturz zugezogen hatte. Dann begann er damit, die Scherben vom Boden aufzulesen. Keinesfalls durfte er irgendwelche Spuren hinterlassen. Während dieser Aktion fiel sein Blick auf den Sockel der Lampe. Er erinnerte sich an einen Film aus dem Darknet, in dem eine Frau mit einem Elektrokabel erwürgt worden war. In seinen Lenden begann es erneut zu kribbeln.

Seine Fähigkeit, kühl und überlegt zu handeln, war erneut außer Kraft gesetzt. Er zog den Stecker aus der Dose, nahm das Kabel zwischen seine Hände, zog es straff und warf sich ohne Vorwarnung auf Elskes Oberkörper. So fest er nur konnte, presste er das Kabel auf ihren Hals und sah dabei zu, wie ihre Augäpfel aus den Höhlen zu platzen schienen.

Als sie vermeintlich ihren letzten Atemzug getan hatte, stieg er von ihr herunter, kletterte erneut auf die Matratze und entfernte den Rauchmelder von der Decke. Dann löste er ihre Fesseln, sammelte die Scherben und das Kabel ein und schaute sich ein letztes Mal im Schlafzimmer um. Als er gerade den Raum verlassen wollte, hörte er ein kaum wahrnehmbares Geräusch. Er ging zu dem leblosen nackten Frauenkörper hinüber und legte sein Ohr an ihre Lippen. Atmete sein Opfer etwa noch? Zur Sicherheit würgte er sie noch ein weiteres Mal, bemerkte dabei aber nicht, wie Elske Husmann während ihrer letzten Atemzüge den Zeigefinger in Richtung ihres Schlüsselbeines bewegte.

Nachdem er wieder zu Hause angekommen war, stellte er zufrieden fest, dass die komplette Tat von der Kamera im Rauchmelder aufgezeichnet worden war. Anscheinend hatte das

Gerät nur einen Defekt hinsichtlich der Funkübertragung gehabt. Er hatte die entscheidenden Minuten herausgeschnitten und die Datei anschließend in einem weit verzweigten Unterverzeichnis gesichert und zusätzlich mit einem Passwort geschützt. Kurz hatte er auch darüber nachgedacht, seinen Triumph im Darknet hochzuladen, doch seine Vernunft war zumindest kurzzeitig wieder zu ihm zurückgekehrt.

Er war überzeugt davon, dass niemand eine Verbindung zwischen ihm und dem Tod an Elske Husmann herstellen würde. Das Video im Darknet hochzuladen würde daher nur das Risiko erhöhen, irgendwann doch noch gefasst zu werden. Diesen Fehler durften ruhig die anderen machen, er selbst würde nicht so dumm sein. Es würde ein einmaliges Erlebnis bleiben, schwor er sich. Doch mit jedem Mal, in dem er sich das Video anschaute, wuchs sein Verlangen, es wieder zu tun.

14. Kapitel

Ungewisse Zukunft

Seit ihrer Rückkehr aus Norddeich waren bereits einige Tage vergangen. Hedda und Enno saßen auf dem Sofa in Bento Frerichs Wohnzimmer und schwiegen sich an. Sie wussten nicht genau, wie Jörg und Karsten es gemacht hatten, aber der Presse hatten sie entnehmen können, dass Wolfgang Harms aufgrund eines anonymen Hinweises aus der Bevölkerung verhaftet werden konnte. Die Spermaspuren, die man an Elske Husmanns Leiche gefunden hatte, sein Blut an der Scherbe der Nachttischlampe, die er unter dem Bett übersehen hatte, und das Video der Tötung auf seinem Computer waren letztendlich so erdrückende Beweise, dass er die Tat nur kurz nach seiner Festnahme auch gestanden hatte.

Anaya war bereits nach einer Nacht im Krankenhaus wieder entlassen worden. Hedda hatte sie in der Klinik angerufen, um sich nach ihr zu erkundigen. Auch dieses Mal war die ehemalige Zimmergenossin ihr nicht böse gewesen, sondern brannte lediglich darauf, die Geschichte von Friesos und Kevins Verhaftung immer wieder erzählt zu bekommen. Die beiden tauschten ihre Handynummern aus und versprachen sich, in Kontakt zu bleiben.

Bei dem Gedanken an ihre neu gewonnene Freundin fiel Hedda etwas ein. Sie beugte sich zu Enno hinüber, legte sich vorsichtig auf seinem Bauch ab, schloss ihre Augen und streckte ihm ihre Lippen entgegen. Auch Enno schloss daraufhin die Augen und neigte seinen Kopf zur Seite. Seine Lippen spitzten sich in Erwartung eines Kusses, der jedoch ausblieb, da Hedda wenige Millimeter vor der Verschmelzung ihrer Lippen unerwartet innehielt.

Irritiert öffnete Enno die Augen wieder. »Ist alles okay?«, fragte er verunsichert.

»Ja, alles okay«, lächelte Hedda ein wenig enttäuscht und drückte ihm einen kurzen Schmatzer auf den Mund. Es war einfach nicht die richtige Stimmung, um Anayas Tantra-Kuss jetzt auszuprobieren. Kuschelbedürftig schmiegte sie ihren Kopf an seine breite Brust. »Wie es Renke und Okka wohl geht? Ob sie nach all den Ereignissen jemals wieder glücklich zusammenleben können?« Hedda seufzte. Am liebsten wäre sie noch einmal nach Norddeich gefahren, um nachzusehen, wie es den beiden ging.

Okka hatte so fest an die Unschuld ihres Freundes geglaubt, und das, obwohl er sie noch kurz zuvor mit Elske Husmann betrogen hatte. Sie hatte es einfach verdient, glücklich zu werden.

Gedankenverloren zuckte Enno mit den Schultern. »Keine Ahnung«, murmelte er.

Ein Blick in sein Gesicht genügte und Hedda wusste genau, wo er mit seinen Gedanken gerade war. »Du denkst an morgen, oder?« Automatisch schaute sie zu dem kleinen Handy hinüber, das ihnen Jörg auf dem Norder Pfingstmarkt zugesteckt hatte. Bei ihrem letzten Abschied hatte er ihnen für den morgigen Tag seinen Anruf angekündigt.

Enno nickte. »Ich kann an nichts anderes denken«, antwortete er schwermütig.

»Geht mir auch so!« Sie beugte sich zu ihm hinüber und gab ihm einen Kuss auf die von Sorgenfalten zerklüftete Stirn.

Beide wussten einfach nicht, was sie antworten sollten, wenn Jörg sie morgen nach ihrer Entscheidung fragen würde. Sollten sie wirklich ihr bisheriges Leben aufgeben, wegziehen und Scheinberufe annehmen, nur um zukünftig Teil einer Geheimeinheit zu sein, die sich um die Fälle kümmerte, die für die Polizei zu schwierig oder gar zu gefährlich waren? Hatten sie in ihren jungen Jahren denn nicht schon genug Leichen gesehen?

Mit zusammengepressten Lippen schaute Hedda Enno an. Hinsichtlich ihrer eigenen Entscheidung hatte sich bei ihr in den letzten Tagen zumindest eine Tendenz entwickelt, aber sie scheute sich davor, ihm davon zu erzählen. Ihrer Meinung nach hatte er nämlich viel mehr zu verlieren als sie, und deshalb wollte sie ihn keinesfalls beeinflussen.

»Du weißt, wie sehr ich die langweilige Polizeiarbeit auf dem Land in letzter Zeit gehasst habe«, begann er plötzlich, seine Gedanken mit Hedda zu teilen. »Aber ich kann doch mein sicheres Beamtenverhältnis nicht für ein ungewisses Abenteuer kündigen. Jörg hat doch selbst gesagt, dass Ostfriesland als Testregion ausgewählt worden ist, weil hier nicht so viel passiert. Nachher muss ich Tag für Tag in einem langweiligen Tarn-Job verbringen, ohne dass jemals etwas passiert. Da könnte ich genauso gut Polizist bleiben! Dann hätte ich zumindest eine sichere berufliche Zukunft als Beamter.« Er machte eine kurze Pause. »Wenn wir wenigstens nicht wegziehen müssten, dann wäre meine Entscheidung vielleicht schon längst gefallen.«

Hedda legte ihm eine Hand auf das Knie. »Ich weiß, was du meinst. Aber ich befürchte, dass Jörg über diese Punkte nicht mit sich verhandeln lässt. Er will einfach, dass unsere wahren Identitäten keinerlei Verbindung zur Polizei aufweisen, damit dies bei zukünftigen Ermittlungen nicht zum Problem werden kann.«

»Das kann ich ja irgendwie auch noch verstehen, aber warum müssen wir aus Ostfriesland wegziehen? Glaubt er wirklich, dass in den nächsten Jahren mal zufällig ein Nachbar oder Arbeitskollege Teil unserer Ermittlungen werden könnte?« Enno schüttelte verständnislos den Kopf.

»Denk doch nur mal an den Fall meines Onkels. Ich hätte es vorher auch nicht für möglich gehalten, dass ausgerechnet er einmal das Ziel eines Mordkomplotts werden könnte«, gab Hedda zu bedenken.

»Für dich ist die Entscheidung ja auch leicht. Du musst nicht deinen Job aufgeben und deine Familie verlassen«, entgegnete Enno vorwurfsvoller, als er es eigentlich beabsichtigt hatte.

»Ich habe es *leicht*?« Hedda spürte Wut in sich aufsteigen. Sie richtete sich auf und setzte sich wieder auf ihre Seite des Sofas zurück. Auch wenn sie selbst glaubte, dass Enno eine schwierigere Entscheidung zu treffen hatte, war ihre dennoch alles andere als leicht. »Ich muss Willm auch alleine lassen. Nach allem, was wir zusammen durchgemacht haben, ist unser Verhältnis noch enger geworden.«

»Aber er hat doch jetzt Doris«, entgegnete Enno trotzig.

»Das stimmt schon. Trotzdem fällt mir das nicht *leicht*!« Hedda gab sich große Mühe, ihre aufsteigende Wut zu unterdrücken und die Diskussion möglichst sachlich fortzusetzen. Ein Streit in der jetzigen Situation würde ihnen nun wahrlich nicht weiterhelfen. »Ich verstehe, dass du mit der Kündigung deines Jobs eine Menge zu verlieren hast. Aber ganz so einfach habe ich es da auch nicht. Ich mag die Arbeit im Bestattungsinstitut und ich glaube, dein Vater rechnet mittlerweile fest damit, dass ich bei ihm eine Ausbildung beginne und irgendwann den Betrieb übernehme. Hast du daran schon mal gedacht?«

Mit großen Augen schaute Enno sie an. »Verdammt, daran habe ich noch überhaupt nicht gedacht. Das können wir meinem Vater nicht antun. Er war schon so enttäuscht, als ich lieber zur Polizei gegangen bin, als in seine Fußstapfen zu treten. Wenn ich jetzt diesen Job kündige, um irgendwo irgendwas anderes zu machen, wird er die Welt nicht mehr verstehen. Außerdem wird er stinkend sauer auf mich sein, weil er glauben wird, dass du nur deshalb nicht in sein Bestattungsinstitut einsteigst, weil du mit mir zusammen umziehen musst.« Er stöhnte unzufrieden auf. »Wenn wir doch wenigstens mit unseren Familien über die Geheimeinheit sprechen dürften.«

Hedda seufzte. Auch sie beschäftigte der Gedanke, Ennos Vater zu enttäuschen, am meisten. »Was hältst du davon, wenn wir einen Spaziergang machen und an der frischen Luft noch einmal alle Pros und Kontras durchgehen?«

Enno nickte. »Das ist eine gute Idee!« Er sprang vom Sofa auf, reichte Hedda die Hand und zog sie zu sich hinauf. Dann umarmte und küsste er sie. »Weißt du eigentlich, wie sehr ich dich liebe?«

»Ich liebe dich auch«, flüsterte Hedda glücklich und gab ihm einen innigen Kuss.

Plötzlich klingelte es. Erschrocken drehten beide ihre Köpfe in die Richtung, in der das kleine Handy lag, das Jörg ihnen gegeben hatte. Bewegungsunfähig standen beide eng umschlungen da. Wieso klingelte es bereits jetzt? Jörg wollte doch erst morgen eine Entscheidung von ihnen haben.

ENDE